Allmendpfad

Claudia Koppert, 1958 in Heidelberg geboren, ist nach einem Studium der Sozialarbeit als Lektorin tätig, seit langem freiberuflich. Daneben eigene publizistische Arbeiten zu politischen Themen. *Allmendpfad* war ihr erster Roman, ein zweiter erschien 2014, *Sisterhood – eine Sehnsucht*, 2019 folgte der Erzählband *Im Vogelgarten*. Sie lebt zwischen Bremen und Hamburg auf dem Land. Mehr unter: www.claudiakoppert.de

Claudia Koppert

Allmendpfad

Roman

Bibliografische Information der Deutschen Nationalbibliothek:
Die Deutsche Nationalbibliothek verzeichnet diese Publikation
in der Deutschen Nationalbibliografie; detaillierte bibliografische
Daten sind im Internet über www.dnb.de abrufbar.

Die Originalausgabe erschien 2003 im Verlag Antje Kunstmann, München.

Ungekürzte Ausgabe in Eigenedition
© 2019 Claudia Koppert
Herstellung und Verlag: BoD – Books on Demand, Norderstedt
Umschlaggestaltung: Viola Konrad, Tilman Koppert
unter Verwendung eines Fotos von Elke Koppert
ISBN 978-3-7494-3454-1

Die Fähigkeit, in einer Welt zu leben, kann sich nur in dem Maße realisieren, als Menschen gewillt sind, die Lebensprozesse zu transzendieren und sich ihnen zu entfremden, während umgekehrt die Vitalität und Lebendigkeit menschlichen Lebens nur in dem Maße gewahrt werden können, als Menschen bereit sind, die Last, die Mühe und die Arbeit des Lebens auf sich zu nehmen.

Hannah Arendt, Vita activa oder Vom tätigen Leben

Erstes Kapitel

Der junge Mann erwartet sie schon an der Ecke. Es ist kaum jemand unterwegs. Wer unter der Woche im Feld arbeitet, verschläft sonntags die Zeit zwischen Mittagessen und Kaffee. Den beiden ist nicht nach Schlafen, sie sind verlobt, und der Sonntagnachmittag ist ihre einzige Zeit für sich allein. Vorm Eckhaus läuft Spülwasser über den Gehweg, die junge Frau springt drüber, dann ist sie da. Besonders er ist sehr verlobt, er legt den Verlobungsring bei der Arbeit nicht ab, was die Männer gewöhnlich tun, er streift ihn nur vom Finger, um die betreffende Stelle und den Ring selber zu schrubben. Seine Schwestern machen sich darüber schon lustig, was ihn nicht im Geringsten stört. Die junge Frau trägt den Ring zwar auch immer, aber dann wundert sie sich plötzlich doch wieder, wenn sie ihn an ihrer Hand gewahr wird, und vorstellen kann sie sich das alles noch nicht recht: dass sie heiraten und zusammen Äcker bestellen werden.

Sie entfernen sich schnell vom Ort. Er läuft auf dem Fußweg neben dem Gleis, alle paar Schritte zu ihr hinsehend, stolz und froh; sie balanciert auf den Schienen. Meistens gehen sie hier entlang, denn niemand außer ihnen geht hier spazieren, und in den Obst- und Gemüsegärten rechts und links des Gleises ist sonntagnachmittags kein Mensch. Sie erzählen sich, was unter der Woche war, im Feld, im Stall, daheim; lachen über

Vogelscheuchen, sich zersetzende Pferdeäpfelhaufen, darüber, wie es klingt, wenn er einen Schotterstein vom Fußweg zurück aufs Gleisbett kickt und der an die Schiene prallt; besprechen, was sie gern essen, was überhaupt nicht gern und was am liebsten, denn in nicht allzu ferner Zeit werden sie zusammen essen, nicht mehr sie bei ihren Eltern, er bei seiner Mutter.

Er bricht mitten im Satz ab, merkt, irgendwas geht ihr durch und durch. Sie steht auf der Schiene, ein Bein in der Luft, starrt ihn an, nein, sie sieht ihn überhaupt nicht, Gott, wie ist sie schön, was sie bloß hat. Er ist dabei zu erzählen, dass der Herr Bramsig nach der letzten Probe auf dem gemeinsamen Stück Heimweg zu ihm gesagt hat: »Dann geht doch nach Kanada!« Herr Bramsig, der sich mit Vereinsorchester-Dirigieren über Wasser hält, seit er aus der Kriegsgefangenschaft zurück ist. Der junge Mann hatte ihm gesagt, seine Verlobte und er wüssten nicht, wie und was, es sei einfach nicht an Äcker heranzukommen. Er bringt kein Wort mehr heraus, so, wie sie jetzt da steht, hat er sie noch nie gesehen. Da fängt ihr Gesicht an zu leuchten, man denkt, alles Schöne auf der Welt ist in dem Gesicht. »Ja«, sagt sie, »warum eigentlich net noch Kanada?«, lacht, springt vom Gleis zu ihm auf den Weg, lehnt sich im Weitergehen vertrauensvoll an ihn. Überrascht und erleichtert nimmt er ihre Hand in seine. Fest und warm und groß kommt ihm seine Hand plötzlich vor.

»Kanada!«, sagt er lachend und schüttelt den Kopf; merkt, wie sie so gehen, dass sie ihm diesmal ihre Hand nicht nur überlässt, sondern seine von sich aus festhält. Die Äcker dort seien bestimmt riesengroß, sagt sie, ihr Vater habe während des Kriegs solche Äcker in Russland gesehen, kein Grenzstein, bis zum Horizont nicht, unermesslich große Äcker. Jetzt macht es ihm gar nichts aus, daran erinnert zu werden, dass er seinen Vater das letzte Mal gesehen hat, als er acht war. Nichts von russischen Äckern hat der erzählt, immer nur, dass er so Heimweh habe, dableiben wolle, und dann musste er doch wieder fort. – Sie läuft jetzt auf den Schwellenenden, die Hand fest in seiner, ihr Blick sagt etwas, was sie ihm noch nie gesagt hat: dass sie zu zweit etwas anfangen können, was Neues, weg von den Eltern und allem, was schon immer so und so war und zu sein hat; sie beide zusammen; dass das das Glück ist. Der junge Mann merkt, wie es sich in ihm ausbreitet. Nicht wie hier alle fünf Meter ein Grenzstein, sagt sie und springt vom Gleis. Etwas Eigenes werden sie anfangen, wie sie es haben wollen, er ist ganz sicher. Ab und zu gerät Rainfarn zwischen sie, eine Dolde reißt er ab: kleine Blütenkuchen, gelb, kreisrund und fest. Die junge Frau nimmt wieder seine Hand.

Diesmal laufen sie bis zur Eisenbahnbrücke. Hier verschwindet das Gleis über den Fluss Richtung Güterbahnhof, hier endet der Fußweg.

Sie kehren um. Vorne das Feld, dahinter die Berge, am Übergang von beidem die Stadt. Dem jungen Mann ist der Anblick vollkommen vertraut, und doch kommt es ihm so vor, als ob er zum erstenmal richtig hinsähe. Hier draußen liegen die Getreide-, Klee- und Kartoffeläcker, Richtung Ort nimmt das Gemüse und Obst zu, man sieht es schon von weitem an den Bäumen. Rechts ein schöner Kartoffelacker, die Stauden beinah einen drei viertel Meter hoch und voll in Blüte. Der Boden ist gut, außerordentlich fruchtbar, noch dazu bei der Lage: vor dem Gebirgszug, der den kalten Ostwind abhält, die Sonnenstrahlung und den Regen dagegen einfängt.

Ihre Blicke treffen sich, sie gehen nun langsam, wie im

Abschied. Die Grundstücke werden kleiner; hier schräg aufs Gleis zulaufend, sind sie selbst im spitzesten Winkel bestellt. Hundertjährige Kirschbäume mit bis auf den auf den Boden herabreichenden Zweigen, Spaliere von Tafeltrauben, Beerensträucher, Pfirsichbäume, deren voll behangene Äste abgestützt werden müssen, Stangenbohnen- und Tomatenreihen, Krautäcker. Mittendrin das Gleis, auf dem die Ernte in der Saison waggonweise abtransportiert wird.

Am Gleis hat es zwischen ihnen im Grunde genommen auch angefangen, auf der nördlichen Strecke unterhalb der Berghänge, nach einem Fest im Nachbarort. Hier versuchten sie zum erstenmal, für sich zu zweit nebeneinander herzulaufen, zurückzubleiben hinter ihrer Korona vom Musikverein. Sie gingen langsam und langsamer, aber je langsamer sie gingen, desto langsamer wurden auch die anderen. Kurz vor der Gabelung im Ort, wo sie sich hätten trennen müssen, probierten sie es andersherum, überholten und marschierten den anderen davon, immer am Gleis entlang.

Sie sprechen nicht wieder von Kanada, am nächsten Sonntag nicht, am darauf folgenden nicht. Die junge Frau sagt nur noch einmal, in dieser und jener Gegend, keine fünfzig Kilometer entfernt, ständen Höfe zum Verkauf, habe der und der Händler erzählt. Der junge Mann hat jetzt eine Zuversicht, von der er vorher überhaupt nichts wusste, merkt, sie beide haben sie, sie gehört ihnen zusammen, es ist das, was sie zusammen ausmacht. Seine Schwestern mokieren sich nicht mehr. Der Herr Bramsig sagt nichts mehr von Kanada, aber es scheint ihm immer eine Freude zu sein, wenn er sie beide trifft. Alle sehen, dass sie zusammen bis nach Kanada kämen, wenn's sein müsste.

Es ist nicht notwendig. Seine Mutter wird rechtzeitig aktiv:

Kauft einer ihrer Schwestern einen Acker ab, warum die den hergibt, man weiß es nicht; sie tauscht, beruhigt ihre Töchter, spricht ihnen gegenüber von Bauerwartungsland, was viel mehr wert sei als Ackerland. Die Eltern der jungen Frau wollen sich nicht lumpen lassen und geben einen Acker und Frühbeetkästen dazu. Nach zwei Jahren Spazierengehen am Gleis bleiben die beiden, wo sie sind: im Feld; mit einem Rechen, den sie an der Stelle gefunden haben, wo der mittlere Hauptweg das Gleis kreuzt, und behalten können, weil sich auf die Fundanzeige hin niemand meldet; etwas Ackerland, vierzig Metern Frühbeetkästen und siebzig Quadratmetern Gewächshaus.

Ihre Tochter Luzie wird im späten Herbst geboren, da sind sie bereits seit einem Jahr verheiratet und die Spaziergänge so gut wie vergessen. Die junge Frau hört abends im Rundfunk die Callas als Lucia di Lammermoor, eine Aufzeichnung aus der Metropolitan Opera, als sie gegen halb elf zu dem jungen Mann sagt: »Jetzat gäihn mer awwer.« Sie fasst sich ein Herz, nimmt das braune Köfferchen, das neben der Nähmaschine bereitsteht, und den Mantel, er geht schon eine ganze Weile nicht mehr zu. Die Luft draußen ist feuchtkalt.

Die Diakonissen lassen den jungen Mann gar nicht erst herein, er fährt wieder nach Hause. Was soll sie auch jetzt mit ihm. Nach Stunden wirft der Strudel aus Schmerz, Angst, Hilflosigkeit sie kurz an die Oberfläche, sie sieht das Gesicht der Oberschwester dicht heranfahren, die Schwesternwangen blühen, nur die bläulich schimmernde Ader an der Schläfe tritt hervor. »Stellen Sie sich nicht so an!«, liest die junge Frau von den Oberschwesterlippen. Da wird sie schon wieder fortgerissen.

Als sie am nächsten Morgen zu sich kommt, ist sie völlig erschöpft, würde am liebsten wieder in den Schlaf zurücksinken, erschrickt, wie hell es ist, es muss mitten am Tag sein, für Augenblicke sehnt sie sich nach dem seligen Vergessen der Lucia aus Lammermoor, dann ist sie wach. »Hoffentlich werd's 'in Bu', dass der Nome weitergäiht«, hieß es zuletzt dauernd. Die Schwester bringt ihr ein Mädchen. Es hat einen weißen Baumwollstreifen ums winzige Ärmchen mit dem Zeichen für weiblich, dem Datum, ihrem angeheirateten Namen, das soll jetzt ihr Kind sein. Draußen kreischen Straßenbahnen.

Am Nachmittag springen und klettern Leute vorm Krankenhaus aus der Straßenbahn; diejenigen, die den Krankenbesuch schon hinter sich haben, steigen ein, die alten Frauen halten ihre Taschen mit dem zusammengefalteten Blumenpapier fest an sich gedrückt. Unter den Einsteigenden ist die Schwiegermutter der jungen Frau, Luzies Oma Babette.

Sie lässt sich auf einen Einzelplatz am Fenster fallen, froh, dass sie den Besuch hinter sich hat. Ein Mädchen, Hauptsache, es fehlt ihm nichts, ist ja nur das erste … Man sagt halt, was man so sagt, Oma Babette versucht mit sich zufrieden zu sein, das hat sie ihrer Schwiegertochter auch empfohlen: Das wird wieder, man braucht nur Zuversicht im Herrn. Nächste Woche stehst du wieder auf dem Acker.

Immerhin war ich heut schon dort, sagt Oma Babette sich, ihre eigene Mutter besucht sie erst morgen; von vorgestern, wie die ist, hat die Angst vorm Straßenbahnfahren, und der Günther muss sie hinbringen. Kurz scheint die Straßenbahn in den Schaufensterscheiben auf, bremst kreischend, beim Anfahren ruckt sie, so dass sich Oma Babette mit beiden Händen an der Vorderbank festhält, als fahre sie Karussell. »Treue, Fleiß und

Redlichkeit, führt mich durchs Leben allezeit«, gewohnheitsmäßig schiebt sie einen Spruch im Mund herum; speziell dieser vertreibt einem üble Nachgeschmäcke, hat sie früher mal herausgefunden, »Glaube, Lieb, Bescheidenheit, führt mich in die Seligkeit.«

Ihr ist trotzdem flau. Da sitzt man am Bett, sagt halt irgendwas, und jedes Wort scheint für die Schwiegertochter ein Schlag ins Gesicht zu sein. Es ist ja nicht so, dass ich das nicht gemerkt hätte. Sie ärgert sich über die Schwiegertochter, die es immer so anstellt, dass Oma Babette sich wie eine Dampfwalze vorkommt. Was glaubt die denn? Kinderkriegen ist halt nicht so pläsierlich wie Kindermachen. Hätte ich ihr nicht unbedingt auf den Kopf zusagen müssen, meint Oma Babette jetzt doch.

Die feinen Nerven werden der schon noch gezogen, kann man in unserem Geschäft nicht brauchen, sie macht die Lippen zu einem Strich, packt die Handtasche und stellt sich zum Aussteigen an die Tür. In Gedanken ist sie bereits auf dem Weg zum Rosenkohlacker und überschlägt die Erntemenge; wem sie den Rosenkohl anbietet, wieviel sie verlangen kann.

Als die junge Frau mit dem Kind den Hof betritt, kommen nacheinander alle angelaufen, schieben den Zipfel des Kopfkissens, in dem es liegt, zur Seite und stellen fest: »Do isch sie jo, die Luzzi.«

»Des heeßt net Luzzi, des heeßt Luh-zie«, versucht die Mutter sie zurechtzuweisen, unsicher, ob das mit dem Namen wirklich richtig war, katholisch, wie er ist.

Luzie lebt bei der Mutter und dem Vater. Sie hat zwei Omas, einen Opa, eine Urgroßmutter, neun Cousinen und Cousins, drei Onkel, vier Tanten, fünfzehn bis zwanzig Großonkel,

Großtanten. Dazu kommen die Geschichten von den Vorfahren. Manche Geschichten gehören zum Alltag wie die grau angelaufenen Suppenteller, manche werden zusammen mit den goldgeränderten Sammeltassen hervorgeholt, aber die meisten sind draußen im Feld in einem alten Haisel, unter einem Kirschbaum oder Pfostenstapel und suchen die Leute bei der Arbeit auf.

Zum ersten Geburtstag bekommt Luzie die erste Sammeltasse geschenkt und die ersten Kaffeelöffel des hundertzweiundzwanzigteiligen Silberbestecks, Basis, Ausrüstung und Ausweis jedes Mädchens vom Feld. Unterdessen bringt sie es schnell hinter sich: hilflos weinen und wimmern, alles und jedes anlachen, krabbeln, sitzen, stehen, die ersten Gehversuche. Dann kippt Luzie den Laufstall am oberen oder unteren Ackerrand um und marschiert los. Sie hält sich bei den Leuten der umliegenden Äcker auf. Irgendjemand ist meistens da. »Wann's Zeit isch, schickt mi' hohm«, lernt sie bald sagen, damit sie rechtzeitig zum Nachhausefahren wieder zurück ist auf dem Acker der Eltern.

Gelegentlich sind sie in Feldgegenden, wo Luzie sich nicht auskennt, so zum Kartoffelnlesen. Luzie wetzt in den Furchen von einem zum anderen, Eltern, Tanten, Onkel, Oma, alle machen Kartoffeln aus, ein gemeinsamer Kartoffelacker für Oma Babettes Kinder, Kindeskinder und sie selber. Zuletzt verkriecht Luzie sich in ihrer Aufregung unter einem Heubock auf dem Nachbaracker.

Die Stimmen sind weit weg, im Halbdunkel unterm Heubock sieht sie die offen liegenden Mausegänge, und wo kein Mausegang ist, sind harte Grasstorzel. »Die isch fort, die Luzie«, hört sie es rufen. »Wu isch sie dann, die Luzie?« Schließlich:

»Do misse mer uhne die Luzie hohmfahrn«, ganz nah. Da krabbelt sie doch lieber unter dem Heubock hervor, die Mutter und der Vater sitzen davor in der Hocke, nehmen sie in Empfang. Als Luzie im darauf folgenden Jahr fragt, wann wieder Kartoffeln ausgemacht werden, erfährt sie, dass es das letzte gemeinsame Kartoffelnausmachen war, Oma Babette und Luzies Eltern kaufen ihre Kartoffeln jetzt im Landhandel.

Oft liegt ein Zittern in der Luft, dass Luzie kaum zu atmen wagt. Halb von einem Baum verdeckt oder im Schatten eines Schuppens stehend, beobachtet sie, wie einer im Vorbeifahren an seinem Acker anhält, weil der Nachbar frisch gepflügt hat, aussteigt, sich in Höhe des Grenzsteins breitbeinig hinstellt und über den aufgerichteten Daumen, das eine Auge zugedrückt, die Furche peilt. Die Luft zittert, egal, ob der Nachbar die Grenze gehalten hat, eine Handbreit auf seiner Seite blieb oder einen halben Meter herüberkam. Am meisten zittert die Luft und mit ihr Luzie, wenn sich das Peilen an einem Acker ihrer Eltern abspielt.

Luzie hat das merkwürdige Talent, dort aufzutauchen, wo sich etwas zusammenbraut; spätestens, wenn es sich entlädt, ist sie zuverlässig da. Wenn Opa Schorsch und Oma Sannsche – vorgefahren, um die abgetrockneten Zwiebeln einzuholen – schon von weitem sehen, dass alles nass ist, weil der Nachbar die letzten beiden Tage ihr Zwiebelstück mitgewässert hat, und Opa Schorsch Richtung Nachbar brüllt: »Du Stier, du u'verschämter!«, und dabei seinen Stock in die Luft stößt, erscheint Luzie hinter ihnen auf dem Gewanneweg.

Sie ist es auch, die Onkel Karl dabei hat, als er Pfirsiche ernten fährt in den grasischen Weg und dort zum ersten Mal glasig gelb anläuft, wie eine kranke Hühnerleber, denn der grasische Weg ist fort, und die Pfirsiche sind auch fort. Die Pfirsichbäume finden sie auf einem haushohen Haufen zusammen mit dicken Kirschbaumstämmen, Johannisbeer- und Stachelbeerbüschen. Schweigend wendet Onkel Karl das Fuhrwerk auf der seltsam glattgeschobenen Fläche. Im Hof springt er vom Wagen, spannt nicht einmal ab, so eilig hat er es, in die Küche zu Tante Magda zu kommen. Luzie stellt sich unters Küchenfenster, Tante Magda pfeift mit ihrem Wellensittich, dann geht die Küchentür, die Wörter vom Onkel Karl rumpeln und pumpeln durch die Küche, Töpfe klappern im Spülstein, bis Tante Magda schließlich ganz laut sagt: »Du bringsch jo aa dei' Maul net uf!«

Oma Babette scheint Bescheid zu wissen, von ihr lässt es sich Luzie auseinandersetzen: Die Flur um den grasischen Weg wird für Kliniken gebraucht und die neue Universität. Sie hätten verkaufen sollen. Jetzt wird enteignet, wenn sie die Äcker nicht doch noch hergeben. »Wer nicht will im Guten, muss bluten«, sagt Oma Babette.

Oma Babette kennt sich aus. Sie verkauft Feld, lässt bauen und zahlt Luzies Vater und Tanten vorzeitig Erbe aus. Sie schmeißt nicht einfach alle Schreiben auf den Küchenschrank mit dem Satz: »Die solle na erscht emol kumme.«

Im Winter, wenn gerade kein Feldsalat gerichtet wird und kein Rosenkohl, wenn Luzie da ist, bald auch ihr Bruder Kurt und die Cousine Helga, dann holt Opa Schorsch mit ihnen den Schellenbaum aus dem Stall für die Höllenmusik. Oma Sannsche stopft sich noch mehr Watte in die Ohren, als sie sowieso drin hat, weil es ihr im Ohr klingelt, und verzieht sich ins Nähen.

Der Schellenbaum ist so groß wie Opa Schorsch, wenn er sich aufrichtet; am Querholz hängen Glocken vom alten Schlittengeläut, Schuhwichsdosen mit krummen Nägeln drin, zwei Topfdeckel, mit Draht so befestigt, dass sie zusammenscheppern, wenn man daran zieht. An die Spitze hat Opa Schorsch einen Bethlehemstern montiert, mit Goldbronze bemalt.

Über die Vorderseite sind dicke Drähte gespannt, darüber ratscht Opa Schorsch mit einem gezahnten Stecken, stampft den Baum auf die Küchendielen. »... ahoi, ahoi, ahoi.« Luzie und Kurt hüpfen im Takt auf der Bank, »wir warn im Osten, wir warn im Westen«, selbst jetzt steht Helga hinter Opa Schorsch auf einem Hocker und frisiert ihm die Haare, sein Nacken ist hoch ausrasiert, aber oben stehen sie dicht und silbern, »doch in der Heimat, da ist's am besten.« Helga verarbeitet alle Haarnadeln aus Oma Sannsches Frisierdose, rafft Strähnen mit alten Zopfspangen zu kurzen Schwänzen zusammen, baut Schleifen ein, während es scheppert, ratscht, klingelt, stampft und sie gemeinsam schreien: »Blaue Jungs, blaue Jungs von der Waterkant!« Tränen laufen ihnen übers Gesicht von soviel Durchputzen. Höllenmusik ist besser als Rizinus, sagt Opa Schorsch.

Zwischendrin singt er solo, ohne Schellenbaum und ohne sich aufzustützen, dann ist seine Stimme wie aus einer anderen Zeit; Luzie, Helga auf dem Hocker und Kurt nehmen Haltung an. »... einen Kameraden, einen bessren findst du nicht.« Eine Träne rollt links über die Backe, auf den einen Zahn zu, den Opa Schorsch noch hat, aber am Mundwinkel biegt sie ab. Der Kamerad war der Selbische Fritz, der soll auch einen Schellenbaum gehabt haben. Der Selbische Fritz ist im Krieg geblieben, in

Russland. Oma Sannsche zischt: »Bisch still, vor de' Kinner«, aber das schert Opa Schorsch nicht.

Auf dem Nachhauseweg schärft Luzie Kurt ein, nichts zu sagen. Und bloß nicht singen. Aber kaum sind sie in der Tür, hebt er an: »...in der Heimat forzt's am besten«, lacht, zappelt, und der Vater sagt, sie gehörten jedesmal verdroschen, wenn sie von dort kommen. Und zwar bevor sie überhaupt Gelegenheit hätten, den Mund aufzumachen, damit sie zur Besinnung kämen. Die Mutter regt sich über den Vater auf: »Hosch du vielleicht o Minut Zeit fär dei' Kinner?«

Luzies Leute wohnen in der Arbeit, deshalb glaubt sie zuerst, es komme vor allem darauf an, was man ist. Zwischen vier und neun will sie Metzgereiverkäuferin werden – statt Gärtnerin, wozu ein Mann notwendig ist, aber die guten Männer sind alle schon vergeben und zu alt. Eine Metzgereiverkäuferin dagegen kommt auch ohne Mann aus.

Samstag vormittags wird Luzie mit einer Tasche, darin Einkaufszettel und Portemonnaie, in die Metzgerei zwei Häuser weiter geschickt. Erst von der Mutter, dann von Oma Babette. Die Kundinnen stehen dicht gedrängt, aber irgendeine sorgt immer dafür, dass Luzie nach einer Weile vor die Theke gelangt und ihre Tasche abgeben kann. Bei gutem Wetter liegt der Collie vor der Ladentür und lässt die Kundschaft an sich vorbeidefilieren. Er erhebt sich nie.

Luzies Augen folgen den Händen der Verkäuferinnen. Die Haut um das Nagelbett erinnert nicht an das gebrochene Leder alter Schuhe; nirgends Schrunden. Die Finger sind aufgedunsen rosig wie die der Mutter nach der Strumpfwäsche am Sonntag. Ruckzuck ist der Aufschnitt sortiert, das Fleisch mit dem Blockmesser gleichmäßig geschnitten und die Kalbsleberwurst am Ende akkurat abgeschrägt.

Eine der Frauen hat himbeerrot angemalte Lippen, ihre Hände fliegen nur so durch die Auslage; wenn jemand Suppenknochen verlangt, hantiert sie mit dem Schlachterbeil sicher, den Schwung genau bemessen, so dass Luzie, wenn sie dabei zusieht, jedesmal einen Atemzug auslässt. Die Verkäuferin käme bestimmt auch woanders zurecht, in der weiten Welt, vielleicht in Frankfurt. Aus den Augenwinkeln verfolgt Luzie jede ihrer Bewegungen, und bis sie an der Reihe ist, hat sich das alles zu etwas zusammengezogen, Wunsch und Versprechen in einem, wie es auch sein könnte, überall und himbeerrot, so dass Luzie ihre Augen verlegen an die Würste und Schinken heftet, die aufgereiht hinten an der gekachelten Wand hängen, und sie nicht mehr davon losbringt.

Im Winter hilft Luzie manchmal Opa Schorsch eine dicke Scheibe Griebenwurst, die sie vorher vom Supermarkt geholt hat, in allerkleinste Würfel zu schneiden. Wegen seiner steifen Hüften steht er auf die Ellenbogen gestützt am Küchentisch, Luzie kniet auf der mit rotem Plastik bezogenen Bank, die jetzt an der Stelle ist, wo vorher die Holzbank mit der steilen Rückenlehne stand. Als sie eines Tages hinkam, war nicht nur die Holzbank verschwunden, sondern auch der Misthaufenplatz neben der Haustür. Der Abort war jetzt im Flur, es bestand nicht mehr die Gefahr, in das stinkende, dunkle Loch zu fallen, und wo vorher der von tausend graugelben Äderchen durchzogene Spülstein war, stand nun ein kleiner weißer Schrank mit einem Edelstahlbecken.

Wenn Opa Schorsch meint, jetzt ist es fein genug, wickelt

er die Wurst wieder ins Papier und steckt sie in die Hosentasche. Seine Manchesterhosen, abgewetzt, tabakbraun, riechen nach Vergehen und Geborgenheit wie die Laubhaufen im Winter. Auf zwei Stöcke gestützt geht Opa Schorsch schrittchenweise in den hinteren Hof. Dort klemmt er sich die Stöcke unter den Bauch, aus allen Winkeln kommt es angegackert, er leert mit weiten Armen das Papier aus – ein königlicher Schatzmeister, der zur Feier des Tages dem Volk Münzen hinstreut. Die Mauern und Bretterwände ringsum weichen zurück vor der hysterischen Wolke aus Staub, Gefieder, Gekreische, die sich augenblicklich bildet, wenn die Hühner über die Wurstbröckchen und einander herfallen.

Sein letztes Huhn, die alte Hexi, kocht Opa Schorsch im Herbst, bevor er sich an einem Fenstergriff erhängt, vier Stunden lang; dann wirft er es in die Mülltonne, weil es zäh bleibt wie ein alter Schuh.

Alles kommt und geht, Winter, Frühjahr, Sommer, Herbst, sagt die Mutter zu Luzie, das Leben schleudert uns wie ein Kettenkarussell immer im Kreis herum. Wenn eins nicht mehr kann oder nicht Obacht gibt, fällt es herunter, manche, wie der Opa Schorsch, springen ab. Kaum ist etwas da, ist es schon wieder vorbei. Luzie denkt an das Abendrot Ende September, Anfang Oktober, das den ganzen Horizont Richtung Amerika entflammt, weil die Engel den Ofen der Himmelsbäckerei anfeuern, wie die Mutter früher beim Feldsalatausgrasen immer erzählte. Kaum hat Luzie sich an dieses Abendrot gewöhnt, kommt es nicht wieder, sind die Äcker leer, senkt sich der Himmel auf den Boden, nass und kalt, wird es draußen ganz still. Aber nur kurz, gleich nach Weihnachten setzt das Gezucke und Gebebe wieder ein, die Krähen scheinen es als erste zu merken, hüpfen auf den Januarfeldern herum und machen sich darüber lustig, wie sie sich über alles lustig machen, das sagt auch die Mutter. Die Salatkeimlinge in der beheizten Anzucht sind dann schon einen halben Finger hoch, die Apfelknospen dick, Monate vor dem neuen Austrieb, noch im tiefen Winter, aber Luzie kommt es vor, als sei halb Frühling und der Winter schon wieder halb verloren.

Im Herbst sieht Luzie in die aufgerissenen Augen frisch abgeschlagener Hühnerköpfe, die neben dem Hackklotz liegen, die flach gezackten roten Kämme jämmerlich gekippt, Staunen und Schreck im verloschenen Blick. Luzie ist beim Federnrupfen dabei, lässt sich von der Mutter die blassroten Eierstöcke mit Eiern zeigen, klein wie Stecknadelköpfe bis groß wie Hühnereier. Die größeren Eier werden gepflückt und in einer Schüssel gesammelt. Ihre Schalen, durchscheinend wie Pergament, sind noch weich. In den folgenden Tagen landen sie in der Holländischen Soße oder als Eierstich in der Suppe.

Die für die Pflanzenanzucht vorbereitete Erde lagert unter einem provisorischen Dach im Freien, fein gesiebt, gedämpft, um dem Unkraut die Keimkraft zu nehmen, und mit Torf vermischt. Frühjahr für Frühjahr fällt es einer Häsin ein, hier ihr Wochenbett anzulegen. Nach einer Zeit stellt der Vater die Falle am Eingang des Baus auf. Ob Luzie sich wünschen soll, dass die Häsin wegbleibt; besser, die Jungen verhungern, und sie lebt? Aber Luzie ist dann doch mehr dafür, dass sie weiter zu den Jungen kommt, sie um keinen Preis im Stich lässt. Anfangs scharrt die eine oder andere Häsin die Falle mit Erde zu. Aber irgendwann schnappt die Eisenscheibe hoch und klemmt die Häsin gleich hinterm Schulterblatt zwischen zwei schweren Bügeln ein; manchmal auch nur den Kopf oder ein Bein. Keiner gelingt es je, sich freizubeißen, bevor der Vater wieder nach der Falle sieht.

Der Vater erschlägt die Jungen; er erschlägt die Häsin und präsentiert sie der Mutter. Abziehen und so weiter, das ist ihre Sache. Im Gesicht hat er dann dieses schmale Grinsen, das anzeigt, dass sein Herz frisch entgiftet ist.

Obwohl es jedes Frühjahr dasselbe ist, wechselt die Mutter, wenn der Vater ihr die Häsin hinlegt, jedesmal die Farbe. Luzie und Kurt gehen in Deckung. Sie fängt an, um sich zu schlagen: Es sei wider die Natur, die Jungen und die Alte umzubringen, er sei ein hinterhältiger Vernichter … sie heißt den Vater alles zusammen, aber es nutzt nichts, sie kann schimpfen, soviel sie will, die volle Wucht kriegen ihre Worte nicht. Luzie überlegt, ob sie den Vater umbringt und die Häsin an den Hund verfüttert. Am Sonntag gibt es Hasenbraten. Beim Spaziergang an den bewaldeten Berghängen singen sie »Horch, was kommt von draußen rein« und Kanons.

Am Sonntagnachmittag, während der Vater schläft, bügelt die Mutter. Die Woche schwingt aus wie ein Pendel, gegen fünf ist der Umkehrpunkt erreicht. Die Mutter holt den seltsam geformten schwarzen Pappkoffer in die Küche, packt die Notenblätter und die Klampfe auf den Tisch, legt sich den Riemen über die Schulter und setzt sich.

Auf diesen Augenblick wartet Luzie die ganze Woche. Leise schiebt sie einen Stuhl heran. Die Mutter spielt Walzer, Ländler, sie singt »Ein Jäger aus Kurpfalz« und mit hoher Singstimme: »Drei Zigeuner fand ich einmal … wenn uns das Leben umnachtet, wie man's verraucht, verschläft und vergeigt und dreimal verachtet.« Sie spielt und lacht und lässt sich zurücktragen

in den Schoß der Angst und des Frohseins, in den Luftschutz-
keller, zu ihrer Klampfenlehrerin, in den Chor, auf die Gass,
unerreichbar für Luzie, die, bevor das Pendel wieder in Fahrt
kommt, sich immer »Ännchen von Tharau« wünscht, »mein
Reichtum, mein Gut, du meine Seele, mein Fleisch und mein
Blut.« Luzie, in den Stuhl gedrückt, legt die Hände aufeinander und fällt vom Glück ins Elend und vom Elend ins Glück.

Luzie will das Ziehen unter den Rippen betäuben, sie träumt
vom abweisenden Schimmern des Perlmutts in Oma Sannsches
Knopfschachtel. Luzie hat ihre eigene Schlachterei. Sie operiert
Puppen defekt, zerstückelt Wegschnecken zu Salat oder lässt die
langen grauen mit dem großen Gehäuse an einem Faden ins
Gießwasserbecken hinunter und beobachtet, wie sie sich win-
den. Gelingt es einer, am Rand hochzukriechen, stößt Luzie sie
ins Wasser zurück. Bis die Schnecke sich verausgabt hat. Gelegentlich machen andere Kinder mit. Aber das gibt hinterher nur
Ärger.

Luzie verfolgt mit der Hand Gänge bis zur weichen Nest-
kugel aus Gras, Moos, Haaren, ein grauseidenes fiepsendes
Gewimmel. Je nach dem, wie weit die Mäuse entwickelt sind,
drängen sie sich zusammen oder stürzen blind davon. Luzie erschlägt sie mit einem Stein alle auf einmal oder einzeln nacheinander. Oder fängt eins ein, besieht sich seine Angst, lässt es
wieder laufen, fängt es wieder, merkt, wie es sich in der sacht
geschlossenen Hand bewegt. Ungeziefer, das sagen alle.

Luzie unterhält mehrere Friedhöfe: im Hausgarten, beim Gewächshaus und auf Brachäckern. Vom Auto überfahrene Katzen und Vögel werden von den Erwachsenen aufgeschippt und
landen entweder in der Mülltonne oder auf dem Misthaufen,

wenn Luzie nicht aufpasst und dazwischengeht. Luzie bestattet die Kadaver in Ehren, nagelt aus Kistenlatten ein Kreuz zusammen, pflanzt Veronika oder Gundermann auf die Grabstelle. Nach einem Gewitter gelingt es ihr meist, Dahlien mit abgeknicktem Stiel zu organisieren für einen Blütenteppich.

»Jetzt bisch im Katzehimmel«, sagt Luzie zum Schluss. Oder Karnickelhimmel, Amselhimmel, Taubenhimmel, Spatzenhimmel. Einmal ist es der Rotkehlchenhimmel.

»Warum blouß muss souwas passiern?«, rief die Mutter aus, als sie das Rotkehlchen entdeckte, im Rohr des Trichters eingeklemmt, der außen an der Schuppenwand hängt. Es habe in dem Trichter bestimmt eine Spinne fangen wollen.

»Die Dampfwalz kimmt, die Dampfwalz kimmt, die fährt durch jeden Gaade un' macht eich all zu Flade«, singt Luzie, eiert mit dem Rad über den Feldweg und überrollt Spinnen, Regenwürmer, Schnecken, Ameisen. Dann wieder traut sie sich kaum aufs Rad, weil sie ja versehentlich ein Viech überfahren könnte.

Auf der Suche nach Opa Schorsch, Oma Sannsche, Oma Babette, verwandten und nicht verwandten Tanten, Onkeln radelt Luzie zu deren verstreuten Äckern, auf dem Gepäckträger ihr Holzschwert, Vogelmiere für die Hühner oder Löwenzahn für die Hasen. Sie hat zu tun. Im September, wenn Starenschwärme ins Feld einfallen, als wäre es ihr Bahnhof, vertreibt Luzie sie von den Trauben.

»Des hot wenigschdens mol 'in Sinn«, sagt der Vater.

Das Gesicht mit Koks geschwärzt, in der Hand eine Latte, fährt Luzie mit dem Rad unter den Stromleitungen hin und her, denn auf den Stromleitungen erwarten sie die Abreise. Sobald sich ein Starenschwarm in der Nähe des Obstackers niederlässt, rast Luzie auch dorthin, schreit und fuchtelt mit der Latte.

Eines Tages trifft sie dabei auf die beiden Damen. Die zwei kommen auf Stöckelschuhen daher wie zehenkranke Hähne. Sie haben sich untergehakt und gleichen sich aufs Haar, das wiederum bei beiden mit einem feinen Netz überzogen ist; das Gesicht, die Nägel sind angemalt, rosa, rot, blassblau in allen Schattierungen. Noch Stunden später hängt das Parfüm über ihrer Wegstrecke. Die beiden stellen sich vor Luzie quer, als sie Stare vertreibend an ihnen vorbeifahren will. In der Not holpert sie über den Rainstreifen. »Unerhört«, »freches Ding«, die Wörter setzen ihr hinterher. Luzie verkriecht sich im Schuppen. »Gockel un' Geier, die lege ko Eier. Un' was seid ihr? – Gockel uf Sockel. – Un' was werd eich blühe? – Die wern eich die Haut abziehe.« Schwarze Schleier von Staren tanzen über den Bäumen, fallen auf die Stromleitungen, blähen sich auf am Himmel und sinken regelmäßig in die Reben.

Die wilde Gabi, mit der Luzie ab und zu im Führerhaus des Pritschenwagens spielt, zahlt es den beiden heim. Als sie wieder einmal den Weg entlangkommen und auf der Höhe des Autos sind, hat Gabi sofort die Unterhose unten und den Hintern zum Seitenfenster raus. Luzie sieht zwei rotumrandete Münder, aufgesperrt wie Fischmäuler. Bevor sie zuschnappen können, verkriecht sie sich bei den Pedalen unterm Lenkrad.

Von Zeit zu Zeit will Luzie Förster werden. Nichts geht ihr über die dicke Laubschicht unter den Buchen, das ins Licht geschmiegte haarfeine Gras in lockeren Fichtenbeständen, den Geruch nach Eicheln im Oktober und November. Wenn es ganz arg ist, träumt Luzie davon, sich ins Laub zu vergraben und wegzuschlafen wie die alte Muschi unterm Futtertrog der Nachbarskuh.

Um den ersten Dezember herum wird ein paar Tage im Wald gearbeitet. Sie brauchen Pfosten für das Bohnengerüst und die Tomaten. Zum Ausschlagen weist der Förster dem Vater einen Hangabschnitt mit jungen Fichten zu. Die Spaten und Kettensäge tragende Mutter und Luzie übersieht er, als wären sie die unvermeidlichen Flöhe des Vaters. Jedesmal denkt Luzie hinterher, dass es wohl doch nichts wird mit der Försterei.

Als Luzie zwölf ist, sieht sie die Metzgereiverkäuferinnen mit anderen Augen. Den praktischen Haarschnitt, die eingefärbten Strähnchen, die über den Ausschnitt der Kittelschürzen gelegten gemusterten Blusenkragen; wie sie auf die Sonderwünsche dieser speziellen Sorte Kundinnen eingehen, die, kaum in der Tür, schon gereizt den ausgezogenen Handschuh der einen Hand in die behandschuhte andere schlagen. »Entfernen Sie doch bitte den Fettstreifen beim Schinken, er ist etwas breit heute.« »Bitte nur ein Mittelstück, die Wurstenden sehen unschön aus, findet mein Mann.« Und zum Schluss ruft die Chefin ihnen noch ein extra Dankeschön hinterher.

Dafür muss sich die nächste Kundin, die Arme unter dem schnell übergeworfenen Anorak verschränkt, die Hauspantöffelchen mit den kalten Zehen aneinandergepresst, während ihr Gulasch abgewogen wird, nach der Schwiegermutter fragen lassen, die – »ehr liewe Leit« –, mal wieder vollgetankt die Treppe hinuntergestürzt ist.

Wer wie bedient wird, wer wen wie bedient, wer wie dazu kommt, so oder anders bedient zu werden – versunken ins Bild, das die Thekenscheibe zurückwirft, überlegt Luzie, ob Frausein bedeutet, sich dauernd mit solchen Fragen zu beschäftigen.

Rache ist Blutwurst, zum Ausgleich stellt sie sich vor, dass die Frau mit der Fasanenfeder am Hut beim Schlachten Hand anlegen muss. Blut rühren, Borsten schaben, Därme auswaschen, Wurst kochen. Luzie lässt ihr die Finger vom heißen Wasser aufquellen, die glatten Nagellackränder splittern, beim Griebenschneiden blühen Blasen auf. Den Hut hat gnädige Frau in der Waschküchenhitze längst verlegt. Die Süße von warmem Blut, heißem Fett, Zwiebeln und Basilikum kitzelt ihr den straffen Ton, in dem sie die Forderungen über die Ladentheke geschickt hat, aus dem Hals.

An sich hat Luzie das Schlachten und das Schwert inzwischen hinter sich gelassen. Sie sucht jetzt den Anschluss. Nach ihrem Traumberuf gefragt, schreibt sie im Schulaufsatz: Stewardess. Sprachen und Reisen, sehenswerte Orte, Kontakte in aller Welt, gut angezogen sein. Von den farblos lackierten Fingernägeln schreibt Luzie nichts, obwohl sie das Erregendste an der ganzen Vorstellung sind; auch nicht, dass die Sichel am Boden des Nagelbetts solcher Finger hell schimmert, die unversehrte Haut an seinem Rand einen vollkommenen Bogen ausführt, bei jedem Nagelwall in einer anderen Krümmung.

Luzie ist nicht adrett, nicht sprachbegabt, nicht an Kleidern interessiert, nicht an Reisen. Flugzeuge kennt sie nur von unten. Erst hat Onkel Karl immer aufgeregt darauf gedeutet, sobald eins den Himmel durchquerte, eine blasse Schleife hinter sich herziehend. Abends, wenn das Feld schon im Schatten des Horizonts lag und Luzie aufs Nachhausefahren wartete, verwandelte sich die blasse Schleife der Flugzeuge in eine leuchtende Schneckenspur. Später brachten auch die Flugzeuge im Gesicht von Onkel Karl die Farbe der kranken Hühnerleber hervor. Als ob sie das Feld von oben zu umzingeln und abzumurksen drohten.

Die hockt zuviel bei den Alten, sagt der Vater über Luzie. Er und die Mutter beschließen, mit den Kindern den Großflughafen zu besuchen, gewissermaßen als Ersatz dafür, dass sie nie verreisen.

Zwei Tage vorher beginnt der Countdown:»Auf, vorwärts!« Schneller als gewöhnlich schieben der Vater und die Mutter die hoch beladenen Karren aus den Gewächshäusern, stehen noch früher auf, um die Tomaten durch die Bürstenmaschine laufen zu lassen, übers Sortierrad. Der Lehrling muss länger bleiben, dafür hat er dann frei. Am Morgen des Ausflugs legen Luzie und Kurt die Steigen mit Papier aus, wiegen ab, rennen mit um den Sortiertisch; heften Warenzettel an, während die Mutter und der Vater die Stapel auf den Paletten mit Schnur zusammenbinden und die kleine Frauke allen zwischen den Füßen herumläuft.

Zuletzt fährt der Vater zum Genossenschaftsmarkt, die Mutter schaltet im Laufschritt die Bewässerungsanlagen ein, nach ein paar Minuten wieder aus, packt Mineralwasser, Jacken, Eimer und Brote zusammen, macht die Betten und hält Luzie und Kurt an, sich umzuziehen.

Der Vater fragt, was er anziehen soll, die Mutter sagt, er sei kein Kind mehr. Daraufhin erscheint er in Hosen, die zu warm sind, und das Hemd passt nicht dazu, sagt die Mutter. Er zieht sich wieder um, holt den Fotoapparat aus dem Schrank, nie weiß jemand, ob jetzt ein Film drin ist oder nicht, und auf geht's.

Die Mutter und der Vater streiten über Fahrweise und Weg; Luzie und Kurt erbrechen sich in den Eimer. Irgendwie gelangen sie dennoch auf den Parkplatz des Flughafens. Die Mutter ist in Sorge, ob sie das Auto je wiederfinden werden. Der Vater tut so, als ob alles kein Problem sei; er hält es für übertrieben, sich die Parkplatznummer zu merken. Das tun sie aber dann doch. Im Aussichtscafé wollen Luzie, Kurt und Frauke Eis, die Eltern trinken Kaffee und essen Torte. Sie betrachten die startenden und landenden Maschinen, das Auftanken, die Feuerwehrautos, das Heranschieben der Gangways, die Busse mit den Passagieren und halten sich insgeheim am Stuhl fest.

Dem Vater obliegt der Kontakt mit der Bedienung. »Fräulein!« Er stößt die Wörter an ihr vorbei über den Tisch, als sei sie schuld, dass er sie nicht richtig ansehen kann. Die Mutter und Luzie studieren unterdessen die verschachtelten orangegelbbraunen Vierecke des Teppichbodenmusters. Dann fahren sie in den Zoo.

Nach Hause zurückgekehrt, sind alle froh, dass sie noch leben und nicht mehr erbrechen oder mit Bedienungen verhandeln müssen, auch nicht dabei zusehen.

Das Faulwasser bei den Krokodilen hat Luzie noch tagelang in der Nase; es roch wie Dachrinnenmoder. Bei Oma Babette zieht sie den Versandhauskatalog aus dem Zeitungsstoß. *Für die Dame*, Schuhe, Handtaschen, Luzie besieht sich die polierten huppeligen Häute. Regungslos oder in Zeitlupe, die Lider halb geschlossen, schien den Krokodilen die Zeit zu gehören. Nur wer hetzt, hat keine Zeit, sagte die Mutter, und die Krokodile kämen aus der Ewigkeit. Außerdem, dass es noch Krokodile geben wird, wenn die Menschen einander schon längst den Garaus gemacht haben werden. Luzie ist sich sicher, dass sie das bloß zum Trost gesagt hat.

Luzie blickt nun anders hinauf zu den Flugzeugen, die im Lärm und Benzingestank durchs Wolkenmeer ziehen. Kein Wunder, dass da Spucktüten verteilt werden müssen, so vertraut mit dem Himmel, wie es von unten aussieht, sind sie nicht.

Von weitem hat sie Stewardessen gesehen. Schlanke Frauen mit gutsitzenden Kostümen, echten Frisuren in Blond und Dunkel. Dienstbar bis in die Haarspitzen, ganz eins und einig mit der Welt. Sie traten beim Warten nicht von einem Fuß auf den anderen, sondern strichen sich das Haar so »hach« aus dem Blusenkragen oder hinters Ohr, dass Luzie sie nicht mehr aus den Augen lassen konnte.

Eine Handvoll Spinnen, von hinten in den Kragen gestreut – Luzie hatte die Stewardessen schon vor sich gesehen, wie sie kreischend die Frisuren schütteln, ihrem Ekel ausgeliefert, sich die Blusen zerwühlen. Dann war sie endlich in der Lage, ihre Aufmerksamkeit wieder auf etwas anderes zu lenken.

Luzie hält sich an die Katze, die jetzt bei ihnen lebt. Die weiß, wie man Anschluss findet. Der Vater holte sie einen Tag, nachdem Kurts kleiner roter Kater totgefahren worden und er nicht mehr zu beruhigen war, aus dem Tierheim, damals bereits ein dreiviertel Jahr alt und, wie es hieß, in normale Wohnverhältnisse nicht vermittelbar.

Die winzigen schwarzen Lanzen in ihren Pupillen waren auf alles und jedes gerichtet. Nur Haut und Knochen, schien sie die pure Feindseligkeit und Angst zu sein. Sofort, nachdem sie aus dem Korb gelassen wurde, verschwand sie in den flachen, mit Betonplatten abgedeckten Schächten, in denen die Heizrohre zu den Frühbeetkästen und Gewächshäusern laufen. Anfangs sah man sie gelegentlich von weitem in der Sonne liegen, auf dem Schachtdeckel neben einem Ausschlupf.

Aber nach und nach übernahm sie das Gelände. Auf den handbreiten Fundamentstreifen der Gewächshäuser kehrt sie von ihren Ausgängen zurück, sie balanciert auf den Bretterkanten der Frühbeetkästen, hält an, um Witterung aufzunehmen oder einen Plastikeimer zu beäugen, balanciert weiter, jetzt pure Gelassenheit und Würde. Im Winter verzieht sie sich hinauf auf eines der dicken Heizrohre und lässt den Schwanz warnend baumeln.

Eines Abends schlüpft die Katze, wie die Mutter im Nachhinein annimmt, in den Laderaum des Kleinbusses, zwischen grüne und dunkelblaue Schürzen, dicke graue Plastiklatzhosen, schwere Parkas mit ausknöpfbarem Polyesterfutter, leichte Jacken aus reißfestem Baumwollstoff, mit dem ein Händler jeden Spätherbst vorfährt. Das hier ist heute sein letzter Halt. Es ist stockdunkel, der Hof schwach beleuchtet; die Hecktüren fallen zu, er verabschiedet sich von der Mutter aufs nächste Jahr. Nach einer halbstündigen Fahrt wird der Bus in eine Garage gesperrt.

Quietschend saust anderntags das Garagentor hoch; jemand reißt die Hecktüren auf, in dem Augenblick muss die Katze sich davongemacht haben. Vierzig Kilometer Heimweg hatte sie vor sich, durch dichtbesiedelte Gebiete, über Bundesstraßen, zwei Autobahnen, eine Schnellbahntrasse und kleine Flüsse, von den Bächen ganz zu schweigen.

Zehn Tage später, als ihre Leute nach der Mittagspause dabei sind, ins Gewächshaus zu gehen, um Feldsalat zu ernten, läuft die Katze zum Hof herein. Sie schlängelt den Schwanz hoch, als sie ihrer ansichtig wird.

Luzie ahnt, dass sie es anders anstellen muss als die Katze, wenn sie Tritt fassen will. Aber sie hat keine Vorstellung, wie. Fürs erste hat sie die Augen mit Verständigkeit verspiegelt und wartet ab.

Zweites Kapitel

LUZIE WÜSSTE ZU GERN, wie es kommt, dass das, was einem gefällt, kaputtgemacht wird, von irgendwem oder irgendwas, ob das so sein muss und warum. Die Mutter sagt auch, dass es so ist. Aber mit ihr ist darüber meistens nicht zu reden, sie steht auf dem Standpunkt, wer die Zeit vor, im und nach dem Krieg nicht erlebt hat, habe sowieso keine Ahnung. Mal führt sie die besinnungslose Angst von damals an, mal das Lauern, die Bösartigkeit, die Einbildung, mal den Übermut, das Strahlen in den Augen, die Hoffnung, aber was sie auch anführt, wer es nicht erlebt hat, kann überhaupt keine Ahnung haben, sagt sie. Luzie schämt sich, weil sie es trotzdem wissen will. Der Spruch von Oma Babette: »Wer sich schämmt, hot schun verlorn«, hilft in dem Fall auch nicht weiter.

Opa Schorsch malt Frontbewegungen vom Krieg auf die Ecke der Zeitung, damit Luzie, Kurt, ihre Cousinen und Cousins es endlich begreifen. Aber sie begreifen es nicht: zuerst das Baubataillon, bei dem er war, lauter Pfeile, ausweichen, dazwischengehen, die soundsovielte Armee, das hat er alles aus dem großen Buch, in Russland selber sah man nämlich nichts, da war Schneetreiben und Eiseskälte; meistens geraten die Pfeile und Striche tief in den Schriftzug der Zeitung. Das einzige, was Luzie begreift, ist, dass es Frontlinien gibt, Stellungen, allerhand Manöver und die Erwachsenen sich halb im Krieg befinden. Sie versucht, wenigstens die Fronten auszumachen.

Luzie fährt bei Oma Babette vorbei, klopft ans Fenster der Küchentür, es rührt sich nichts. Schon im Gehen, drückt sie noch schnell das Gesicht gegen die Scheibe und sieht eine Gestalt am Küchentisch sitzen, vornübergebeugt, auf Oma Babettes Platz am kurzen Tischende, also ist sie doch da. Luzie klopft wieder – bis Oma Babette aufschließt, das Gesicht in Tränen eingeweicht. Ohne Luzie zu begrüßen, geht sie an ihren Platz zurück. Luzie setzt sich an die Längsseite.

Oma Babettes rosa schimmernde, dicke Finger greifen nach Luzies Hand, drücken sie. Ihr Schluchzen und Weinen braut sich tief unten zusammen, bevor es sich ins Gesicht ergießt. Immer fester drückt Oma Babette Luzies Hand, kommt näher, hält sich fest, hält Luzie fest, die sich alle Mühe geben muss, nicht den Arm auszustrecken und sie wegzuschieben. Nach einer Ewigkeit lehnt Oma Babette sich zurück, holt ihr Taschentuch aus der Schürzentasche und versenkt darin den Rotz, die Tränen, den Jammer.

Also erstens haben sie ihr wieder Petersilienpflanzen herausgerissen. Jetzt, wo die Petersilie anfängt, etwas herzugeben, wo der Meisels Franz ihr dreimal in der Woche fünfzig Bund abnimmt. Wenn sie nur noch zehn Bund bringt, lacht der und kauft bei jemand anders.

»Die sin' sou gottverlosse dabbisch heit«, sagt sie, dass sie, wenn sie schon klauen, noch nicht einmal wissen, wie man Petersilienstängel wegmacht, ohne dass dabei alles kaputt geht.

In Luzies Bauch zieht es sich zusammen, ihr wird taumlig vor hilfloser Wut. Es ist so einfach: den äußersten Petersilienstängel am breitgewachsenen Fuß vom Stock abziehen, dann den zweitäußersten, immer außen um den Stock herum. So wachsen sie, bis sie blühen, von innen nach, fast ein Jahr lang.

Die Studentenwohnheime. Seit die Studentenwohnheime da sind, ist jeden Tag etwas anderes. Erwischt Oma Babette eine, stottert die, sie habe nicht gewusst, dass man das nicht nehmen darf, steigt über den Hasenzaun, und fort ist sie.

Und dann die Erdbeeren. Der Jammer will sich wieder Bahn brechen im Gesicht von Oma Babette, aber sie tritt ihm – zu Luzies Erleichterung – mit dem Taschentuch entschlossen in den Weg. Früher wurden einem die Körbe mit den ersten aus der Hand gerissen. Fünf Mark fürs Pfund war normal in den fünfziger Jahren. Und jetzt: zwei Mark, obwohl alles teurer geworden ist. Jetzt kommen die ersten aus Frankreich und Italien.

»Wu des doch des Haupteikumme vun uns Alte isch.«

Und drittens feiere sie silbernes Alleinsein. Fünfundzwanzig Jahre ist ihr Mann jetzt fort. Zum Glück wird es nicht noch mal so lange dauern, bis sie wieder beisammen sein werden. Oma Babette, die dauernd sagt, rüstig schaffende Hände, ein Herz, gefeit mit des Frohsinns Waffen, gibt sich geschlagen. Das weiße Taschentuch fährt durchs Gesicht, wird zwischen den Fingern verdrückt, bis sie es schließlich wegsteckt: »Jetzat spiele mer noch ä Mühl.«

Als Oma Babette sie beim Verabschieden in den Arm nehmen will, der Anfasshunger ist aufgebrochen, schiebt Luzie schnell dazwischen, dass sie am Sonntag früh um halb sechs auf ihrem Acker sein wird, zusammen mit Kurt, um bei den Erdbeeren zu helfen.

Warum Luzie immer bei der hockt? Das reizt die Mutter von jeher; aber jetzt erst recht, weil Oma Babette anscheinend glaubt, die Mutter habe bei der Konfirmation im Haus einer der

Schwägerinnen eine Serviceplatte von ihr, Oma Babette, mitgenommen statt ihre eigene. Da hört sich doch alles auf, sagt die Mutter nun immerzu, das war die letzte Platte, die ich verliehen hab; wenn ich will, kann ich mir drei Serviceplatten kaufen, sogar fünf, ich bin doch nicht auf die von der angewiesen … und überhaupt, verlangt die dreißig Pfennig, wenn jemand bei ihr telefoniert, wo die Post nur zwanzig Pfennig nimmt, zuletzt: Die hat nichts anderes im Sinn, als mich zu schikanieren.

Das ist dann der Einsatz für den Vater: »Du spinnsch doch.« Woraufhin sich die Mutter dem Vater zuwendet. Luzie will zwischen den Fronten vermitteln: Oma Babette meine es nicht so. Sie rechne halt, Rentabilität sei ihre Idee.

»Wie kann ma' blouß sou sei'?«, fragt die Mutter wütend und verzweifelt.

Luzie kündigt an, dass sie am Sonntagmorgen mit Kurt in die Erdbeeren geht, aber das erreicht die Mutter nicht mehr, sie hat die Tür zur Welt zugeschlagen und vernagelt.

Luzie und Kurt wollen die Sandalen ausziehen und mit den Füßen ins Wasser, die Mutter auch. Der Vater nicht; es ist Badeverbot, sagt er lachend, und in der Zeitung stand, ein Zirkuselefant, der von dem Flusswasser getrunken hat, ist daran eingegangen. In der Flussmitte fährt ein Schiff, sie springen vor und zurück, Wellen schlagen ihnen an die Knöchel, treiben ihnen Sand und Kies über die Zehen, schon wieder ein Schiff, ein Dampfer, sie lassen ihre Füße überspülen, es kitzelt. Der Fluss ist breit, ein Strom, er kommt von den Bergen und mündet ins Meer. Die umschlagenden Wellen greifen nach ihnen, bis ins Meer könnten sie einen mitnehmen. Der Vater hält Frauke fest. Über ihnen türmt sich ein blasser Himmel. Schade, dass die

Omas und Opa Schorsch nicht dabei sind, denkt Luzie, das wäre gut, auch wenn sie nie im Leben die Strümpfe ausziehen würden. Man kann weit sehen, die Bäume, die entfernten Häuser, das Wasser, alles leuchtet, so von innen her und von weit her, wie frisch aufgegangene Blüten leuchten.

Bei Tante Magda in der Küche ist es manchmal genauso schön wie beim Ausflug an den Strom. Wenn sie früher Schule aus hat, fährt Luzie bei Tante Magda vorbei. Schon im Hof hört man es kläppern, es trällert und pfeift. »Hausch ab, du Saumensch!«, Tante Magda wird gerade mit dem Handtuch nach der Katze schlagen, die wahrscheinlich oben auf dem Küchenschrank hockt, den Wellensittich im Visier. Im selben Moment sieht Luzie die Katze zum Fenster hinausjagen, wo der Hund sie schon erwartet. Der Wellensittich krächzt, zetert, schrillt, und dann flötet er wieder im Duett mit Tante Magda. Es riecht nach Gulasch und Weißkraut, es kläppert und dampft. Luzie guckt zur Küchentür herein, es scheint zu passen.

Sie hilft die heißen Kartoffeln schälen, Tante Magda pfeift und geht die Strecken zwischen dem Spülstein unterm Fenster rechts, dem Herd an der Innenwand, der regalartigen Anrichte neben dem anderen Fenster und dem Küchenschrank hinten ab. Die Mutter sagt, so unpraktisch verteilt war früher alles; sie hat eine Einbauküche und zehn Arme. Luzie bezweifelt, dass soviel Praktischkeit etwas für Tante Magda wäre, die hat offenbar genug an ihren zwei Armen, und am Ende verginge ihr auf den kurzen Strecken noch das Pfeifen.

Nebenbei schieben sie sich ein paar Kartoffeln mit Butter und Salz in den Mund und machen Oh und Ah. Wenn die Kartoffeln abdampfen, die Pfanne mit dem Fett schon auf dem Herd steht, Gulasch und Weißkraut noch ziehen, dann setzen sich Tante Magda und Luzie für ein paar Minuten an den Tisch. Das karierte Wachstuch schimmert mild, der kleine Himmelausschnitt vom Oberlicht breitet sich in der ganzen Küche aus. Tante Magda fängt an zu erzählen, wie ihre Mutter, die längst gestorben ist, zu ihr als Mädchen gesagt hat: »Gäih gucke, ob er widder dort isch!« Dann ist Tante Magda zur Wirtschaft am Eingang vom Feld gelaufen, zu den Hacken und Spaten an der Wand neben der Tür; hat die eingebrannten Initialen am Stiel und unten am Blatt entziffert, meist waren seine darunter. Jedesmal hat sie gezittert, aber er ist sie nie angegangen; niemand sonst hätte ihn aus der Wirtschaft holen dürfen, nur sie, sie war halt sei' Mädele. Ihre Erinnerungen sind wie die Schiffe auf dem Strom, kommen von weit, die Wellen, die sie machen, langen nach ihnen beiden am Küchentisch. Aber wenn er nachts heimkam, sagt Tante Magda, hat es ihr nichts geholfen, dass sie sein Mädele war, dann hat er sie genauso verdroschen wie die anderen, und sie sind mit der Mutter im Hemd auf die Straße gerannt. Tante Magda und Luzie verlieren ein paar Tränen, die Kartoffeln dampfen, der Himmel ist fahl, das Fett in der Pfanne geschmolzen; einmal lassen sie die Wellen über ihren Herzzipfel laufen, dann ziehen die Wellen weiter; aber die Vergangenheit, was jetzt ist, was kommen wird, trägt sie beide, und der Himmel, die Haus- und die Scheunenwand draußen haben plötzlich diesen Glanz, als wäre ihnen Leben eingehaucht worden.

Der Stuhl quietscht über den schwarzgelb gefliesten Küchenboden, Luzie macht sich auf, die Männer rumpeln schon im Flur, Tante Magda verteilt die Teller, schwenkt die Kartoffeln, der Himmel schrumpft wieder auf Oberlichtgröße, aber er leuchtet, die ganze dampfige Küche leuchtet.

Luzie tritt in die Pedale, zu spät zum Essen kommen, das gibt es nicht. Vorbei an den Hochhäusern, hier irgendwo war die Wirtschaft, in der Tante Magdas Vater immer verschwunden ist. Grüßen, »Gu'n Dach«, immer grüßen, vorbei an leeren Feldern, Dunst verwischt die vereinzelten Bäume, letzte Blätter hängen verloren in den Zweigen, als hätten sie es verpasst herunterzufallen.

Der Hund bellt energisch. Oma Babette. Er verbellt sie jedesmal, wenn sie erscheint; sie beachtet ihn nicht, wirft ihm nur ein »Hältsch's Maul!« hin, was ihn noch mehr aufbringt.

Luzie fährt heute nicht mit ihr zum Acker, obwohl sie gern dort ist. Er ist wie alle alten Äcker: schmal, ein freigehaltener Pfad führt an Beerenbüschen und Obstbäumen entlang zu dem Kleinstschuppen, dem Haisel. Hier riecht es kühl nach Moder und Lehm, dem Holz neuer Steigen, Vesperbrot. Hier ist es nicht wie bei den Eltern, die vorwärts kommen wollen und dazu alles, was in ihnen ist, aufbieten, denn vorwärts, das ist einen Geröllhang hochrennen, und man muss schneller sein als die losgetretenen, rutschenden Steine. Die Eltern feuern sich an, auf, das letzte Stück schaffen wir auch noch, aber es kommt immer ein neues letztes Stück, immer und immer, und Luzie bezweifelt, dass das je anders wird. Und sie ist stolz, weil die Eltern immer mehr Äcker bestellen, aufgegeben von den Alten und denen mit kürzerem Atem, aber aus dem Geröllhang kommen sie nicht heraus.

Die Luft in den Haiseln schmeckt nicht nach Endspurt, hier hört nichts auf, hier geht nichts verloren, hier wechseln sich Unmut und Zufriedenheit ab, wie das Wetter wechselt, Müdigkeit und Auftrieb, Verbitterung und Zuversicht, Argwohn und Güte.

Vorm Haisel auf dem verwitterten Brett sitzen, das als Bank dient, mit Oma Babette oder bei anderen Alten. Bis der Moment kommt, da zwinkern die müden Augen, der Handrücken wischt die Brosamen aus dem Gesicht, selbst Oma Babettes dicke rosa Finger werden hippelig wie junge Katzen, bevor sie wieder den Hackenstiel umfassen, Petersilie bündeln oder Suppengrün.

Heute hilft Luzie den Eltern beim Feldausräumen. Der Vater freut sich über jeden neuen Acker, aber wenn's daran geht, ihn abzuräumen, steht ihm die Galle im Gesicht. Luzie und Kurt ducken sich während des Essens. Die EWG, die Minister und die neue Zeit kommen schließlich nicht vorbei, sich ihre Ohrfeigen abholen. Der neu zugepachtete Acker gehört einem, der jetzt bei der Post ist. Sie gehen alle zur Post oder zur Stadt oder zur Straßenbahn. Die unverheirateten Frauen gehen ins Büro oder Putzen, Ehefrauen werden Hausfrauen; mit Dahlien, Dauerwelle, Hüfthalter, Stick-, Koch- und Diätanleitungen, wie die Mutter sagt. Nicht, dass sie alle Äcker auf einmal hergeben würden, die letzten erst, wenn ihre zwanzig Pfund Sauerkirschen oder fünf, sechs Steigen Kopfsalat im Genossenschaftsmarkt nicht mehr angenommen werden wegen geringfügiger Menge. Dafür singen sie dann um so lauter: »Wo in jedem Gaade stäht 'in Kerscheboom, do isch unser Heimat, do sin' mer dahoom.«

Den Eltern kommen die Äcker gelegen. Sie wollen ihr eigener Herr bleiben und weiter Gemüse anbauen. Luzie radelt stolz die Gewannewege entlang und zählt die Äcker, sortiert nach Kulturen, im Rekordjahr allein drei Äcker mit Tomaten. Danach tauschen die Eltern Gelände, ihr Traum ist: alles an einem Stück, keine Zeit mehr mit Herumfahren verlieren. Luzie geht dazu über, die Tomatenreihen zu zählen. Sie haben jetzt einen der größten Tomatenäcker im Feld.

Der neue Acker muss abgeräumt werden. Luzie hilft Pfirsichbäume ausgraben, Johannisbeer- und Stachelbeersträucher, Rebstöcke mit dicken Gelenken und langen grauen Rindenfasern. Der Vater gießt Benzin über den Stoß, weil das grüne Holz schlecht brennt. Sie reißen die silbergrauen, vom Wind geriffelten Bretter am Haisel ab, die brennen besser, klopfen die Ziegel klein für die Gewächshauszufahrt.

Unterdessen erzählt der Vater von der Katastrophe vor hundert Jahren, als alle Reben ausgegraben und verbrannt werden mussten, weil aus Amerika die Reblaus eingeschleppt worden war. Den amerikanischen Reben macht die Reblaus nicht so viel, die sind die ja gewöhnt. Viele der gerodeten Weinberge wurden mit Esskastanien bepflanzt; die ließen sich bis in die fünfziger Jahre auch gut verkaufen. Als alles verbrannt ist, verzieht sich die Galle aus dem Gesicht vom Vater. Jetzt sieht man nur noch den neuen Acker.

Die einen breiten sich aus, die anderen verschwinden. Die einen fangen an, die anderen hören auf. Jedes hat seine Zeit, sagt die Mutter. Und dann wieder: Das ist alles wegen der EWG. Ab und zu heißt es, jemand habe sich was angetan, ob man zur Beerdigung soll. Luzie fällt dann immer ein, wie der Pferdehändler den Gaul abgeholt und sie, hinter Tante Magdas Küchenvorhang, zugesehen hat, wie der Gaul aus dem Stall geführt wurde, wie er die paar Meter über den Hof und dann über das Brett auf den Anhänger gestakst ist. Nichts war zu hören als das stotternde Klacken der Hufe. Auch hinterher durfte man kein Wort sagen. Aber den Riss, der sich wie ein Blitz von der Kehle bis in die Füße fortgepflanzt hat, merkt Luzie heute noch. Und wenn wieder jemand verschwindet, brennt er.

An einem klaren Spätsommertag bringt Oma Babette die

Nachricht vom Tod der Fenners. Gott soll ihnen vergeben, aber anderen zur Last fallen sei die größere Sünde, haben sie auf einen Zettel geschrieben, hat sie gehört. Oma Babette ist blass. Der Boden unter den Füßen der Mutter rutscht. Luzie muss aufpassen, dass sie nicht weggeschickt wird. Die größere Sünde?

»Armut hot's vun jeher gewwe, awwer des?«

Die Fenners hätten von der dunkelblauen Flüssigkeit getrunken. Wenn die angerührt wird, müssen Luzie und Kurt ein paar Schritte zur Seite treten; den Totenkopf auf der Blechflasche lässt die Mutter sie aber betrachten. Nervengift, sagt sie, E 605 ist ein Nervengift; man stirbt elendiglich, es verkrampft sich einem alles.

»Diddeldaddeldiddeldu daddeldaddeldu ... rrrh.« Luzie und Kurt haben die Kleine im Sportkarren bei sich, hinten im Schuppen. Frauke lacht, die Füße lachen, die Finger lachen, sie tritt vor Vergnügen und macht: »Diddeldaddel, diddel, daddel ...«

»Und jetzt Oma Babette.« Luzie und Kurt balancieren auf den Hacken, spreizen die Zehen und stöhnen:»Mei' Balle, mei' Balle.«

Frauke juchzt, Kurt geht in die Hocke vor Lachen. Als sie Onkel Konrad mit vollen Hosen ausprobieren, muss er allerdings zusehen, dass seine trocken bleiben. Niemand weiß genau, was sich in Onkel Konrads Hosen abspielt, aber Luzie rennt an seinen Äckern immer vorbei, um sein milchiges Lächeln abzuschütteln, und Kurt auch, solange er alles macht, was Luzie macht – jedenfalls stimmt etwas nicht mit dem Hosenstall vom Onkel Konrad.

Jetzt machen sie den Pfarrer, klemmen das Fleisch der Backen zwischen die Zähne, falten die Hände und bauen sich vorm Kinderwagen auf: »Der Herr segne deinen Eingang und Ausgang.« Frauke lacht und babbelt, mit Händen und Füßen fuchtelnd, Kurt fängt an zu hüpfen vor Aufregung. Luzie bemerkt plötzlich wieder sein argloses, feines Gesicht, dem der Mutter so ähnlich, die graugrünen Augen vom Vater, die geraden langen Glieder vom Opa Schorsch. Es entgeht Luzie nicht, dass alle das, was ihnen an sich selber gefällt, bei Kurt wiederzuerkennen meinen. Luzie macht den gelben Blick, zieht die unteren Lider hoch. Heute morgen auf dem Schulweg, erst die Spitzers Lore zu ihr: »Wann i' dich seh, moon i', die Oma Vertel wär uferstanne, 's selb Gsicht«, wie Luzie das hasst, und auf dem Heimweg, als ob sie sich zum Spießrutenstehen verabredet hätten, der Onkel Karl: »Dei' Gsicht – ich moon, ich hät' dein selige Unkel Hubert vor mer.«

Uroma Vertel war garstig gewesen, vor ihr hätten sie Manschetten gehabt, sagen alle. Händler, mit denen sie nicht einig wurde, habe sie nach Strich und Faden heruntergeputzt, sie sei sogar mal mit Gurken hinter einem her. Haare auf den Zähnen hatte die, ein Dragoner war das.

Noch weniger Ehre macht Luzie die Ähnlichkeit mit Onkel Hubert, nach den Worten der Mutter ein hinterhältiger Schweiger und Besserwisser, den die Leute gemieden haben. Manchen Abend, den sie zusammengesessen sind, hat er kaum einen Satz gesagt, aber diejenigen, denen so ein Satz dann gegolten hat, wissen ihn heute noch. Überführt, sagt die Mutter, überführt ist man sich vorgekommen.

Luzie fixiert Kurt immer noch, der gelbe Blick dringt ihm unter die Haut, er weiß sich nicht zu helfen, kann nur mit den Augen betteln, Luzie solle wieder gut sein, aber sie lässt ihn zittern, bis ihr einfällt, sie könnte ihn mal wieder besiegen.

Frauke posaunt: »Duddelduddel duh, duh«, der Sportwagen wippt und wackelt von ihrem Gestrampel, und Kurt muss sich auf der ausgebreiteten alten Pferdedecke niederringen und auszählen lassen. Dann ziehen sie mit Frauke im Sportkarren weiter.

Es gibt jetzt nicht nur neue Gesichter im Feld – wie den Mann mit dem auffallend lichten Gesicht, er muss von einem der neu erbauten Institute sein; jeden Tag Punkt dreiviertel zwei eilt er an der Gärtnerei vorbei, leicht nach vorne gebeugt, die Hände auf dem Rücken verschränkt –, es gibt auch neue Wörter. Die schleppt ein anderer an: Herr Biersbeck. Die neuen Wörter sollen den Eltern aus dem Geröllhang helfen. Besonders die Mutter hofft auf die Wörter, dann wieder hadert sie, der Biersbeck sei ein Jesuit des Kapitalismus. Aber sie ist trotzdem stolz, dass sie zu den von der Gartenbaukammer Auserkorenen gehören. Nur Auserkorene haben eine Zukunft im Feld.

»Intensivierung, das A und O isch Intensivierung«, beim Essen wiederholen die Mutter und der Vater, was der Biersbeck gesagt hat.

»Noo, Extensivierung, alles größer.«

»Des gibt's doch net, x-mol hot er gsaat: Intensivierung… Steigerung der Produktivität«, die Mutter betont jede Silbe, als müsste sie dabei auch noch Wörtertrennen üben.

Am Schluss haben sie's: Intensivierung *und* Extensivierung. Rundum steigern, mehr Fläche, mehr Ertrag, vor allem und von allem mehr.

Während er seine Papiere sortiert und ihnen immer neue Blätter mit Linien – ansteigenden, abfallenden, gezackten, senkrechten, waagrechten Linien – und Zahlenkolonnen vorlegt, die Mutter und der Vater auf dem Stuhl herumrutschen und »hm« machen, weil sie an solche Linien nicht gewöhnt sind, verklickert Herr Biersbeck ihnen, wie sie intensivieren müssen. Investieren in Gewächshäuser, Äcker, halbautomatische Lüftungsanlagen, Bewässerungssysteme, moderne Heizkessel. Dann werden sie soviel ernten, dass sie die verfallenen Erzeugerpreise damit weit mehr als wettmachen. Dann kommen sie aus dem Abhang heraus und können in Ruhe ihrer Arbeit nachgehen.

»Peifedeckele«, sagt Onkel Karl nur, als Luzie ihm davon erzählt. Aber was Besseres weiß er auch nicht.

Als nächstes sagen die Eltern beim Essen die neue Lehre auf von Zinssätzen, Tilgungsbeträgen, Laufzeiten, Steuererleichterungen; immer von vorne, wie die Alten den Katechismus, wenn ihnen nichts mehr einfällt und Luzie immer noch was hören will.

Herr Biersbeck will für günstige Kredite und Fördergelder von der EWG sorgen. Die Eltern drehen alles solange hin und her, nachts und beim Arbeiten, sonntags und beim Essen, bis sie keine andere Wahl mehr haben. Dann gehen sie zur Bank und unterschreiben.

Die Eltern erreichen die Höhe der Zeit. Im Feld marschieren sie mit vorneweg. Dem Fortschritt die Zukunft, dem Tüchtigen das Glück. In der Verwandtschaft ist man von jeher auf Seiten des Fortschritts. Strom, schüttelten die meisten im Ort vor siebzig Jahren den Kopf, den brauchen wir nicht: »Wann uf Welt kimmsch, brauchsch 'n net, wann krepiersch, schun iwwerhaupt net, un' zwischedrin koschd 'er doch blouß Geld.« Gesiegt hat aber die Fraktion von Luzies Ururgroßvater, die den Anschluss des Dorfs an die Zukunft durchsetzte – Abwasserkanäle, Hausanschlüsse für Trinkwasser und Strom, Telefon. Opa Schorsch schaffte den Holzpflug ab und einen aus Eisen an, obwohl der, wie's hieß, den Blitz anlockt. Oma Babette stellte als erste genauere Rentabilitätsberechnungen an, im Kopf und von Münzengeklimper in der Schürzentasche untermalt. Sie rüstete auch als erste den Hühnerstall mit einem Legekasten aus. Die konservativen alten Hühner benutzten ihn allerdings nur zum Draufscheißen, was sie mit dem Leben bezahlt haben. Tante Hilde ließ sich bei einem Stadtfriseur einen Kurzhaarschnitt verpassen und riskierte es sehenden Auges, verstoßen zu werden. Mehltauresistente Gurkenneuzüchtungen, ertragreichere Bohnensorten, neue Bewässerungsanlagen, neue Baumschnitttechniken, Luzies Leute probieren alles aus. Der Fortschritt bringt einen vorwärts, und wer nicht vorwärts kommt, wird abgehängt.

Aber statt dass es ruhiger wird auf der Höhe der Zeit, beschleunigen die Eltern noch. »Do werd mer's ganz schlecht, wann i' hieguck«, Oma Babette wendet sich ab, wenn die Mutter ihre fünfundzwanzig Petersiliensträuße in der Minute bindet. Der Vater rennt mit der Motorhacke durch die Selleriereihen. Niemand weiß, was sie mehr quält, die Angst vor den Banken, denen sie sich mit Haut und Haaren ausgeliefert fühlen, oder die Erschöpfung; niemand kennt die Hetzer in ihrem Kopf. Drangehen, »Nix wie dawedder« ist alles, was sie sagen, und stören darf man sie schon überhaupt nicht.

Luzie kommt es so vor, als werde der Himmel immer blasser, als sauge der Auftrieb der neuen Ordnung nun auch noch die Luft aus dem Feld ab. Alle sind jetzt auf ihren vergrößerten Äckern gefangen gehalten. Die Hetzer, die neuen Wörter und die Schulden führen das Regiment. Und niemand ist da, der ihnen in die Parade fährt.

Opa Schorsch sagt, die Welt sei ein Karussell, und das Karussell habe an Fahrt zugelegt. Aufstehen, ernten, abliefern, Luzie sieht, dass ihnen schlecht wird bei dem Tempo: abliefern, Mittagessen, schnell wieder ins Feld. Aber der Vater strahlt, der Mutter kann es nicht schnell genug gehen. Raus aus dem Bett, ab in die Stangenbohnenreihen, sie lachen, das Gelände wächst, zum Gewächshaus kommt noch eins und noch eins, und eines größer als das andere. Oma Sannsche fasst sich ans Herz, wenn sie die Flächen sieht, die Gebäude. Sie sagt, das Weltkarussell breche aus den Angeln vor lauter Tempo, es wird Richtung Milchstraße abheben: »Un' was solle mer dann doo?«

Die Mutter ist für den totalen Fortschritt, die Revolution: Dann kriegen wir Kolchosen. »S' ganze Feld werd o Kolchos.« Dann müsse keine mehr sich mit ihrem Mann allein herumplagen, sie werde mit der Gerda zusammen schaffen und den anderen Frauen. Der Vater lacht, die Mutter sei ein unzuverlässiges Element, und sie freuen sich auf die Revolution und darüber, dass es keine geben wird.

Opa Schorsch sagt, hör bloß auf, Revolution. Er hat einmal sieben Monate lang auf einen Umsturz gehofft, '33, da hat er Hitler gewählt, und was kam dabei heraus? Braune Bonzen, Mord und Totschlag. Er sei nicht der einzige gewesen, der im Frühsommer '34 gesagt hat: »Ma' misst die ganz Bande ufhänge un' am Obend bete: Herr, vergeb uns unser Schuld.«

Die Mutter will Luzie an den Rausch des Vorwärts gewöhnen, aber Luzie will bloß, dass einmal Ruhe ist und nicht Schleudern. Du bist doch keine alte Frau, sagt die Mutter, und Luzie zieht den Kopf ein.

Damit sie sich rentieren, dürfen die neuen Gewächshäuser nie leerstehen. Das heißt viertausend Quadratmeter Feldsalat ernten im Winter, in der Zeit, die immer ruhig war. Jeden Tag, solange es hell genug ist und der Salat nicht festgefroren, kauern die Mutter, der Vater, der Lehrling, Oma Sannsche und Oma Babette, zwischendurch auch Luzie, auf dem Boden und schneiden Feldsalat. In der Nähe ein alter Radioapparat auf einer Kiste, davor hockt der Hund. Wenn symphonische Musik kommt, neigt er, auf die stoffbezogene Schallwand starrend, sachte den Kopf nach rechts, nach links und lauscht. Wie der Wolf, sagt Oma Sannsche und erzählt, wie ein Geiger nachts auf dem Heimweg von einer Hochzeit überm Berg in eine Fallgrube geriet, in der schon ein Wolf saß. In seiner Not hat der Geiger drauflos gefiedelt, und der Wolf genauso den Kopf verdreht wie der Hund jetzt und gelauscht und gelauscht. Bis im Morgengrauen ein Jäger die Fallgruben nachgesehen und den Wolf erschossen hat.

Ein neues Wort wird erlassen: Flurbereinigung. Die Senke im äußeren Feld, wo riesige Schlehenbüsche und die ältesten Apfelbäume stehen, wo Luzie mit den Eltern an Winterabenden auf dem Eis schlitterte, wird aufgefüllt; der Bachlauf begradigt, das Wasser in eine Betonrinne geleitet; man bahnt neue, im rechten Winkel verlaufende Wege. Ein Anglerteich mit geteertem Zuweg und Parkplatz wird angelegt, außen herum ein hoher Maschendrahtzaun; die Pappeln ertrinken und fallen in den folgenden zwei Jahren um. Das Ackerland wird neu zugewiesen. Die Eltern sind im Prinzip dafür. »Wo gehobelt wird, da fallen Späne«, sagt der Vater.

An einem Abend erscheint ein alter Obstbauer im Hof, er will wissen, ob die Eltern schon ihren neuen Acker gefunden hätten. Laut Flurplan seien sie jetzt seine Nachbarn, und er finde »ums Verrecke net sei' Stick.«

Wenn sie die Gewannewege entlang fährt, singt Luzie manchmal noch: »Die Dampfwalz kimmt, die Dampfwalz kimmt«, aber eigentlich irrt sie im Feld herum, so ohne Gäule, der Himmel immer blasser, immer weniger Leute.

Nur noch selten sucht sie Tante Fink auf. Am Ende traut sie sich gar nicht mehr hin. Dabei wäre ihr nichts lieber, als sich wie früher bei den Schuppen und bei Tante Finks Gewächshaus herumzudrücken und das Geheimnis einzuatmen, das die um sich hat. Es liegt auf der Hand, es muss so klar sein wie das Muster ihrer Kittelschürzen, rote Punkte, blaue Stäbe, weiße Dreiecke auf grünem oder grauem Grund. Aber Luzie kommt nicht dahinter. Es heißt, der Verlobte von Tante Fink ist im Krieg gefallen, und weil sie ihm die Treue hält, wirtschaftet sie mit der Schwester und dem Schwager.

Früher lag Luzie ihr dauernd in den Ohren, sie solle ihr die Geschichte vom verwunschenen Fräulein erzählen, und Tante Fink erzählte sie ihr, vormittagelang, nachmittagelang, die Geschichte von der jungen Frau, die eingeschlossen in eine Schatzkammer oder einen Brunnenschacht auf die Erlösung wartet. Immer wieder fand sich eine Amsel, die irgendwo einen Kirschkern fallen ließ. Aus dem Kern wuchs ein Baum, aus dem Holz des Baums wurde später eine Wiege gezimmert. Als erstes lag darin ein Bub, der, sobald er groß war, das Fräulein erlösen und die in der Kammer verwahrten oder im Brunnen versenkten Schätze gewinnen konnte. Dazu musste er aber dem Grauen ins Gesicht sehen, egal, in welcher Gestalt es ihm begegnete. Luzie hielt sich dichter an Tante Fink, roch schwach das Nest unter ihrem Arm, etwas zwischen Salz und Sahne, und bebte vor Furcht und Hoffnung, wenn aus der Sandsteinmauer eine Schlange auf den jungen Mann zuschoss, giftspuckend, züngelnd und den Schatzkammerschlüssel im Maul. Aber statt den Schlüssel zu schnappen, lief der Kerl davon, als hätte man ihm die Kleider angesengt – immer liefen die Kerle davon.

Zum Schluss sagte Tante Fink: »Sin' mer frouh, dass mer net uf Helde ogewiese sin'.« Und Luzie nickte tapfer.

Sie hangelt nach der Kupplung, wenn der Vater von hinten »Stopp« ruft. »Weiter«, ruft er, Luzie lässt langsam die Kupplung kommen, gibt vorsichtig Gas, dass der Schlepper bloß keinen Satz macht, sonst rutschen die Kisten hinten vom Gestell. Einfach geradeaus, die Spur halten. Sitzend machen die Eltern in einem fort den Diener, hastig aufrichten, bücken, aufrichten, bücken und mit den Armen mitgehen, so dass die Kohlrabipflanzen in der Furche vorm Pflanzmaschinensitz landen. Das Standgas höher stellen. Die Sonne ist längst untergegangen. Jetzt bloß die Spur halten. Für morgen ist Regen angesagt. Trotz des Schleppergetuckers hört Luzie, wie die Mutter beharrt: »Die Folie muss noch druff.« Der Vater hält dagegen, dass die Pflanzen in die Erde kommen, sei wichtiger. Schließlich ist es dunkel, die Pflanzen sind immer noch nicht alle in der Erde, und kein Meter ist mit Folie abgedeckt.

Und das Ende März, in der Zeit der Hasen. Jetzt kann man nur noch beten, dass die Hasen in der Nacht nicht kapieren, dass da ein neuer Acker Kohlherzen ist. Die bringen es fertig und fressen über Nacht bei Hunderten von Kohlrabis die feinen Herzblätter weg, so dass die Pflanzen, auch wenn die anderen Blätter gut aussehen, hin sind. Dann zappeln die Mutter und der Vater wie Fähnlein im Wind, die es sich gefallen lassen müssen, dass sie gebleicht und zerschlissen werden. Während sie sich noch gegenseitig die Schuld geben, sagt Opa Schorsch: »Die rase widder hie un' her wie der Forz uf der Vorhangstang.«

Das Karussell dreht sich weiter. Zwei, drei Äcker, Pfennigumdrehen und Hinlangen bringen Opa Schorsch und Oma Sannsche nicht mehr genug ein. Obwohl sie noch jeden zweiten Donnerstag alles mit der Hand wäscht, trotz 15-Watt-Birnen in den Lampen, einer Milchziege im Stall. Oma Sannsche wird immer stiller; als die Schmerzen überhand nehmen, geht sie zum Arzt; zwei Wochen später ist sie tot.

Die Mutter, Luzie und Opa Schorsch fahren zur Leichenhalle, um Oma Sannsche ein letztes Mal zu sehen. Opa Schorsch schimpft, stößt den Stock auf den Boden, klopft an den Sarg, weil sie ihn verlassen, weil er seine Sannsche verloren hat; er ruft sie zurück, er bittet sie zurück, tränenüberströmt auf seine beiden Stöcke gestützt. Sie rührt sich nicht. Luzie wird von der Mutter hinausgeschickt.

Kurz nach der Beerdigung stattet ihm der Pfarrer einen Besuch ab. »Er kimmt mer grad rischtisch«, wird er ihn begrüßt und ihm dann auseinandergesetzt haben, was er vom Trost des Herrn und von Pfarrern an und für sich hält. Die Nachbarn erzählen, sie hätten ihn toben hören, bis der Pfarrer mit hochrotem Kopf aus der Tür gestürzt ist. Er hat Opa Schorsch nicht wieder aufgesucht, aber beerdigt.

Tagsüber, wenn er gekocht, abgewaschen und den Ofen versorgt hat, stellt sich Opa Schorsch ans offene Hoftor, betrachtet den Verkehr, spricht mit dieser und jenem und will sein letztes Recht, das er zu haben meint, durchsetzen: Die jungen Leute sollen ihn grüßen, und zwar zuerst. Aber die meisten wechseln lieber die Straßenseite, als ihm guten Tag zu sagen. Dann hebt

er einen seiner Stöcke: »Ehr Saumenscher, wann i' eich krigg!«
Aber er kriegt niemanden mehr.

Lauthals singt er am Sonntag mit Luzie und den anderen:
»Fliege, wenn ich dich kriege, reiß ich dir aus dein linkes Bein,
dann wirst du operiert, mit Schmierseif eingeschmiert, dann …«

Jahrzehnte später kommt Luzie nachts an der Hofeinfahrt vorbei, an der Oma Sannsche und Opa Schorsch gelebt haben; im
Erdgeschoss ist überall Licht. Ob sie wieder da sind? Luzie läuft
in den Hof, durch die offene Haustür in die Küche. Alles voll
mit Nachbarn, die zur Begrüßung erschienen sind, und mittendrin steht Oma Sannsche, klein und rund, wie immer dunkel gekleidet, mit feinen hellen Müsterchen auf der Schürze und
den silbergrauen Zopf am Hinterkopf zu einer Schnecke auf-
gerollt. Luzie drängelt sich zu ihr durch, jetzt hat sie selber schon
die ersten Falten und grauen Strähnen, und fragt: »Kennsch mi'
noch?«

Die fast schwarzen flinken Augen zögern einen Moment,
dann ruft Oma Sannsche: »Hajo, die Luzzi«, und auch die anderen längst Verstorbenen kreischen: »Die Luzzi.« Die hebt, eh
sie sich's versieht, ihre Oma Sannsche hoch und schwenkt sie
wie ein ausgelassener Kerwetänzer durch die Küche. Im Ne-
benzimmer steht Opa Schorsch auf seine Stöcke gestützt mit
der Pfeife im Mund und verfolgt den Aufruhr. – Wie ein bun-
ter Kreisel dreht sich alles; das Wasser in den Steinkammern
beginnt zu sickern, bevor Luzie lachend und das Gesicht voller
Tränen aufwacht.

Drittes Kapitel

BEREITS VOR SONNENAUFGANG sind hie und da kleine Gruppen von Leuten im Feld zu sehen. Sie bewegen sich gleichmäßig, beinah rhythmisch unter dem nachlassenden Flöten, Trillern, Zwitschern, Pfeifen der Vögel. Noch sind die oberen Blätter der Tomatenstöcke von der nächtlichen Kühle eingerollt, Dunst steigt in die Stille auf, die Schlepper haben ihren Einsatz später. In dieser frühen Luft ist jeder Atemzug wie der allererste; das hindert die Tagesgedanken am Ausschlüpfen.

In den Sommerferien ist auch Luzie darunter. Zwischen den Tomatenreihen schiebt sie einen Karren mit einem Stapel Kisten Richtung Gewanneweg. Eine kleine Drehung, und die Tomaten lassen den Stiel los. Leise prallen sie auf den dünnen Kistenboden. Luzie sucht die Stöcke ab, von unten nach oben, erst linker, dann rechter Hand. Im übernächsten Reihengang ist die Mutter, dahinter der Vater, auf der anderen Seite Gerd, der Lehrling, dann Oma Babette. Kurt erntet mal da, mal dort. Er darf noch springen.

Es ist Jahre her, dass Luzie beigebracht wurde, welchen Grad Orangetönung sie noch mitnehmen muss, welchen hängen lassen und dass Tomaten mit Malen und Flecken, rissigen Kragen, Spalten und Nasen in den unbenutzten Gang neben ihrem gehören, in die Kisten ausschließlich einwandfreie, eben-runde, Handelsklasse eins.

Nur Frauke will Nasentomaten, sie sucht sie sich tagsüber aus den mit Tomaten übersäten Gängen heraus; breite, tief heruntergezogene Nasen, spitze, pralle, spaghettidünne; steil abgespreizte, die sofort brechen, tropfenförmige Nasen. Wer auf dem Weg vorbeikommt oder aus den Reihen auftaucht, über den Hof läuft, wird von Nasentomaten angesprochen. Frauke lässt sie reden, singen, krähen, babbeln, schimpft mit ihnen, und für Augenblicke scheint in den Gesichtern der angesprochenen Erwachsenen die Sonne, und es ist, als ob es nie was anderes gäbe.

Oma Babette und, solange sie noch dabei ist, auch Oma Sannsche hören nicht, dass Tomaten mit Nasen heutzutage Ausschuss sind, obwohl sie sich bemühen, weil der Vater droht, sie dürften nicht mehr zum Tomatenernten kommen, aber es fällt ihnen anscheinend gleich wieder aus dem Ohr heraus. Der Vater flucht, wenn die Bürsten der Maschine wieder eine abgerissene Nase zerquetschen und die ganze Richtprozedur stockt.

Noch ist es still, und alle sind für sich; nur ihre Handgriffe stimmen überein, vom unterschiedlichen Tempo einmal abgesehen. Oben noch eine und hinten, der nächste Stock, um die Zeit ist Luzie mit allem im Reinen. Die ersten Schimmer rötlichen Lichts gelangen über den nahen Berg; in seinem Schatten hält sich die Dämmerung noch eine Zeit.

Die Sonne steigt höher, die Geräusche der Ebene werden dichter und legen sich als leichte Taubheit übers Feld. Während die Luft wärmer wird und Nasen und Ohren nach und nach freigibt, erwartet Luzie das morgendliche Signal und hofft, dass es ausbleibt. Aber es bleibt so wenig aus wie der Sonnenaufgang selber.

»Mach vorwärts, du Schlofmitz!«, ruft der Vater dem weit zurückhängenden Gerd zu. – Das war's. Jetzt übernehmen wieder die Hetzer und Aufseher das Ruder.

Hastiger greifen die Hände zu, schneller fliegen die Tomaten in die Kisten, um acht ist Schluss, dann sortieren und richten, bis elf muss die Fuhre im Genossenschaftsmarkt abgeliefert sein. So rot, wie sie sind, und so heiß, wie es heute werden wird, müssen die Tomaten weg. Was sie kosten? Hoffentlich gehen sie überhaupt. Sellerie wässern, Bohnenfäden hochwickeln, den Lauch spritzen, die Gedanken fangen an zu kreisen, zwischendurch brummen sie, dass einem Hören und Sehen vergeht, prallen an Gewächshausscheiben, die Küchenwand. Kurz vor der Dämmerung sind sie verbraucht und sterben, allerdings nicht ohne vorher Eier in die Ritzen gelegt zu haben. Jeden Tag geht das so.

Die Hetzer und »die Idiode in Brissl un' Bonn«, wie alle sie nennen, sind mit der Sonne und dem, was noch nicht ist und nie sein wird und das Zukunft heißt, verschwägert, glaubt Luzie inzwischen. »Nachts merksch wenigschdens, dass im Dunkeln dappsch«, sagt auch Tante Magda; die reibt die Tomaten immer noch einzeln an einer Schürze ab und schiebt hin und wieder eine durch einen Metallring, um zu überprüfen, ob sie beim Sortieren noch richtig liegt. Die Hetzer und Aufseher brauchen Licht. Im Licht der Sonne vergessen die Leute, Luft zu holen, und vor lauter Aussichten laufen sie den Versprechen und der Angst in die Arme. Alles dressierte Affen, sagt Opa Schorsch; egal, ob sie der Hoffnung aufsitzen oder der Angst.

Geh später in die Politik, dann kannst du alles anders machen, der Vater schickt Luzie mit ihren Mutmaßungen auf Umlaufbahnen, dort, hoch droben, sind sie niemandem im Weg und doch nicht aus der Welt.

Oma Babette bremst wie zu Kaisers Zeiten: »... entbehre gern, was du nicht hast, ein jeder Stand hat seinen Frieden, ein jeder Stand hat seine Last«, während der im Ersten Weltkrieg geborene Onkel Karl immer alles den Franzosen in die Schuhe schob. Der mit seinem Erbfeind, hat dann die Mutter gelästert; sie ist derzeit überzeugt, dass alles so ist, wie es ist, weil die Männer so sind, wie sie sind. Sie hofft – hoffentlich hört's die Oma Babette und wer sonst noch Söhne für wunder was hält –, es kommen nur noch Buben zur Welt. Die werden sich gegenseitig totschlagen, dann ist endlich Ruh.

So existiert jedes in einer Blase, darin ist alles wie in seinen jungen Jahren, die Landschaft, die Luftverhältnisse, die Temperatur. »Du bist nichts, deine Arbeit ist alles«, funkelt es in den Dreißiger-Jahre-Augen der Eltern. Vielleicht ist Luzies Gesicht zu unruhig, bohren ihre Finger zuviel in allem herum, als dass bei ihr die Hülle sich hätte bilden können; vielleicht ist auch die Zeit nicht danach.

Zuerst kann Luzie das Wort nur aussprechen, indem sie es zerlegt: »Im-pe-ria-lis-mus«. Es stand in dem Flugblatt, das ein merkwürdig abgewrackter Rauschgoldengel im grünen Parka am Schultor verteilt hat. Inzwischen geht es ihr fast an einem Stück über die Lippen, denn es hat ihr Verbündete gebracht, außerhalb vom Feld, obwohl sie jetzt auch im Feld sind; aber trotzdem, sie könnten nie vom Feld kommen, und seither ist es Luzie leicht.

Zuerst hat sie Oma Babette gefragt, die studiert regelmäßig die Überschriften der Tageszeitung, aber die kannte das Wort nicht. Dafür hatte Oma Babette gleich einen Verdacht: ein Krischerwort – Kommunismus, Nationalsozialismus, Fanatismus, die so denken, dass am Ende -ismus steht, kreischen gewöhnlich, und Oma Babette ist gegen alles Extreme. Die Mutter liest die politischen Artikel in der Zeitung von Anfang bis Ende. Sie wusste es auch nicht. Nachdem das alles zu nichts geführt hat, fragte Luzie den Lateinlehrer. Der wusste es wahrscheinlich, sagte es aber nicht, weil er sich ärgerte, dass an die Kleinen Flugschriften verteilt würden. Das sei Aufhetzung.

Schließlich wagt sich Luzie an das Lexikon, das die Eltern kauften, als sie aufs Gymnasium kam. Sie selber könnten ihr ja nicht helfen mit ihrem bisschen Volksschule und dann noch die halbe Zeit Bombenkeller und Kohleferien.

Imperialismus: machtpolitisches Herrschaftsstreben einer Großmacht. Es ist, was es ist, und es steht einfach so da. *Großmacht: Staat von entscheidendem Einfluss …* Eines nach dem anderen kann sie finden, und irgendwann wird sie es genauer verstehen. Aber schon jetzt filtern die Lexikonwörter die Luft überm Feld. Die do owwe, die do driwwe, bild' dir blouß nix ei', des verstäihn mer net, do kenne mer gar nix mache – samt und sonders herausgefiltert. Plötzlich gibt es für alles Wörter, sind überall Wörter, die keine Mühe haben, sich zu immer neuen Sternbildern zu ordnen, gut erkennbar wie in Winternächten.

Luzie bebt vor Mitteilsamkeit. Aber Oma Babette will nicht aus dem Konzept kommen und gebietet jetzt immer öfter: »Ehre das Alter«, woraufhin Luzie und Kurt ins Stakkato einer zu schnell laufenden Schallplatte fallen: »… gegen Ältre sei bescheiden, gegen Junge freundlich hold«, noch dazu in der Rille festgefressen: »gegen Ältre sei bescheiden gegen …«

Als der Vater diesmal mit dem Wagen voller Leergut und Paletten auf den Hof fährt, packt Kurt und Luzie der Schreck. Dasselbe gelbglasige Gesicht wie Onkel Karl kurz vor seinem Tod. Luzie hat noch die Fransen und goldenen Kordeln der Vereinsfahnen überm offenen Grab vor sich, das Anschwellen des Lieds vom Männergesangverein im Ohr, und jetzt der Vater mit so einem Gesicht. Kurt läuft zur Mutter, die denkt, der Vater sei krank, und zusammen rennen sie in den Hof, aber er hat nur ein neues Wort mitgebracht: »Intervention«.

Die Fuhre sei noch angenommen worden, aber von morgen an werde »interveniert«. Eine Maßnahme der EWG. Weil es zu viele Tomaten auf dem Markt gebe, wird jetzt interveniert. Wie er redet, meint Luzie schon, der ganze Hof verwandele sich in die Erde unterm Baum des Falken, alles übersät mit grauen Filzklumpen, aus denen sperrige Mäuseknöchelchen ragen, dünne Schwanzenden; auf Schritt und Tritt dicke Placken weißlicher Scheiße. Von überall her kämen die Tomaten: Belgien, Holland, Frankreich, Italien. Was der Falke nicht brauchen kann, scheidet er aus, vorne und hinten, sagt die Mutter immer, dann bleibt er gesund. Und ihre eigenen Tomaten reifen nach kühlen Wochen schnell und alle auf einen Schlag. Für die intervenierten gibt es sechs Pfennig pro Pfund. Sie sind marktfertig zu richten, abzuwiegen und in Kisten zur Mülldeponie zu bringen. Und nur Handelsklasse eins. »Dass ihr mir da nicht alles reinschmeißt, dann könnt ihr sie gleich wieder mitnehmen«, habe der Marktleiter gesagt.

Wie sie dastehen und niemand mehr was sagt, bedeckt sich der weite Hof mit Tomaten, weich vor Reife, auf dem heißen Beton platzen sie, weiße Pelzkragen aus Schimmel, schwarzblau gesäumt, setzen sich an die Spalten. Der gelbgrüne Heiligenschein rund um den Fruchtansatz löst sich auf, das gallertige Fleisch vergärt, Schwaden von Faulgasen ziehen an ihnen vorbei, ein paar Minuten nur, dann sind die Tomaten, Scheißeplacken, Filzkugeln zu Staub verglüht.

Kurt strebt hinter Gerd her Richtung Schuppen, vorm Essen noch ein bisschen am Mofa basteln. Der Vater, die Mutter und Luzie rühren sich nicht von der Stelle. Hängen lassen? Geht nicht, sie fangen an zu faulen und stecken die späteren an. Außerdem: Dafür haben wir sie nicht hochgepäppelt.

»Dass des net gutgäiht, war abzusehe.« Immer mehr, immer mehr, immer mehr produzieren, und am Schluss landet es auf dem Müllplatz.

»Mer selwer wer'n iwwerflissisch wie 'in Kropf«, die Mutter treibt in die Verzweiflung.

Luzie sträubt sich dagegen, dass es ist wie immer – Kommando soundso: Investieren! Intensivieren! Intervenieren!, und das Karussell verwandelt sich in die Milchzentrifuge von Tante Magda: an den Rand pressen, trennen, ablaufen lassen, ausschütten, dauernd neue Siebe mit anderen Löchern, dickere Sahne und noch wässrigere Molke, und keine Sau verträgt's.

Luzie will die Mutter erreichen, und es fällt ihr nichts anderes ein, als von der jungen Frau zu erzählen, zu der sie ins Auto gestiegen ist.

Zu einer Fremden ins Auto? Die Mutter ist wieder ganz da. »Bisch du vun alle gute Geischter verlosse? Wie oft häwwe mer dir gsaat…«

Die Frau hatte einen roten Punkt am Auto, und es fuhr keine Straßenbahn, die Schienen hatten sie verstellt, zubetoniert sogar, stand in der Zeitung. Luzie war mit Heike – sie fahren jeden Tag zusammen zur Schule – vor der offenstehenden Beifahrertür von einem Bein aufs andere getreten; die Frau mit den langen Haaren und dem grünen Parka hatte angehalten und gesagt, sie sammle Schülerinnen ein, und sie seien doch Schülerinnen.

In ein fremdes Auto zu steigen war verboten, die Schule zu versäumen auch, also? Luzie und Heike entschieden beherzt, das Angebot anzunehmen. Als sie auf der Käfer-Rückbank saßen, den fremden Geruch schnupperten und sich abzeichnete, dass die Frau sie tatsächlich zur Schule brachte, wurden sie hippelig wie zwei Schneeköniginnen auf großer Fahrt. Man müsse sich nicht alles gefallen lassen, hat die Frau unterwegs gesagt. Fahrpreiserhöhungen seien volksfeindlich.

Die Mutter weiß gleich, worauf Luzie hinaus will, und faucht, schon am Weglaufen: »Soll ich mi' aa uf die Stroß stelle un' kreische? Un' wer schafft 'n dann die ganz Ärwet?«

So laufen sie auseinander, es ist wie immer, alle Zuversicht zu einem Klumpen Elend zusammengeschmurgelt.

Am Nachmittag, alle wieder in die Reihen verteilt, erzählt der Vater, die Marktleitung habe Kantinen und Heimen Tomaten angeboten. Heute Tomaten? Nicht geschenkt, war die Antwort. Der Speiseplan für die nächste Zeit steht schon lang fest. Außerdem sind sowieso alle im Urlaub.

»Des isch ä Schand«, verschafft Oma Babette sich regelmäßig Luft. Oma Sannsche stöhnt alle paar Minuten: »Des isch ä Sind. Wann des unser Herrgodd sieht.«

Am nächsten Morgen setzt sich der Vater nach der Ernte auf den Schlepper, auf dem Wagen eineinhalb Tonnen Tomaten marktfertig in zweihundertfünfzig Kisten verpackt. Die Mutter, Luzie, Gerd, Kurt, Frauke stehen aufgereiht im Hof. Beim Manövrieren streift sein Blick sie, und für einen Moment scheint das Eitergelb aus seinem Gesicht verschwunden. Er hält den Kopf, als habe ihm gerade jemand ein schweres, aber ehrenvolles Amt verliehen. Behutsam lässt er den Wagen auf den Gewanneweg rollen.

Die Franzosen würden sich das nicht gefallen lassen, die würden die Tomaten irgendwo hinkippen, und wenn's auf die Autobahn wäre, sagt die Mutter, während sie dem Fuhrwerk nachsehen, das allmählich in Fahrt kommt.

Der Vater ist den halben Nachmittag unterwegs. Während er und die anderen Gärtner im alten Steinbruch die Tomatenkisten ausschütten – wäre doch schade gewesen um die Kisten –, waren die ganze Zeit zwei Polizisten dabei, das ist Vorschrift, erzählt der Vater hinterher. Zum Schluss hieß es, jeder muss mit seinem Schlepper einmal über den Tomatenberg fahren, das gehört zur Intervention dazu. Das haben sie aber nicht gemacht, schließlich waren die Tomaten vom Ausschütten schon kaputt genug.

Auch an den nächsten Tagen heißt es: ernten, abwiegen, aufladen, zum Steinbruch bringen, ausschütten. Die Mutter hat sich zwischen Milz und Galle zurückgezogen und rast jetzt ferngesteuert durch den Tag. Die Omas werden vom Vater weggeschickt.

»Die känne schun nimmer schlofe«, rechtfertigt er das. Er hat eine besonders schöne große, eben-runde, normgerechte, extraklasse in der Hand, besieht sie sich genau, zögert – und dann fliegt sie Richtung Luzie. Es hagelt Tomaten; Luzie, Kurt, Gerd, hinter die Stöcke ducken, zielen, die Soße läuft den Nacken hinunter, die Samen kleben in den Haaren, trocknen mitsamt dem Saft auf den langärmligen Kitteln ein, wo ihr Anblick die zwei, drei Wochen bis zur nächsten Kittelwäsche allen ein Grinsen ins Gesicht lockt.

Am vierten Tag bringt der Vater vom Steinbruch das Gerücht mit, ein Gärtner habe am Vormittag den Kopf verloren. Am nächsten Morgen steht es in der Zeitung: Der Mann und die drei Kinder sind tot. Die Frau hat sich retten können und Hilfe geholt, aber bei E 605 kommt jede Hilfe zu spät.

Für die Eltern stellt sich immer nur eine Frage: Hängen lassen? Und sie wissen nur eine Antwort: Geht nicht, dafür hat man sie nicht herangezogen. Dreihundert Mark allein das Saatgut, die Heizung nach der Ansaat hoch gefahren, Tomaten brauchen es warm zum Keimen; pikiert, später in Töpfe umgepflanzt, sie sollten ordentlich wurzeln, zum Abhärten aus dem Gewächshaus ins Frühbeet getragen; die einen Anfang Mai ins Gewächshaus, die anderen Ende Mai auf den Acker gesetzt und Stock für Stock an einem extra dafür errichteten Gerüst angebunden, alle hochgewickelt, die Seitentriebe entfernt und während der ganzen Zeit gewässert, gehackt, gespritzt. Jetzt sind sie schön wie nie.

Vollgas und im zweiten Gang, so fahren die Gärtner durchs Feld und schütteln den Kopf: eine Sünde, eine Schande. Aber am Ende kommt es den meisten doch so vor, als wäre die Intervention nichts anderes als eine neue Sorte Unwetter. Wie ein schwerer Hagel, der in ein paar Minuten die Arbeit vom ganzen Jahr vernichtet. So gesehen, sind wir noch gut bedient mit den sechs Pfennig, hört Luzie überall sagen.

Abends fängt der Vater jetzt an, in einem alten Taschenkalender Zahlen untereinander zu schreiben, er will den Verlust berechnen. Die Mutter schreit, er soll das bleiben lassen, es helfe doch nichts. Er sieht nicht auf. Aber nach ein, zwei Wochen fängt er an, sich und ihr die Schmach zu verzeihen und wieder sacht zu ihr hinüberzusehen.

Niemand weiß, wie er das errechnet hat, aber er ist ganz sicher, dass es stimmt: »Ma' därf sei' Herz net an die Produkte hänge.« Es muss einem egal sein, ob's gegessen, verdaut und geschissen wird oder gleich verfault. Interessant sei nur die Summe unterm Strich, und das auch nur über einen längeren Zeitraum. Überproduktion gehört zum Risiko. Der Vater setzt jetzt dieses stoische Lächeln auf. So wird er sogar lächeln, als er nach einem radioaktiven Niederschlag die komplette Frühjahrsernte unterfräsen muss. Er hält sich nur noch an die Kontozahlen. Denen sieht man den Ärger nicht mehr an, sagt er.

Der Mutter ist diese Rechnung zuwider. Sie wird sich darauf einrichten, aber sie hält sie trotzdem für grundverkehrt. So verkehrt, wie es sei, dass das Finanzamt alle Einnahmen gleich besteuere, sauer verdiente und bequeme wie Pachtzins. Sie hantiert so noch Jahre mit verschiedenen Sorten Geld, der Vater schüttelt den Kopf, und dann freut er sich mit Luzie über die Mutter, weil sie so ist.

Intervention. Luzie buchstabiert sich durch die Definition im Lexikon. Angst beschleicht sie, als sie statt Verbündeten nur etwas findet, das sich wie die Wahrheit liest, unangreifbar und dürr: ... *Eingriff, um die Preise zu beeinflussen.* Es klingt verwandt mit der Rechnung des Vaters, aber kein Wort von Wärme, Pflege, ernten, Mülldeponie, dem Gestank von Tonnen verfaulender Tomaten.

»Alles hot irgendwann ä End«, heißt es im Feld. Und so lässt schließlich die Hitze nach, die Leute kehren aus dem Urlaub zurück, und die Marktleitung bläst die Intervention ab.

In den Bohnen kommt alles auf den Tisch. Da ist es nicht wie in den Tomaten, wo es immer bücken und beeilen heißt, oder im Kraut, wo einem vor Anstrengung jedes Wort vergeht; nicht wie am Esstisch, wo es schön sein soll, was aber immer leicht in Ärger und Enttäuschung umspringt. In den hohen Reihen der Stangenbohnen sieht man sich nicht, niemand käme darauf, dass es hier schön sein soll, aber hier ist alles möglich. Nirgendwo sonst würde der Vater auf die Vorhaltungen der Mutter sagen, es sei Schwäche, überhaupt sei das Verhalten der Männer nur ein Zeichen der Schwäche. In den Stangenbohnenreihen spricht die Mutter ohne Groll über die Liebe und die Intervention. Selbst den Omas fällt beim Suchen nach Bohnen in der richtigen Länge und Dicke etwas anderes ein als Krankheiten, Erbstreitigkeiten, welche Schläge der Kirchturmuhr sie in der letzten Nacht mitgezählt, wann und wie lang sie daher wieder wachgelegen haben, dass das Bild von Oma Babettes Fernseher so blass ist, seit die bei ihr oben drin auch einen Fernseher haben und mit an ihrer Antenne hängen. Seit jeher geht Luzie ohne Murren mit in die Bohnen, selbst Kurt schließt sich an; die Katze legt sich in einen der Pappkörbe auf dem Karren und lässt sich mitschieben.

Oma Babettes Farbenlehre – blau die Treue, gelb der Neid, grün die Hoffnung und so weiter – hat Luzie stets nur in einer Hinsicht eingeleuchtet: rot die Liebe. Denn herzkirschenrot waren die Segelohren vom Stollberge Heiner, der ihnen eines Sonntagnachmittags Hand in Hand mit der Fritsche Lotte auf dem Waldweg entgegenkam oder vielmehr trotz der tiefen Spurrinnen entgegenschwebte, im Gesicht das inwendige Strahlen vom Fräulein Regina, wenn sie im Kindergottesdienst von den Wundertaten Jesu sprach. Luzie drückte sich dann fest in die Kirchenbank, damit sie nicht fortgetragen wurde. Rot die Liebe, logisch. Im Gesicht der Lotte, und zwar um die Augen, zeigte sich die Röte allerdings erst nach Jahren, als sie beim Heiner vom vielen Wein längst auf die Nase übergegangen war.

In der letzten Zeit gibt sich Luzie damit nicht mehr zufrieden. Tief unten, umgeben von einem merkwürdigen Flirren, wartet etwas darauf, dass jemand es anlangt, und lässt sie genau hinhören, als die Mutter jetzt zum x-ten Mal von der Mathilde und dem Benders Franz erzählt. Die Omas diskutieren bereits die Umstände: Hat die Familie nicht in dem Haus gewohnt, wo heute Elektro-Baumann…? Seine Mutter eine geborene Fitschen … er Tapetendrucker. »Noo, ich moon, Buchdrucker, 'in sauwerer Kerl, hot uf sich khalte.«

Die Mathilde war die Schwester ihrer Großmutter väterlicherseits, sagt die Mutter, ihre Urgroßtante, Luzies Ururgroßtante. Alle reden gleichzeitig, das ist in den Bohnen so, hier kann man reden, soviel man will, ob jemand zuhört, ist eine andere Sache. Luzie folgt dem Bogen der Mutter, bald jedes Wort, das die Mutter in den Bohnen sagt, geht einem durch und durch.

Die Mathilde hatte ein Auge auf den Franz geworfen. An und für sich hat man sich für die jungen Leute, die katholisch waren, oder die paar Juden nicht interessiert. Das war, als gäbe es die gar nicht für uns. Natürlich haben wir uns gesehen und gekannt. In den Bohnen gibt die Mutter ständig Antworten auf Fragen, die wie lose Spinnfäden in den Reihen herumhängen, das gefällt Luzie besonders gut.

Die Mathilde aber, ein halbes Jahrhundert vorher, als alles noch strenger war, hat sich darüber hinweggesetzt und den Benders Franz angesehen, und er hat ihr gefallen. Muss ein sauberer Kerl gewesen sein, arg fleißig.

Ums Rumgucke war's halt passiert, und die haben einander soviel Seligkeit verursacht, dass sie zusammenwollten.

Bis der Satz verhallt ist, zittern Luzie die Finger.

Während der Vater sich mit Kurt und halb mit Gerd, der wahrscheinlich nebenher überlegt, wie er sein Mofa schneller machen kann, übers Tapetendrucken unterhält, erörtern die Omas bereits die Geschwister der beiden. Das Übliche wer mit wem, wo, wie viele Kinder und wann woran gestorben. Die Mutter stellt sich die Not der Mathilde und des Franz vor, auseinander gehalten von ihren Familien, vom Pfarrer Torn damals und vom katholischen Pfarrer, obwohl sie beide volljährig waren. Die Mathilde durfte abends nicht mehr auf die Gass, sonntagsnachmittags nicht mehr zu den Schulkameradinnen; so ging das ein ganzes Jahr, bloß noch schaffen, den Tag über im Feld, abends für die Aussteuer nähen. Dann kam die Kirchweih, dahin musste ihr Vater sie ja lassen, sonst wäre er selbst in Verruf gekommen. »Uf der Kerwe warn sie widder zamme un' schlimmer wie jemols davor.«

Am Ende ist die Mathilde vor ihren Vater getreten, den Franz wolle sie, oder sie brauche überhaupt keinen. Nein, hat es geheißen, das gibt es nicht.

Erst ging die Rede, der Franz nehme sich wegen seinem Geschäft eine andere. Die Mathilde hat damals schon bei den Diakonissenschwestern Hebamme gelernt, damit sie sich als Ledige über Wasser halten kann, aber als dann ein Kind unterwegs war, war endgültig aller Tage Abend, und der Franz musste fort. Nach Gera ist er gegangen. Die Mathilde hat keine Aussteuer gebraucht, sie haben sich nicht wieder gesehen.

»Awwer ums Verrecke häwwe die zwoo niemand anneres gewott.«

Von da an kam dreimal im Jahr ein Brief aus Gera, an der Weihnacht, an der Ostern und zum Geburtstag von der Mathilde. Das hat die Großmutter immer erzählt.

Die Omas verhandeln derweil ähnlich gelagerte Fälle. Der Onkel Ludwig und die Haushälterin vom katholischen Pfarrer;

sie war katholisch, er protestantisch, und dann hatten auch noch beide nichts, um eine Familie durchzubringen, keine Äcker, nichts. Warum sind die nicht abgehauen?

Niemand antwortet Luzie, nur das Abknipsen der Bohnen mit dem Daumennagel und das Rascheln der Blätter ist zu hören. Luzie weiß trotzdem, was sie denken: Das hat es nicht gegeben.

Die Mutter setzt nach, Luzie solle bloß nicht glauben, wie es heute ist, wäre es besser, immer gleich auseinander laufen, den nächsten nehmen, das sei aufgewärmte Brühe.

Aus seinem Reihengang tönt die Stimme des Vaters: »… wofür sie besonders schwärmt, wenn er wieder aufgewärmt.«

Aber die Mutter lässt sich nicht beirren, wenn es einmal ernst war, kann, was danach kommt, bloß lauwarme Suppe sein… eingeschlafene Füße.

Luzie ist das unheimlich, aber unheimlicher noch sind ihr die älteren Mädchen und Jungen am Schultor und an der Haltestelle. Ob sie Liebe spielen, einander Liebe vormachen, wirklich verliebt sind?

Die Mathilde sei doch gut bedient gewesen, sagt die Mutter, einen Mann, der's wert war und sich das Hemd für sie zerrissen hat, keinen Stall voller Kinder, aber einen Beruf. Die Omas zählen auf, wer alles ausgewandert ist, eine Schwester vom Großvater Balthasar, vier Cousins und ihre Frauen… Mittellose bekamen die Schiffspassage nach Amerika sogar aus der Gemeindekasse bezahlt und durften vor der Abreise heiraten… Alles mögliche wird geredet, aber Luzie lauscht wieder der Mutter. Die Mathilde hat nicht erleben müssen, wie die Seligkeit verblasst und erlischt und man selbst gleich mit, und niemand merkt's. Luzie wird ganz elend, die Mutter so über sich reden zu hören; als ob sie ein frierender Mond wäre, alles Leuchten bloß Widerschein von irgendwas. Als sie sich davon wieder erholt hat, fällt ihr Tante Ännie aus New York ein.

Ja, der ihre Eltern sind im Jahr nach Ännies Konfirmation ausgewandert. Ihre Mutter war die Schwester von...

Luzie versteht endlich, warum sie Onkel und Tanten in Amerika hat. Tante Ännie mit den Plastikhandtäschchen, vor Jahren war sie zu Besuch und hatte für sämtliche Mädchen der Verwandtschaft eines mit, Plastik, hochglänzend, in Knallgrün, Knallrosa, Tante Ännie sagte dazu »pink«, Knallgelb und genau dem Hellblau der Messbecher von einigen Spritzmittelflaschen. Luzie hat ihr Handtäschchen kaum angerührt, sie nimmt immer das mit dem Schmetterling, das hat ihr die Mutter geschenkt.

Jetzt wachen die Schnaken auf, die zu Millionen den Tag im Schatten der lappigen Bohnenblätter verbringen, und machen sich über die vorbeikommenden Hände und Gesichter her. Das Reden mündet allmählich in das Fahrwasser, in das zur Zeit alles mündet. Der Vater sagt etwas von Überproduktionskrisen. Nach 1880 war der Getreidepreis im Keller, weil immer mehr Weizen aus Übersee herein kam. Oma Babette kennt sich aus: Der Bismarck hat daraufhin die Zölle erhöht.

Aber nicht weil er den Bauern was Gutes wollte, der wollte seinen Gutsherrenbrüdern einen Gefallen tun, sagt die Mutter, es soll sich niemand falsche Vorstellungen über frühere Zeiten machen. Oma Babette besteht darauf, dass doch ein Unterschied war: »'s Zeig hot dann nix gekoscht, awwer fortgschmisse hot ma' nix, niemols!«

Erst die Krise um 1900 hat die Leute dazu gebracht, den ungewöhnlich fruchtbaren Boden und das milde Klima in der Gegend hier wirklich zu nutzen, hört man den Vater dem Gerd erzählen. Tomaten, Blumenkohl, Stangenbohnen, Gurken – hat es vorher alles nicht gegeben.

»Domols sin' die erschte Treibhaiser gebaut wor'n.«

Die Omas zählen auf, wo überall im Feld so ein halb in die Erde eingelassenes Ding gestanden hat.

Punkt sechs, Gerd macht Schluss, Luzie und Kurt schließen sich an, sie wollen fernsehen.

Luzie ist auf Kurt neidisch. Er hat dicke schwarze Haare und kein Malheur mit der Schule. Er wird ja Gärtner. Er hat Jungen vom Feld in der Klasse und im Rugby. Die trifft er im Schwimmbad, und er schaut dem Gerd beim Mofabasteln zu.

Luzie wollte gern lernen. Die Lehrerin hat der Mutter zugeredet, nein, es sei kein Risiko, und so eine Begabung brachliegen zu lassen sei heutzutage nicht richtig. Das mit dem Brachacker hat der Mutter eingeleuchtet. Jahre braucht es, bis das Unkraut brachgelegener Äcker wieder ein normales Maß hat. Wer nicht ausgelastet ist, entwickelt Flöhe im Kopf, sagt sie. Also kam Luzie auf das Gymnasium in der Stadt.

»Wissen ist Macht«, hat ihr die Mutter mit auf den Weg gegeben.

In der Stadtschule kennt niemand das Feld. Die Mädchen, auch die Lehrer gehen in den Feldern spazieren, manche haben einen Hund. Aber wenn Luzie etwas vom Feld sagt, wird sie erstaunt angesehen oder mitleidig. Sie haben dort einen ganz anderen Himmelsausschnitt über sich.

Opa Schorsch spricht ein halbes Jahr nicht mit Luzie, weil er meint, sie wolle jetzt was Besseres sein. Er hasst das Bessere an und für sich und wird, nachdem das halbe Jahr vorbei ist, nicht müde, ihr seine Lieblingsanekdote zu erzählen: Vorm

Bäcker trifft die Käthe den Hans; der fragt sie: »Un', Ketsche, wie isch's 'n uf'm Gimnasium, was lernt man doo?« Antwortet die Käthe: »A Bildung, du Rindvieh!« Der Brustkorb vom Großvater dröhnt vor Lachen, und Luzie kommt sich wie eine Verräterin vor.

Sie sperrt sich gegen das Hochdeutschsprechen. Wenn sie vor der Klasse in ihrem Mundartsingsang, von dem sie nicht weiß, dass er dem Schillerschen Tonfall durchaus ähnelt, rezitiert: »Nur Beharrung führd zum Ziel/Nur die Fülle führd zur Glarheit/unt im Abgrunt wuhnt die Wahrheid«, verzieht sich das Gesicht der alten Dame, die sich in die letzte Bankreihe gesetzt hat, um den Vortrag auf sich wirken zu lassen, als hielte ihr jemand alte Kohlstrünke unter die Nase. Froh, wenn Luzie fertig ist, sagt sie nachsichtig danke.

»Der Bauer ist auch ein Mensch«, heißt es außerdem bei Schiller. Das ist wie mit den Frauen, sagt die Mutter, Geschirr spülen, Rotznasen abputzen, aufräumen, das gilt nichts. Und die Frauen seien so blöd und glaubten das auch noch selber.

Aber sie tue doch auch so, als wären Saubermachen und die Wäsche was für sonntags und abends und keine Arbeit – schon hat Luzie wieder den Finger an der Saite, die bei jeder Berührung ein trostloses Schrillen von sich gibt: »Räumt ihr eier Zeig besser uf, dann hab ich aa wenischer Ärwet!«

Es wird noch Jahre dauern, bis Luzie versteht, dass für die meisten das eigentliche Leben erst anfängt, wenn der Hunger gestillt ist, die Kleidung gerichtet, das Notwendige geregelt. Opa Schorsch ist der einzige, der sich darauf einen Reim machen kann, er sagt, der Mensch wird nicht gern daran erinnert, dass »er fresse un' scheiße muss wie jeder Worm, wann er net krepiern will«, und dass mit allem Höheren nichts ist, wenn das nicht funktioniert. Aus dem Grund sind die, die mit etwas zu tun haben, das ans Wurmsein erinnert, nicht gut angesehen. Manchmal lacht er darüber, manchmal schimpft er, und wenn er mit seinen beiden Stöcken Richtung Klo schrittelt, sagt er vor sich hin: »Der Tod und dieser Ort macht alle Menschen gleich, der Tod nimmt alles fort, und hier stinkt arm wie reich.« Früher war das sogar mit Kreide innen an die Aborttür geschrieben.

Luzie rutscht auf der hölzernen Klobrille herum, ein paar Sätze an den Wänden der Schultoilette handeln nicht von Petra und Andy, Tom und Gabi, aber so stellt sie es sich nicht vor, dass alles anders wird: »Fickt die Bourgeoisie in die Knie!«

An Herbst- und Winterabenden hört der Vater oder die Mutter Luzie lateinische Vokabeln ab, »adversarius«, der Gegner, »hospitium, hospitii«, die Gastfreundschaft. Nichts wäre schlimmer, als zu scheitern. Um Luzie davor zu bewahren, erwägt die Mutter bei jeder Drei, sie von der Schule zu nehmen. Sie glaubt, eine Drei kündigt den unaufhaltsamen Abstieg an.

Luzie lernt Grammatik, lernt, mit Messer und Gabel zu essen, auch Brot, und die Knie beim Sitzen zusammenzuhalten. Sie lernt ihre Augen abzuschirmen und sich in der Bildung zu bewegen: ein ungeheuer großer Dachsbau, systematisch angelegt, weitläufig, tief hinunter reichend, mit vielen Öffnungen nach draußen, und gerade die Ausblicke, die haben es in sich. Über all dem geraten Luzie der fahle Himmel und die Gäule ins Vergessen, und sie bekommt das Zucken der Augenlider nicht unter Kontrolle.

Luzie kriegt eine Brille. Fortan steigt sie des Nachts auf Dachböden hinauf und hinunter in den Keller, kriecht unters Bett, geistert durch Treppenhäuser und Hühnerställe auf der Suche nach der Brille – solange, bis sie endlich nach dem Schalter der Nachttischlampe langt: Im Lichtkegel der Lampe liegt die Brille, als ob nichts wäre.

Luzie beobachtet die Mädchen, wie sie traulich miteinander sprechen, sich unterhaken, hämisch wegsehen, einander taxieren und beständig dabei sind, untereinander Fäden zu knüpfen; manchmal lassen sie einen Faden fallen oder schneiden ihn ab, führen mehrere zusammen, ziehen mit aller Kraft daran. Die Mädchen lächeln, machen sich rar, schlagen die Augen nieder, zwicken einer in den Arm, ein stilles Wirken ohne Ende. Luzie macht die Spannfäden aus, mogelt sich in das Geflecht und versucht, keinen Verdacht auf sich ziehen. Sie weiß nur, dass sie dahin will, wo es anders sein würde zwischen allen. Aber was das bedeutet, danach braucht sie nicht einmal zu fragen, das kann ihr sowieso niemand sagen.

Luzie pariert und teilt aus, unauffällig, genau dosiert: Für einen abschätzigen Blick auf ihren Rock, der komisch aussieht, ihr kommt selber alles an ihr komisch vor, setzt es beim nächsten Völkerballspiel einen platzierten Kopftreffer. Bleibt sie übrig, wenn sich die Gummitwistgruppen bilden, hüpft Luzie um so höher und wird beim nächsten Mal als erste gewählt. Kommt ihr eine krumm, weiß Luzie beim nächsten Diktat nicht mehr, wo ein Komma hin muss, und pocht nicht auf die Bank. Luzie schlägt sich durch.

Nur als zwei, drei Mädchen am Ende einer Turnstunde auf Luzies Hände aufmerksam werden, die breiten Handflächen mit den Hornhautpolstern an den strapazierten Stellen, und lachend »Bauernhände« sagen, stürzen Tränen von innen gegen die Absperrung, durchbrechen sie beinah. Luzie hasst selbst ihre dicken Daumen, die fleischigen Ballen, und die Unberührtheit der glasigen Mädchenhände greift ihr umstandslos ans Herz.

Viertes Kapitel

»UND, WAR'S WIEDER RUMSMUSIK?« Luzie lehnt sich an den Rahmen der Speichertür, sie kommt gerade aus dem Bett; die Mutter ist dabei, den dunklen Anzug und das blauseidene Kleid zum Auslüften auf die Leine zu hängen. Die Nacht war Gärtnerball. Seit Luzie in der Tanzstunde ist, sieht sie das morgendliche Heraushängen der Festkleider mit ganz anderen Augen.

»Noo, desmol war's direkt ogenehm«, die Mutter erzählt, bei wem sie gesessen haben. – Zu denen hätte ich mich auch gesetzt, denkt Luzie. – Vor allem der Klarinettist habe so eine Freude in sich gehabt, dass sie in einem fort getanzt hat, bis um halb fünf.

Beim Mittagessen lächelt der Vater seine Bissen hinunter. Ja, am liebsten tanzt sie mit ihm, beim Tanzen ist er sicher und gewandt wie sonst keiner, und am liebsten tanzt er mit ihr, weil sie so schön ist und weil dabei das, was sonst zwischen ihnen dauernd kurzschließt, sie aufs wunderlichste auflädt und zusammen fortträgt. In Luzies Brust gibt es nach, sie muss an sich halten, damit sie nicht einsinkt.

Andauernd geht es ihr jetzt so. Die Mutter, selbst erst Ende Dreißig, hat sie seit längerem gewarnt: Das jetzt ist die schlimmste Zeit im Leben. Es fallen ihr zwar gleich noch schlimmere ein, nach der Hochzeit, um die Geburten herum, aber Luzie ist auf allerhand gefasst.

Nachmittags. Sie springt vom Fahrrad, klappt den Ständer herunter und stellt sich vor den Bildstock. Wie jeden Sonntagnachmittag in der letzten Zeit ist Luzie allein unterwegs, und wie jeden Sonntagnachmittag gelangt sie irgendwann an den Bildstock: ein Jesuskreuz aus Sandstein im äußersten Feld an der alten Römerstraße, die heute in weiten Strecken nur noch als sanfte Bodenwelle erkennbar ist. In unmittelbarer Nähe überquert die Autobahn den Fluss. Ihr Lärm entmutigt jedes andere Geräusch. Hier, weitab von den Ortschaften am Fuß der Berge, erschließt ein dichtes Netz von Wegen und Straßen die Ebene.

Die Sonntage von Luzies Schulfreundinnen gehören den Familien, dem Sportverein und seit diesem Sommer dem Tanzen. In der Woche Tanzstunde, am Sonntagnachmittag Tanzschulendisco.

Auch Luzie geht zur Tanzstunde. Nachdem sie in Erfahrung gebracht hat, dass die Mädchen immer in der Überzahl sind, hat sie einen Kurs belegt, wo sie niemand kennt.

»Jetzt die Herren«, die Scham glüht und verschmilzt Luzie mit dem Stuhl. Hält doch einmal einer zögernd davor an, wird ihr schwindlig vor Dankbarkeit. Um alles in der Welt, dass es bloß niemand merkt. Aber eine Sitzenbleiberin fällt auf.

Ihr Blick fährt die verwitterten Buchstaben nach: *Wie das Leben bracht die Schlang/Dem der sie umbfasset,* Luzie lässt sich dahin ziehen, wo alles Rätsel ist und Mysterium, *So das Creutz den Untergang bringt/dem der es hasset,* Wagnis und zitterndes Verlangen; wo die Mächte drohen, wo alles aufklart. Nicht zurück ins Fegefeuer der Tanzstunde, wo du dem eigenen Verdacht ausgeliefert bist, der sich am Pickel auf der Schläfe weidet, an den Härchen auf dem Unterarm, am krummen großen Zeh. Der dir unter die Haut kriecht und sie Stück für Stück ablöst.

»Schick, nicht?« – Luzie beobachtet die Mädchen, sie machen etwas aus sich. Von den Vorüberkommenden verlangt Cunigunda Bachin, die den Bildstock hat errichten lassen, *5 Vatter Unser und Ava Maria fir die Armenselln im Fegefever*. Was für eine einfache Übung! Während es Luzie vorkommt, als müsste sie regelmäßig selber ins Fegefeuer. Sie ist in die Enge getrieben, von allen Seiten wird sie auf ein und dieselbe Aufgabe gestoßen: …ein Mädchen aus dir machen, eine Frau werden. Sou ei-ne Schei-ße!

Sie setzt sich seitlich auf den Gepäckträger, fragt sich, was andere haben und sie nicht hat. Luzie weiß, es sind nicht die Haare, es ist nicht ein zu großer oder zu kleiner Brust-, Taillen-, Hüftumfang, auch nicht die Brille, nicht die knubbelige Nase. Es ist das Versprechen; in manchen Mädchen pulsiert es, es liegt ihnen im Gesicht, die Bewegungen ihrer Hände, jede ihrer Gesten, selbst ihr Stillhalten atmen es, eine verheißungsvolle Offenheit, unter der die wacheren Jungs zur Hochform auflaufen: geschmeidig, aufmerksam. Manche werden direkt zu Jünglingen angesichts von soviel Verheißung, soviel Bedeutung. Bei solchen Mädchen ist sogar Eigensinn kein Hindernis, auch nicht Klugheit, ein schwaches Kinn oder ein schiefer Vorderzahn. »Hach«, und es fliegen die Hände, und schwebender Eifer setzt die Schritte, im Tanz leben sie auf und strahlen, »hach«.

Luzie nickt Richtung Cunigunda Bachins Bildstock, packt das Fahrrad, steigt auf den Sattel und tritt wieder los. In die Pedale treten, nur nicht stillhalten. Durchs Fegefeuer rasen, sonst verglüht man, erstarrt in der Ecke, wo der Frost herrscht, oder bleibt gelähmt mittendrin liegen. Luzie glaubte nie, dass es so etwas wie ein Fegefeuer gibt, sie ist nicht katholisch. Die Muskeln und Bänder arbeiten spüren, die Lunge, den Fahrtwind merken. Von Luzie aus hätte es so bleiben können, wie es vor der Tanzstunde war.

Aber es bleibt nichts, wie es ist. Seit die Rettiche gebürstet werden müssen und zu diesem Zweck eine Maschine angeschafft wurde, kannst du selbst die Osterferien abschreiben. Bürsten- und düsenbesetzte Walzen rotieren in einer Trommel gegeneinander und erzeugen dabei ein Höllengeratter. Jedes Wort krepiert, das trotz dem Affentempo, das man hinlegen muss, um beim Bündeln mit der Maschine Schritt zu halten, herauswill.
Seit Radieschen nicht mehr lohnen, jetzt also Rettiche.
Gemeinsam am alten Küchentisch stehen, gerissene und madige Radies aussortieren, die guten schön anordnen, abzählen, ein Gummi drüber ziehen – vorbei. Nichts mehr mit Oma Babettes Lieblingssendung, die gegen Mittag aus dem Radio geschwappt ist – der Vater hat dazu »Spülwasserkonzert« gesagt. *Maamaaa, du sollst doch nicht um deinen Juungen weinen*, sie haben sich schief gelacht: *Heut ist der schönste Tag in meinem Leben*. Der mit dem schönsten Tag und *Ein Lied geht um die Welt*, der Joseph Schmidt, sagte Oma Babette jedesmal, als würde sie das zum erstenmal sagen, hatte unter Hitler Auftrittsverbot, seine Lieder kamen nicht mehr im Radio, weil er Jude war; in den Arbeitsdienst hätten sie ihn sogar gesteckt.
Leicht und nebenher purzelten Luzies Leuten beim Radiesbündeln die Bruchstücke von der Zunge, hinter denen sie her ist, die sie zusammenfügt und ergänzt. Vom Joseph Schmidt ging es zum Reichsarbeitsdienst und von da aus zum Nutzwasserleitungssystem im Feld. Es war '33/'34 mit Hilfe des Reichsarbeitsdienstes angelegt worden, und erst als überall Wasser war, ging's richtig los mit dem Gemüseanbau. Von da aus waren sie schnell

bei der Autobahn und den Unmengen geschälter Kartoffeln, die die Bauersfrauen beim Bau von Autobahn und Kanal für den Arbeitsdienst bereitzustellen hatten, eimerweise, in Wasser gelegt.

Auf die Art verging der Tag, ohne dass es einem je war wie jetzt an der Rettichwaschmaschine: als ob einem das Mark in den Knochen verrührt und der Kopf ausgeleert würde. Im Gegenteil, beim Hören, Radiesbündeln und Radiesabzählen lebte Luzie auf.

Als Luzie von der Schule kommt, bewegt sich die Mutter noch hektisch und versunken zwischen Herd, Kühlschrank, Spülbecken, wie ein Spieler, der mehrere Automaten am Laufen hat. Ob sie etwas helfen kann?

»Fang mer mol die Mucke.« – Luzie faltet die Zeitung und jagt Fliegen.

Nachlässig verteilt Kurt die Teller in die Nähe der Plätze. Frauke zählt das Besteck ab. Der Vater betritt, den Kittel abstreifend, den Raum, im Gefolge Franz, den Lehrling. Franz, der nach Feierabend noch an seinem Mofa herumschraubt, bevor er über den Berg nach Hause fährt zu seiner Oma.

Löffel schaben über den grau angelaufenen Tellergrund, nehmen die letzte Suppe mit Grießbällchen auf. Die Glastür ins Freie steht offen, draußen brütet die Hitze Gewitterwolken aus.

Die Gabeln schieben Salzkartoffeln, Blumenkohlröschen, Frikadellenstücke, weiße Sauce zusammen. Niemand sagt etwas. Das Gesicht des Vaters hat Grünspan angesetzt, das der Mutter ist ein ausgetrocknetes Bachbett, dessen letzte Feuchtigkeit sich gerade verliert. Luzie legt die Gabel auf den noch halbvollen Teller und lehnt sich zurück: Das hält doch kein Mensch aus, wie das hier am Tisch ist.

Ein Stuhl schrammt übers Linoleum, Franz, der immer am schnellsten mit dem Essen fertig ist, steht auf, um den Rest der Mittagspause am Mofa zu basteln.

In fliegender Eile wird der Tisch abgeräumt, die Spülmaschine eingeräumt. Luzie weicht der Mutter aus, die Mutter sagt nichts, hat aber sichtlich Mühe, nicht aus der Haut zu fahren, aufzugeben, wer weiß das schon.

Als sie die Töpfe ins Spülbecken stellt, bricht es doch aus ihr heraus: »Un', was soll'n ich sage? Koch un' geb mer Müh, do vergäiht oom doch alles.« Sie könne das grünspanige Gesicht des Vaters nicht mehr sehen. Wie unter Essigdampf wird das Gesicht noch grüner. Der Vater spuckt: »Immer bin ich die Schuld«, und weg ist er. Luzie bedauert schon wieder, dass sie was gesagt hat, versucht zu vermitteln: Ihr seid doch müde, bis in die Knochen müde, aber es ist niemand mehr da zum Vermitteln.

Außerdem zittern die Eltern, Luzie könnte schwören, die Eltern zittern, weil es so zieht, sie könnte schwören, das Haus hat einen Riss, wie das frühere Haus auch. Aus der Bodenspalte steigt in einem fort modrige Kälte auf, dringt durch die Ritzen in der Wand und die Löcher im Dach. Das Haus ist neu gebaut, draußen im Feld, der Keller betoniert, es steigt trotzdem Kälte auf, es zieht durch die Wände, Luzie könnte es schwören.

»Es zieht«, sagt sie.

»Du spinnsch doch, woher soll's 'n ziehe?«

»Ihr zittert doch aa.«

Luzie sieht die klaftertiefen Spalten in den Häusern ihrer Tanten und Onkel. Es zieht, aber es scheint ihnen nichts auszumachen. Dicht sitzen sie beisammen, lachen, singen: »Wo man vun der Millisch schöpft de' dickschde Rohm, do isch unser Heimat, do sin' mer dahoom.«

Dabei ist es Jahre her, dass die letzte Kuh im Ort von ihrem Besitzer – das war der Löhre Bastian – an der Pressefotografin vorbei auf den Viehtransporter geführt wurde; ihre Schwarzerdeaugen vertrauensvoll nach innen gerichtet wie bei jeder Kreatur, die keine Wahl hat. Luzie erinnert sich, wie der Löhre Bastian – als er die Kuh angebunden hatte und schon dabei war, von der Ladefläche herunterzutreten – plötzlich den Arm hob, für einen Moment war überhaupt nichts mehr ausgemacht, vielleicht knotet er den Strick los und läuft mit der Kuh fort, durchs Feld, über den Fluss, über den Strom, immer weiter der Sonne nach, das Euter wird der Kuh an die Hinterbeine schlenkern… aber dann winkte er ab, wer weiß wem. Im Niederfahren blieb seine Hand einen Moment auf dem hervorstehenden Hüftknochen der Kuh liegen, dann ging er an den versammelten Nachbarn und Kindern vorbei, in der Kitteltasche nach den Zigaretten kramend.

Es zieht aus tausend Gründen, einer ist, dass die Kuh fehlt, dass sie eine Lücke hinterlassen hat. Kein Mensch will wieder eine Kuh, aber die Lücke mit schwelgerischen Erinnerungen verkleben, danach ist ihnen doch.

Nicht den Eltern. Süßliches spuckt die Mutter aus: »Bah, Zuckerbabb.« Für süß eingelegte Erinnerungen hat sie nur Verachtung übrig. Von wegen, wie schön alles war. Und sie hasst den alten Trott: »Des isch was får Alte, Kranke un' Kinner.«

Aber die am lautesten singen, sind doch nicht alt und nicht krank. Luzie weiß, was der Vater nicht ausspricht: Ach was alt, denen fehlt der Biss. Und es stimmt, in ihren Augen ist nicht der Wille, der die Mutter und den Vater vorwärts treibt. Aber auch nicht die Verzweiflung.

Luzie probiert mit dem Satz aus der Schulungsgruppe im Jugendzentrum herum. *Die Bourgeoisie kann nicht existieren, ohne die Produktionsinstrumente, also die Produktionsverhältnisse, also sämtliche gesellschaftlichen Verhältnisse fortwährend zu revolutionieren.* Ob der Satz sagt, was im Feld los ist?

Jedenfalls vollziehen die Mutter und der Vater die permanente Umwälzung, und am allermeisten regt sie auf, wenn man's ihnen sagt. Diesen Vormittag kam Luzie am Acker vorbei: Franz packte Krautköpfe in Kisten. Die Mutter und der Vater hantierten mit einer vier Meter langen Leiter. Von weitem sahen sie aus wie Zwerge, die Felsbrocken an einer Wand hochbugsieren, über Kopf. »Was schafft ihr denn?«

Keine Antwort. Mit aller Anstrengung waren sie dabei, aus Krautkisten, jedesmal fünfzehn Kilo, Türme zu bauen. Später kam heraus, warum: Der Genossenschaftsmarkt nimmt jetzt nur noch LKW-Container-hoch beladene Paletten an. Die Stapler setzen die Paletten vom Wagen direkt in den LKW um und damit basta.

Luzie kann sich genau an den ersten Gabelstapler erinnern: heransurren, die Gabel unter die Palette schieben, anlüpfen, zurücksetzen, abdrehen, das wars's. Die Stapler haben dem Vater Luft verschafft. Er und die Arbeiter von der Genossenschaft mussten nicht mehr jede Kiste einzeln abladen. Und jetzt holen die Stapler sich die Luft zurück, die sie ihnen allen geschenkt haben.

Alle im Feld atmen schneller. Keine Spur mehr vom Soldatenschritt der Oma Babette: »Und eins und zwei und drei und vier und fünf und sechs und sieben und acht, bis der Hauptmann saget: halt!« Der neue Takt frisst sich in jedes Ausatmen, »...dawedder und dawedder und dawedder«, frisst sich in die

Arbeitspausen, lässt nur noch Kopfschütteln zu über das, was früher war. Kirschenpflücken oder Kartoffelnausmachen am Sonntag, sagte Oma Sannsche, war eine Sünde. Wer das gemacht hat, hat sich beinah in die Hosen gepinkelt vor Angst, dass der Himmel ihn von der Leiter fallen lässt oder die Erde ihn mitsamt dem Gaul verschluckt. Auf dem Acker, aber das ist wieder eine andere Geschichte, ist man überhaupt nur an zwei Feiertagen erschienen: an Karfreitag die Katholischen, an Fronleichnam die Protestantischen – um zum gegenseitigen Ärgernis Jauche zu fahren.

...kann nicht existieren, ohne die Produktionsinstrumente... fortwährend zu revolutionieren, Luzie findet, es stimmt. Auch wenn der Satz nicht sagt, warum die Eltern es so gern haben, dass es immer schneller geht, und wenn absehbar ist, dass das ihre Kraft übersteigt, mal der Vater, mal die Mutter aus einem Meer von Gallensaft brüllt: »Bald kännt ehr uns zum Abschuss freigewwe!«

Gegen drei drängen sich fette Gewitterwolken über der Ebene zusammen; die hoch aufragenden Kegel des Mittelgebirges versperren ihnen den Weg. Die Mutter hält das Ohr in die dumpfe Stille, prüft die Schwärze der Wolken, ihr Gewicht. 6. August '54, sagt sie jedesmal, wenn sich der Horizont auf eine bestimmte Art verdunkelt. Nervös dirigiert sie dann sich, Luzie und Kurt zum Ablüften der Treibhäuser, Torezumachen, Fensterschließen. Zuletzt, die ersten dicken Tropfen verdampfen schon auf dem Beton im Hof, nehmen sie den Hund mit ins Haus, ziehen an der Waschmaschine und am Fernseher den Stecker heraus und warten.

6. August 1954. Luzie will wieder hören, wie es gegen vier in

null Komma nix von Nordwesten her stockduster wurde, wie ein paar Minuten später hundertjährige Kirschbäume durch die Luft flogen, als wären es Reisigbündel. – Ja, sie hatten gerade noch Zeit, den Moritz abzuschirren und zum Haisel zu führen. Er, der sonst keine Gelegenheit hat verstreichen lassen, auszuschlagen und sich loszureißen, war jetzt ein Lamm.

»Er hot net ins Haisel gepasst«, mit Stichworten sorgt Luzie dafür, dass die Mutter weitererzählt.

Ja, der halbe Gaul hat aus der Tür geragt. Düngersäcke, Kartoffelsäcke, alles, was greifbar war, hat ihm ihr Vadder, der Opa Schorsch, über den Rücken und die Kruppe geworfen. Zuletzt die blaugelbkarierte Gaulsdecke, und schon ging die Hagellawine nieder. Einzelne Ziegel zersprangen; von Nordwesten her kam ein Tosen und Brausen auf, dass einem das Blut in den Adern stocken wollte. Die alten Bretterwände haben im Sturm, der dann losbrach, gezittert und gewackelt, ihm aber unbegreiflicherweise standgehalten.

Jetzt bersten draußen unter dem Brüllen und Zucken des Himmels die eingekeilten Wolken, ergießen sich Millionen Liter Wasser aufs Feld, aber ohne Hagel, ohne Wirbelsturm. Luzie hat mit der Zeit herausgefunden, dass der 6. August '54 ein Einfallstor zu den abgesperrten Bezirken der Mutter ist. Damals zerfetzten Hagelkörner groß wie Taubeneier die Blätter der Bäume, zermalmten Äpfel, Zwetschgen, Pfirsiche, Trauben, Kürbisse, Bohnen, das Kraut, das Korn – alles, zertrümmerten das Glas der Gewächshäuser. Schlagweise knickten an den Hängen alte Buchen um. Die Erinnerung an den Anblick kehrt der Mutter immer noch das Innerste zuäußerst.

Da lässt der Regen draußen nach, der Hof ist jetzt ein flacher See, auf dem ein umgestürzter blauer Ernteeimer ganz allmählich Richtung Abflussschacht treibt, und Luzie weiß nicht, wie sie es anstellen soll, dass die Mutter weiterspricht, immer weiter, von Luzie dahin geleitet, wo einem nur noch Trümmer um die Ohren fliegen, Granatsplitter, Meteoriten, Sternschnuppen; dass sie Luzie bei sich sein lässt, dort, wo ihr die Welt zersprungen ist.

»Heit werd kon Fuß mäi uf de Acker gsetzt«, es muss erst abtrocknen.

Die Schulsachen von Frauke wegräumend, verfolgt Luzie, wie die Mutter Wäsche auf den Tisch packt. Offenbar will sie bügeln; am hellichten Werktag bügeln, obwohl es in den Gewächshäusern immer was zu tun gibt. Das Tor ist noch nicht wieder zugesperrt.

Luzie sammelt sich, jetzt keinen falschen Schritt: Max, der Vorgänger von Moritz. Wie auch Max' Hinterteil, abgedeckt mit Säcken, im Frühjahr '44 weit aus dem Haisel heraus ragte. Im Tiefflug zogen die alliierten Flieger übers Feld, auf alles haltend, was sich bewegte, bevor sie am Berg unter dem Beschuss der Flak abdrehten und zu den Industrieanlagen in der Ebene zurückflogen. Von Oma Sannsche weiß Luzie, dass die Margret – so heißt Luzies Mutter – vor Angst ins Haisel gemacht hat. Das scheele Grinsen, das sich dabei im Gesicht von Ludwig, ihrem Bruder zeigte, kann Luzie sich vorstellen… Jetzt die Mutter von der Angst ablenken, sonst wird sie störrisch: Max stand regungslos…

Ja, obwohl er so eine dicke Entzündung in den Sprunggelenken hatte, er war schon alt. Die Ohren wie angespitzt vor Angst. Zygmunt hat ihm, den Riemen ganz kurz, auf polnisch zugeflüstert.

»Zygmunt war doch arg auf den Max.«

Er hat es mit ihm gehalten wie der Vadder, ihn am Samstag stundenlang gestriegelt und gebürstet, das hat so ein Gaul gern. Sie selbst hat ihm Geschenkbänder in die Mähne geflochten, er ihr seine weichen Nüstern in die Halsbeuge gedrückt. Luzie setzt die Schritte, der Weg ist immer derselbe, die Mutter muss sich zurücksinken lassen in die Liebe zu dem Gaul. Die Liebe zu den anderen ist damit verknotet, weil Max der Pfosten war, um den sie alle ihren Strick geschlungen hatten, auch Zygmunt, der ihnen zugewiesen wurde, bald nachdem Opa Schorsch eingezogen worden war.

»Wann sou 'in Gaul omol im Lewe kriggsch, hosch Glick khat«, Opa Schorsch konnte nicht oft genug davon erzählen, wie er mit dem Max die schwersten Holzladungen zu Tal gebracht hat, im Schnee, im Eis; die mit dem Heu von den Waldwiesen hoch beladenen Wagen, die Mostäpfelfuhren. Und kein einziges Mal hat der Max ihn im Stich gelassen.

Aber nicht die gewaltigen Kräfte, so jedenfalls setzt Luzie es sich zusammen, waren das Besondere an Max, einem schweren Kaltblüter. Das Besondere war, dass er im Gegensatz zu seinen Leuten nie außer Rand und Band geriet: Opa Schorsch schoss beim geringsten Anlass aus der Haut, Oma Sannsche schnappte öfter halb über vor Zorn, und der Zygmunt aus Polen war verständlicherweise auch nicht guter Dinge. Aber gegen den Max ausfallend zu werden, hätte sich keins angemaßt. Der, trotz seiner Kraft, ging nie durch, schlug niemals aus, nicht gegen den Vadder, gegen niemand, nicht einmal gegen sich selber. Der Max war fromm, sagt die Mutter, der hat sie alle zur Räson gebracht. Dafür waren sie ihm dankbar.

Unter seinen Augen fassten sie Vertrauen zu sich, zueinander, nichts schien unmöglich zu sein. So sagte Zygmunt zur

Mudder, Luzies Oma Sannsche, als deren Bruder, ein strammer Parteigenosse, vom Kriegsdienst freigestellt, zum Mithelfen auf dem Acker erschien und gleich nach dem Gaul griff: »Madame« – Zygmunt war vor dem Krieg als Landarbeiter im Elsass gewesen – »Madame, wenn der noch einmal auf den Acker kommt, gehe ich nicht mehr hin.«

Der Bruder kam nicht wieder auf einen Acker von Oma Sannsche.

Eigentlich will die Mutter jetzt von Max' Tod im Frühsommer '44 erzählen, wie er sich quälte, aber einfach hinten nicht mehr hoch kam, wie sie sich lange scheuten, den Pferdemetzger zu bestellen, sein Lastwagen hat dann kaum durch die Hofeinfahrt gepasst; wie im Nu der Eimer voll war und sie das warme Blut schlagen musste, wo sie sich doch am liebsten auf den Gaul geworfen hätte, und Oma Sannsche immerzu befahl, noch einen Eimer, und schlagt, hört bloß nicht auf zu schlagen, denn das Blut war dem Metzger in der Straße versprochen… und dass dann der Max, nachdem er endlich auf dem Lastwagen war, mitsamt dem Metzger spurlos verschwunden ist, weil sie in die Bombardierung der Güterbahngleise geraten sind.

Aber das soll die Mutter jetzt nicht erzählen, sie soll sich jetzt nicht in den Schmerz verziehen, jetzt, wo sie bügelt und eigentlich keinen Grund haben kann, Luzie wegzuschicken, wo der Vater draußen ist und nicht sagen kann, Juden hätte es keine gegeben im Ort, also auch keine Abholungen, Judenwohnungen-Ausräumen schon gar nicht, woraufhin die Mutter jedesmal sagt, er, er sei so ein Held gewesen, nichts im Kopf als U-Boote, Panzergeneräle, Rennfahrer, überhaupt…

Es riecht nach feucht-warmer frischer Wäsche, ein unregelmäßiges Sirren zeigt an, dass das Bügeleisen aufheizt.

Luzie lehnt am Küchenschrank im Rücken der Mutter; ihr fällt wieder der Traum der letzten Nacht ein. Eine Frau wollte sie unbedingt aus einer Zusammenkunft entfernen, die gleichzeitig politische Versammlung und Familienfest war. Aber es gelang ihr nicht, Luzie blieb. Als die Leute gegangen waren, räumte sie die Gläser ab, manche noch halbvoll mit Rotwein. »Fürs Abendmahl wäre der Wein noch gut«, meinte jemand, und sie kippten die Reste in einen Krug, den Luzie gleich zum Pfarrhaus trug. Am besten wird es sein, den Wein mit Wasser zu verdünnen, überlegte sie noch. Komischer Traum, ihr ist etwas übel.

Gleich wird die Mutter wieder hilflos ausweichen, auf der Stelle treten, sie mit der Flanke wegstoßen wie eine am Trog angebundene Kuh, der das halbwüchsige Kalb ans Euter will. Dabei will Luzie doch eigentlich nur eines: Hören, die Stimme der Mutter hören, nicht die von allem abgeschnittene Alltagsstimme, sondern die strahlende, vibrierende, zerreißende Stimme; die Stimme, die Luzie mühelos im Innersten trifft; die Stimme, die den Blick auf den Pfosten tief unten in der Erde freigibt, an den alle Kreaturen gekettet sind und den die Mutter gewöhnlich strikt verleugnet. Damit leugnet sie auch, dass die Kette zum zitternden Band werden kann, an dem wir uns zueinander hangeln, und für einen Moment ist alles gut. So versucht Luzie mit allem ihr zu Gebote stehenden Fingerspitzengefühl das Erinnern der Mutter zu leiten und zu lenken.

Die vier Sandsteinstufen bei ihnen in der Gasse, das Mädchen. »... oft dort ghockt«, sie ist ihr aufgefallen, dieselben dunklen Zöpfe wie sie, dieselben grauen Augen, sie schien sich zu interessieren für uns Kinder ... der Most war schon gekeltert, der Vadder noch da, es muss im Oktober '40 gewesen sein, als das Mädchen verschwunden ist. Der Ludwig kam mit einem alten Flottenkalender und einem Schachspiel aus der Wohnung, zusammen mit Nachbarinnen und den Buben. »Solle des vielleicht alles die Gschdapobonze krije?« Sie hatten die Arme voll mit Töpfen, Wäsche, Geschirr; hat man damals alles brauchen können.

Wenn es dann darum geht, dass der Vadder dem Ludwig den Flottenkalender und das Schachspiel aus der Hand gerissen, den Küchenherd aufgemacht und alles ins Feuer gesteckt hat, das Handgelenk vom Ludwig in der Linken wie in einen Schraubstock geklemmt, dass der sich's merkt, fließt die Erinnerung besser. »Des gibt's bei uns net!«, hat der Vadder gebrüllt. – »Dann kriggt alles die Gschdapo«, und der Ludwig flog von einem Schlag ins Gesicht getroffen durch die Küche, an den er sich erinnern wird. Die Buben waren schlimm damals... das Mädel auf den Treppenstufen, als es noch da war, haben sie angespuckt.

Und sie, und ihre Freundin? Wenn bloß nicht gleich das Tor zufliegt... Das Bügeleisen heizt wieder auf und sirrt nervös.

»Mer wer'n manchmol aa gspuckt hawwe.«

Schweigen. Plötzlich hat Luzie das mulmige Gefühl im Mund. Wie ihr die zwei Wörter damals erst nicht über die Lippen gehen wollten, wie sie sie im Mund vorformen musste, denn sie wollte unbedingt mit den anderen Kindern an der Toreinfahrt mitschreien, einmal auch dabei sein, und holte extra tief Luft: »Schwarzes Arschloch!« Im selben Moment ging schon das Fenster auf, Tante Gwennys langer schwarzer Finger, nach innen zu bleich, verwies sie voll Zorn aus der Einfahrt, dazu eine Stimme, die mit Macht für sich eintreten konnte; die Kinder rannten weg, das gehörte zum Spiel. Luzie verdrückte sich nach Hause, der Gaumen fühlte sich wund und rau an, wie verbrüht. Sie achtete darauf, dass sie Tante Gwenny nie wieder unter die Augen kam, irgendwann war Tante Gwenny auch weg. Sie wurde gottseidank nicht abgeholt, sondern hatte hier nur studiert und ist jetzt Ärztin in Lagos. Wenn sie sich jemand vom Hals schaffen will, schreibt Tante Gwenny an Tante Line, verfalle sie immer noch automatisch in die Sprache und den Dialekt von hier: »Feierdunnerwetternochemol, haut ehr ab, ehr Rotzlöffel!« Das wirke immer.

Das Mädchen auf den Sandsteinstufen blieb verschwunden, »wann i' die Treppestaffel seh, seh i' des Kind vor mer«, sagt die Mutter. Damals hat ihre Mudder, die Oma Sannsche, die letzte, schon von der Schwiegermutter übernommene jüdische Kundschaft in der Stadt verloren.

Luzie wartet in die Stille hinein, heute ist es anders als sonst, wenn sie fragt und sich vergewissert, dass sie weiß, was richtig gewesen wäre, was hätte passieren müssen. Der immergleiche Wortwechsel mit Oma Babette, die es zwar öfter unterließ, die Hakenkreuzfahne hinauszuhängen – Luzie: Das war auch das mindeste –, aber als es ihr zu gefährlich wurde, damit aufhörte, einem Juden jeden Tag in der Dunkelheit einen Viertelliter Milch für sein krankes Kind zu geben. »Hätt ich mi' wege' denne Leit eisperre losse solle?« – »Vielleicht wärsch gar net eigsperrt worn«, und wenn sich kaum jemand an die Verordnungen gehalten hätte, hätten die auch niemand mehr eingesperrt. Überlegungen, bei denen die Mutter an der glatten Wand hochgeht.

Aber heute ist es anders, heute will Luzie nicht recht haben, heute zittert die Stimme der Mutter wie ein junges Buchenblatt: »Mer sin' die verlorne Generation.« Zu klein für die Hitlerjugend und den BDM. Denen, die da dabei waren, fehlt nichts. Die singen heute noch bei jedem Geburtstag »Die Fahne hoch, die Reihen…«, das war denen ihre Zeit, das war ihre Jugend, und die war schön. Die hatten ihre Ausmärsche, Lager, die Sammlungen fürs Winterhilfswerk und ihre Uniform. So was Gutes zum Anziehen hat man sonst gar nicht gehabt, und dann beschreibt sie wieder die weiße BDM-Bluse, den dunkelblauen Wollrock, die weißen Kniestrümpfe, die sie um ein Jahr verpasst hat… Es ist, als ob die Sonne schon gleich beim Aufsteigen wieder heruntergefallen wäre. Bei ihnen, den Jüngeren, sei es tief gegangen.

Schwere Tritte wälzten sich im Gleichschritt die Straße herauf, brüllender Gesang, Trommelwirbel, ausnahmsweise war sie nicht mit im Feld, sondern beim Ludwig auf der Gass, drei oder vier wird sie gewesen sein, das Früheste, woran sie sich erinnert: »Ich bin gerennt, was ich gekännt hab, zuerst zum Hund«, und dann habe sie im Stall bei den Kühen darauf gewartet, dass die Eltern heimkamen. Dem Vadder und der Mudder waren die Marschierer unheimlich. Aber sie, sie hat beim nächsten Mal am Hoftor gelinst: die Männer in Reih und Glied, die schweren Tritte, dass alles vibriert hat, das Tempo und, das vor allem, die schwarzen Uniformen; später hat sie keinen Aufmarsch verpasst. »Es braust ein Ruf wie Donnerhall«, davon ließ sie sich aus jedem Spiel holen, von jeder Arbeit, erzählt sie. Die Lieder von Treue, Ehre, Mut, Kampf, das war etwas anderes als die misstrauische Reserviertheit der Eltern, der ewige Hickhack unter den Leuten, ein anderer Horizont als der zwischen Fluss und Berg. »Groß ist das Schicksal, größer, wer sich dagegen stellt«, jetzt fallen der Mutter die Liedzeilen, Sprüche, Parolen nur so ein.

Von der Ukraine hat sie geträumt, wohin der ganze Ort nach dem Sieg umgesiedelt werden sollte, von weiten Äckern,

Schluss wäre mit den Handtuchfetzen und der Erbteilerei; sie würden arbeiten für das Ganze, für die Gemeinschaft. Schluss wäre mit dem ewigen Zank: »Weil dem sein Vadder dem Groußvadder von dem irgendwann emol 'in Gaul verkaaft hot, wu net in Ordnung gewest isch, gucke die sich heit noch net oo.« ... »Helle Härte und adlerklarer Mut, es steht dem dunklen Schwerte der reine Wille gut.« Die Stimme der Mutter strahlt.

Und es liegt ein Zittern darin von Zweifel und Angst, in einem fort muss es niedergehalten werden ... der Kriegsausbruch, die Leute in der Straße verschwunden, der Vadder im Krieg. Als Selbstversorgern ist es ihnen ja noch verhältnismäßig gut gegangen, aber die ständigen Kontrollen, ob alles abgeliefert war – es bestand Ablieferungszwang –, das Theater, weil der Zygmunt mit ihnen am Tisch gegessen hat, wo das doch verboten war und die Mudder mehr als einmal vorgeladen wurde und angegeben hat, sie habe keine Zeit, zwei Tische zu decken. Und dann der Vadder auf Fronturlaub so überzwerch, dass die Mudder froh war, als er wieder fort war.

Luzie will es genauer wissen, die Mutter antwortet nur obenhin, Albträume, keinen Augenblick habe er Ruhe gefunden, war wüst gegen alles und jedes, halt überzwerch, denn sie will jetzt vom Ende erzählen, als Schluss war mit »Führer befiehl, wir folgen dir«, als der Nachthimmel von den brennenden Städten der Ebene loderte, sie nur noch im Keller schliefen, tagsüber die Tiefflieger überm Feld, als sie vor Angst nicht mehr aus und ein wusste ... als alle ihre Träume ... und die Stimme strahlt und zerschellt in einem, Luzie und die Mutter sitzen am Küchentisch, ringsum Stöße gebügelter Wäsche, Luzie kämpft mit den Tränen.

… so dass sie heute sagen muss: Es kann einem eigentlich nichts mehr richtig vorkommen.

Der Riss klafft. Die Stimme der Mutter krümmt sich und wird sofort abgebunden. Gleich fliegt das Tor zu. Von überallher zieht es, aber Luzie könnte immerfort da an der Einfahrt stehen. Ein Zittern durchläuft sie, es macht ihr nichts aus.

Wenigstens soll die Mutter noch von den beiden Kühen erzählen, die nach Max' Tod vorgespannt wurden, weil damals kein Gaul aufzutreiben war. Sie ist ganz bereitwillig, obwohl mit dem Bügeln schon eine Weile fertig und obwohl die Küchentür jetzt immer öfter einen Spaltbreit aufgeht und wieder zu, es ist Zeit zum Abendessen. Und so erzählt sie zum x-ten Mal, dass ihre Mudder nie davor und nie danach soviel gebrüllt hat wie damals mit Lili und Kati. Die hatten ihr Leben lang im Stall gestanden, jedes Jahr ihr Kalb zur Welt gebracht, Milch gegeben und jetzt am Fuhrwerk nur eins im Kopf: auf dem Rainstreifen frisches Gras fressen. Also zog die eine nach links, die andere nach rechts, und das Fuhrwerk bewegte sich wenn überhaupt ruckartig im Zickzack ins Feld. Sollten sie allerdings an einer Abzweigung vorbei, wo es zu einem Kleeacker ging, sind sie einträchtig abgebogen, und die Mudder hat ohne Unterlass geschrien: »Macht, dass ehr weiterkummt, ehr Sauviecher!«

Fliegen surren durchs mittagswarme Zimmer, kurzer Halt am Vorhang, auf der Stirn von Luzie, die ausgestreckt auf dem Boden liegt, zum offen stehenden Fenster hinaus, wieder herein, aufs lila Plakat über der Tür: »Wir sind die Leute, vor denen uns unsere Eltern immer gewarnt haben.«

Frauke erscheint in der Tür, fragt, ob Luzie heute keine

Musik hört. – Nein. – Frauke zögernd: Ob sie sich dazulegen darf. – Sie darf.

Luzie schlägt mit der flachen Hand nach der Fliege auf ihrem Kinn; mit dem einzigen Erfolg, dass sie jetzt wie angestochen durchs Zimmer schießt und die anderen Fliegen mit ihrem Gerase ansteckt.

Luzie wartet, dass für einen Moment der Atem wegsackt in die Arme, in die Beine und mit ihm, was im Kopf ist, da landet eine genau auf dem Lid. Sofort ist Luzie auf den Füßen, faltet eine Zeitung und räumt ab, Frauke sieht dabei zu: Erst die an der Fensterscheibe, die sind erschöpft und wissen nicht weiter. Dann die am Vorhang, die an den Wänden. Ob sie nicht besser aufpassen könne, in der Küche mache sie doch auch nicht so eine Sauerei, hat die Mutter sich anfänglich über die Flecken beschwert. Selbst Che Guevara sieht aus, als hätte er die Blattern, Rosa Luxemburg hat eine aufs Auge gedrückt bekommen, die schwarzweiße Anna Seghers rotbraune Strähnchen im Haar vom nächtlichen Schnakentod, abgesehen von den paar Placken auf Fond und Bildrand.

Eine auffallend dicke Fliege pausiert jetzt an der Lampenschnur. Die schafft bestimmt zwanzig Kilometer in der Stunde, sagt Luzie und scheucht sie auf, in der Hoffnung, dass sie sich gleich günstiger hinsetzt. Sie erwischt sie auf dem Fensterbrett. Da liegt sie nun, die mittleren Beine angezogen, alles, was sie hat, beisammen, der Hinterleib glänzt blaumetallisch, durchbrochen von schwarzen, pelzbesetzten Reifen. Frauke findet sie auch schön. Luzie wirft die Fliege übers Balkongeländer.

Sie streckt sich wieder hin, was soll sie machen. Dieser Biggi entkommt sie nicht. Luzie dachte nicht, dass es noch schlimmer werden kann als in den zwei Monaten, seit Torsten Holm sein Interesse für Gabi Willers entdeckt hat, aber es kann offensichtlich. Vielleicht hat Biggi sogar recht, und es ist bloß Eifersucht. Luzie weiß es nicht. Im Moment weiß sie überhaupt nichts. Frauke ist immer noch da.

»Musst du keine Schularbeiten machen?« – »Doch, mach ich nachher.« – Luzie dreht sich zur Seite, eigentlich muss sie auch Schularbeiten machen. Aber sie ist nicht in der Stimmung. Frauke geht jetzt.

Diese Biggi, für so was hat die einen siebten Sinn, das zeigte sich schon vor zwei Monaten, als sie zu Luzie sagte: »Nimm's nicht tragisch.« Dabei hatte Luzie so darauf geachtet, sich nicht zu verraten. Hat nicht mal mit der Wimper gezuckt, als Torsten Holm, mit dem sie zu aller Erstaunen den Jugendzentrums-Pokal im Tischfußball gewonnen hatte, mit dem sie stundenlang über die Integration der Schülerschaft in die Organisationen der Arbeiterklasse diskutiert, zu dem sie allmählich ein Herz gefasst hat, plötzlich sein Interesse für die Gabi Willers entdeckte. Ausgerechnet in dem Moment, da von Gabi Willers bekannt wurde, dass sie sich in den Osterferien halb mit einem Philosophiestudenten liiert hatte, halb war sie da noch mit einem aus der Oberprima zusammen. »Wie an der Börse«, meinte Luzie zu Biggi und anderen Mädchen, die zufällig beisammen standen, »plötzlich wollen alle eine ganz bestimmte Aktie, nur weil alle sie wollen.« Da sagte die Biggi doch glatt, nimm's nicht tragisch. Unterton: Wir wissen Bescheid.

Seither sorgt vor allem auch Biggi dafür, dass Luzie im Bilde bleibt: Wie die drei hell Entflammten Gabi rund um die Uhr mit Pizza, Schinkenbrötchen, Schokoladenriegel und Weinschorle eindecken. Dass Gabi keinen Schritt mehr zu gehen braucht, sich sogar das Fahrzeug aussuchen kann: Fahrrad,

Motorrad, wahlweise mit Beiwagen, Käfer, R 4, geliehen oder mit Fahrer. Dass Gabi sich schließlich für den Torsten entscheidet, der macht das Rennen. Dass Gabi mit Torsten schon bald nach Holland in eine Abtreibungsklinik fahren muss.

Alles nur Eifersucht, sagte diese Biggi auf der Sitzung gestern Abend, Luzie ist ganz elend zumute. Sie überlegt wieder, was sie hätte anders machen können. Sie weiß es nicht. Dieser Biggi entkommt sie nicht. Luzie sagte auf der Sitzung, dass sie zu der § 218-Demonstration im September nicht mitfahren und deshalb auch nicht mobilisieren wolle. Ich hätte es vielleicht anders begründen sollen, nicht von wegen Beine breit machen und sich den Bauch auskratzen lassen, so stelle ich mir die Freiheit der Frau nicht vor, überlegt sie jetzt. Das konnte ja nicht gutgehen.

Erst ging Hansi gegen Luzies Absage vor, spulte sein Kampagnengerede ab von den Professorengattinnen, die mit dem entsprechenden Geld in jeder Uniklinik einen Abbruch kaufen können, aber am wichtigsten war ihm der Wunsch der Männer, sich mit den Frauen zu solidarisieren. Ausgerechnet an dem Punkt, warf Luzie nur halblaut ein, da platzte dieser Biggi der Kragen: »Und gegen die Pille hast du auch was. Lebst wie 'ne Nonne, aber den anderen den Spaß verderben. Gib's doch zu, alles Eifersucht.« Luzie sei nur eifersüchtig, weil die Gabi mit dem Torsten … Luzies Verhalten sei eine konterrevolutionäre Sauerei … Verrat.

Ob es so ist, wie Biggi sagt; was zuerst war, Luzie weiß es nicht; nur dass es so ist, als ob ihr das Herz gezackert würde, das weiß sie.

Nachmittags packt sie den Karren mit Pappkörben voll und geht in die Bohnen. In den hohen Reihen sieht einen niemand. Über sich hat sie eine Bahn Himmel, vor sich einen Streifen

Berg. Das ist gerade genug. Dort übt sie übersetzen: Wut in Schnelligkeit, Schmerz in Ausdauer, Angst in Genauigkeit beim Absuchen der Stauden und Aussortieren der Krummen, Scham in Zulangen. Sogar Verzweiflung, behauptet die Mutter, lässt sich verschaffen. Alles wird verschafft im Feld. Das machen da alle so.

Fünftes Kapitel

DER ZUG FÄHRT unterhalb einer Hügelkette entlang; Häuser, dicht nebeneinandergebaut, dann wieder Gewerbegebiete, Weiden, Obstwiesen, Gebüsch, Wald, alleinliegende Höfe, Fabriken. Luzie sieht aus dem Fenster, grau, grün, braun, weiß, ziegelrot, anthrazit ... Als sie Oma Babette zum letzten Mal im Krankenhaus besuchte, fiel ihr als erstes der Blick auf, den man von dort im dritten Stock auf die Berge hatte. »Gute Aussicht«, sagte Luzie, kaum in der Tür. Das Bett stand direkt am Fenster, das Kopfteil hochgestellt. »Ja«, sagte Oma Babette, die Haare schwebten ihr ums Gesicht wie Spätsommerspinnweben, wo es doch lose Haare bei ihr nie gegeben hatte, jedenfalls nicht tagsüber. Oma Babette genoss die Aussicht, gleichzeitig schien sie ihr etwas unheimlich zu sein. Von hier aus waren die Berge ungewohnt mächtig. Bei den entsprechenden Lichtverhältnissen werden sie sich in riesige Echsenleiber verwandelt haben, mattgrau die Haut, so dass Oma Babette wahrscheinlich zusammenzuckte: »Ho«, mit der Hand über die Augen fuhr und sich abwandte.

Vorbei, vorbei. Oma Babette ist tot. Den Kopf ans Polster gelehnt, überlässt Luzie sich der vorüberziehenden Landschaft im Zugfenster, grau, grün, braun, ziegelrot, anthrazit. Der rosa Morgenmantel aus Kunstseide, die weißen Spitzen auf dem Kragen, die zusammengesunkene Gestalt. Bei ihrem vorigen Besuch war Oma Babette noch größer gewesen, kam es Luzie vor. Wenn's nur wieder werden würde, sagte sie bei jedem Besuch, für eine Weile wenigstens; noch einmal wenigstens. Und zwischendurch, ganz unvermittelt, fiel ihr anscheinend ein, wer sie gewesen ist; dann rannte ein Lächeln durch ihr klein gewordenes, von den langen weißen Haaren umschwebtes Gesicht, und augenblicklich war sie wieder am Anordnungen verteilen. Was Luzie soll und was sie nicht soll, wenn sie, Oma Babette, einmal nicht mehr ist.

»Die soll emol uf mei' Koschde Kaffee trinke«, muss Oma Babette zu Tante Gisela gesagt haben. Tante Gisela wird die Hände gerungen haben auf dem Besucherstuhl vorm Bett: »Awwer Mudder, du lebsch doch noch!« Tante Gisela war dort, als Oma Babette festlegte, wer extra zum Begräbniskaffee eingeladen wird: »Die Gräit uf alle Fäll.« Annegret Maier. Sie und Oma Babette haben zeit ihres Lebens vergeblich versucht, sich gegenseitig den Rang abzulaufen.

Vorbei, vorbei. Luzie drückt sich in den Sitz.

Niemand mehr, der sagt: »Wes Brot ich ess, des Lied ich sing. Des musch dir merke«, und mit einem Schlag weißt du, dass du genau das nicht willst, anderer Leute Lieder singen.

Oma Babette und Annegret Maier waren die ersten Landwirtinnen in der Gegend mit Führerschein. Nach Kriegsende ist es beiden gelungen – nie hat jemand erfahren, wie – einen Dreiradtransporter zu beschaffen. Jede hatte ihren Goliath, mausgrau; später ersetzten ihn beide durch einen Kadett. Auf dem Großmarkt sollen sie sich die Kundschaft abspenstig gemacht haben und – wer zuerst kommt, mahlt zuerst – mit fliegenden Schürzen um die Wette gerannt sein, wenn ein neuer Händler auf der Bildfläche erschien.

Es würde das erste Mal sein, dass Oma Babette die Annegret Maier zum Kaffee lädt, genau gesagt, laden lässt. Die Ehre, einmal auf ihre Kosten Kaffee zu trinken, wird die Gräit ihr wohl erweisen müssen.

Bei ihrem letzten Besuch blieb Luzies Blick an den Zetteln im Gesangbuch hängen. Müde war Oma Babette gewesen; so müde, dass sie bloß gesagt hat: Wenn's doch nur wieder werden würde. Noch nicht einmal kämmen mag sie sich. Es sei ihr grad egal, wo die Haare hängen, hat sie gesagt, wie ihr jetzt manchmal alles egal sei, bloß, dass es wieder werden soll. Luzie wusste trotzdem, dass das die Zettel für die Lieder bei der Leichenfeier sind, und hat sich steif gemacht auf dem Stuhl und halb durch Oma Babette durchgeguckt. Und irgendwas hat ihr dabei die Ohren von innen zugedrückt.

Das Grau, Grün, Braun, Ziegelrot, Anthrazit strömt jetzt vorbei, der Zug muss ziemlich schnell sein. Was hat sie sich über meine roten Ansichten aufgeregt, Luzie legt den Kopf von der rechten Polsterecke in die linke. »Wersch doch net sou verrickt sei' un' die Äcker louswer'n wolle«, und mit erhobenem Zeigefinger: »Merk dir oons: Das eigene Feld isch unser Auskumme und unser Freiheit.« Außerdem: »Kleinvieh macht auch Mist«, irgendein Grund war immer, das zu sagen und mit Geldstücken in der Schürzentasche zu klimpern. Schließlich: »Fer ummesunscht isch blouß der Tod, un' der koschd's Lewe.«

Mit dem Lachen, das Luzie ankommt, rollen auch die Tränen. Sie starrt aus dem Fenster. Im Hintergrund Häuser und Bäume, vorne ist nichts zu erkennen; im Moment, wo sie ein Bild fassen will, ist das Haus, oder was es ist, wieder weg, so dass Luzie sich mit den grauen, braunen, grünen Fetzen und Sprengseln zufrieden gibt.

Graue Büschel, dem Opa Schorsch ragten sie aus den Nasenlöchern und Ohren, wenn der Friseur wieder vergessen hatte, sie zu stutzen. Das Gesicht sauber rasiert, steile Furchen rechts und links vom Mund, das Quantum Most intus, das seine Wörter verzweifelt klar machte, so stand er auf die Hände gestützt am Küchentisch und war am Auf-die-Welt-Scheißen. In die Bank gedrückt, haben wir bloß noch zugesehen, dass unsere Füße ordentlich unter den Tisch hängen, Luzie wischt sich verstohlen die Tränen weg.

Totlachen hätte man sich sollen, hat er gesagt. Nach dem Krieg und dem ganzen Spuk hätte bloß eins geholfen: Alle im Hof Aufstellung nehmen, und einer, die Peitsche in der Hand, hätte den Anweiser machen müssen: »Lous, lacht, ehr Simbel!« Lachen, dass einem Hören und Sehen vergangen wäre, sich ausschütten vor Lachen, dass man so was hat mitansehen müssen. So hat Opa Schorsch geredet und dabei alles andere als gelacht. Und wir hielten die Beine still; nicht aus Versehen ans Tischbein treten oder an den Bankkasten. »Lacht, ehr Lumpemenscher!«, hat er gerufen. Lachen, bis es einem die Luft abschnürt, dass man so was hat mit sich machen lassen; bis zum Umkippen lachen, weil man so was mitgemacht hat; lachen, bis es einem die Kuttel verreißt, dass so was überhaupt hat vorkommen können… Dann wäre für eine Weile Ruh gewesen. Opa Schorsch hörte auf zu kommandieren. Aber als man soweit war, das zu kapieren, da sei einem 's Lachen schon lang vergangen gewesen, sagte er noch, und: »Wer nicht lacht zur rechten Zeit, schämt sich für das, was übrig bleibt.« Wenn's sich gereimt hat, war das Ärgste vorbei. Wir sind doch nichts anderes als Mistkäfer, sagte er, als Würmer – wir haben uns schief gelacht – als Fürze! Und uns wieder zu fragen getraut, ob wir beim Bäcker eine Schneckennudel kaufen dürfen oder ein Bounty. Luzie überlegt, ob sie ihr Brot herausholen soll. Lieber doch nicht.

Ich hab so Heimweh nach dir gehabt, hatte Oma Babette beim letzten Besuch Luzie zugeflüstert, und beim Abschied, dem letzten, wie beide ebenso wussten wie sie es nicht wussten, hat sie geschlottert und dann – wie umgewandelt – mit einem leuchtenden Grinsen im Gesicht: »Bisch doch widder kumme.« – Sie war wieder hingegangen, natürlich ist sie wieder hingegangen. Die Androhung, nicht mehr zu ihr zu gehen, war auch nicht das Gelbe vom Ei gewesen und schon lange her. Genützt hat es sowieso nichts.

Der letzte Besuch. Als Luzie vor knapp vier Wochen ins Krankenhaus kam, war Tante Dorothee am Gehen und wedelte mit einem Zettel, was soviel hieß wie: Es soll hinterher keiner sagen können, dieses und jenes will aber ich, die Oma hat nämlich gerade die letzten Sachen verteilt. Das wird Oma Babettes letzter Hoheitsakt gewesen sein, dachte Luzie gleich. Das Vermögen war längst überschrieben und auch die Sachverteilung seit Jahren vorbereitet. »Des kriggsch du emol«, und ob man dieses oder jenes dann haben wolle.

Es gehört nicht viel dazu, sich Oma Babette beim Sachverteilen vorzustellen, schließlich war das Sach ihr ureigenstes Metier. Und doch wird sie über dem Wohnzimmermobiliar, den Betten, den Servicen, dem teuren Goldschlange-Gartenschlauch, der restlichen Aussteuerwäsche mit den rosa Schleifen von vor über sechzig Jahren, den Schmuckstücken und dem vergoldeten Samowar, den sie nach dem Krieg gegen Krautköpfe eingetauscht hat, beinah die Nerven verloren haben: Weil sie sich nicht mehr daran erinnerte, wem sie was versprochen hat, außerdem wird ihr augenblicklich entfallen sein, was schon verteilt war und was nicht, und so verteilte sie manches mehrmals und jedesmal anders, so dass Tante Dorothee auf dem Stuhl dauernd am Namendurchstreichen war und schließlich der Name stehenblieb, der ihr in den Kram passte – genau das, was Oma Babette eigentlich verhindern wollte. »Willst du Blutzwist vermeiden, musst du ordnen beizeiten«, zitiert Luzie halblaut, und die im Abteil Sitzenden drehen ihr stumm die Köpfe zu. Wie Fische.

Luzie schaut aus dem Fenster. Mit Nachdruck strich Oma Babette den Bettbezug glatt, die Hände auffallend groß und sperrig, ausgediente Werkzeuge, deren Beschaffenheit plötzlich ins Auge stach. Nie Hände, die von Katzen und Kindern gesucht worden wären, denn Oma Babette hatte bei jedem Handgriff das Ganze im Blick: den Hof, die Erbmasse, die Zukunft, die Ordnung. Keinen Gedanken hätte sie beim Hühnerrupfen an die Seidigkeit der Federn verschwendet; niemals wäre ihr beim Pflanzen der kühle Lehm des Mutterbodens aufgefallen. Ihr hat's in einem fort pressiert.

Nicht hinauslehnen! Plötzlich ist Luzie nicht mehr sicher, ob sie wirklich weiß, was Oma Babette im Verlauf ihrer Tage gesehen hat und was nicht. *Ne pas se pencher au dehors. Do not lean out.* Hin und wieder sagte Oma Babette etwas über den Himmel; dass er beim Heimfahren wieder so schön gewesen sei, in der blauen Dämmerung eine Schar Vögel, »die häwwe do drowwe in de letzte Sunnestrahle getanzt wie Sternschnippelin.« *E pericoloso sporgersi.*

Vor vier Tagen rief die Mutter nachmittags Luzie an, sie war zufällig zuhause: Oma Babette ist vorhin gestorben. »Ich glaab, ich brauch kon Griesbrei mäi«, soll sie zur Schwester mit dem

Mittagessen gesagt haben, bevor in ihren Augen das Licht ausging.

Vorbei, vorbei. Luzie rutscht auf ihrem Sitz hin und her. Da war nichts zu machen; bei denen allen ist nichts zu machen. Wenn ich weggeblieben wäre, kein Anruf mehr, kein Besuch mehr, Oma Babette hätte es einfach ignoriert. So was hat sie ignoriert. Sie hat sich darauf verlassen, dass man von den Kindern und Kindeskindern nichts zu befürchten hat. Du sollst deinen Vater und deine Mutter und deine Oma ehren. Punktum.

Vor zwei Jahren, das war, bevor Luzie wegzog, um mit der Archivausbildung anzufangen, lag neben dem Brotkasten von Oma Babette ein Brief. Mirna Spychalski, wohnhaft in Ostrowo, Polen, bat darum, dass Oma Babette ihr die Dienstzeit bestätigte. Luzie legte den Zettel wieder und wieder auf den Tisch. Nein, Oma Babette blieb dabei. »Die hot nix gschafft«, also unterschreibe sie nicht, dass die hier in Dienst war. – »Zwangsarbeit, Oma, Zwangsarbeit« – »Ä' freches Mensch war des, voller Widerwort.« Luzie: Sie wisse doch genau, was die Deutschen damals mit den Polen gemacht haben. – Und dann hat diese Mirna auch noch die Frechheit, ihr einen Brief auf Polnisch zu schicken; das Übersetzen hat sie zwanzig Mark gekostet. So ging das wochenlang.

»Stell dir vor, du hättsch bei Besatzern Dienstmagd spiele müsse.« Aber Oma Babette hat sich nichts vorgestellt; das hatte sie nicht nötig. Der Betrieb, die Kinder klein, der Mann im Krieg, dann keine Briefe mehr, schließlich die Nachricht, dass er gefallen ist. – »Aber davon wird doch dein Mann net wieder lebendig, dass du net unterschreibsch. Die war doch bei euch, du unterschreibsch doch bloß, dass sie hier war.« – Wenn Oma Babette mit dem Mann anfing und mit dem Heulen, war jedes weitere Wort sinnlos. Luzie konnte trotzdem nicht aufhören: Was ihr das helfe, wenn die Frau weniger Rente bekomme? – Oma Babette fing sich schnell wieder, aber nur, um zu sagen: »Die war ko Hilf, war ich frouh, als die endlich fort war.« Aber sie werde ihr antworten. Sie werde der Mirna schreiben, dass sie unverschämt war und ist. »Des iwwersetze loss isch mer sogar noch emol ebbs koschde«, sagte Oma Babette.

Dann kam regelmäßig das Loblied auf Maria, ihre nächste Polin. Die war so fleißig, mit der verstand Oma Babette sich so gut, dass sie ihr bis zum Schluss Pakete schickte; Kaffee, Nylonstrümpfe, Schokolade.

In den letzten ein, zwei Jahren gab es wieder eine Maria, diesmal eine Maria aus Ungarn. Die hat das Obststück mit dem Haisel direkt neben ihrem letzten Acker gepachtet. Das brauche sie, erzählte sie Oma Babette, und Oma Babette erzählte es Luzie, nur die Hühner fehlten noch. Du wirst doch hier keine Hühner halten, hat Oma Babette aber zur Maria gesagt, denen drehen die doch den Hals um.

Die Maria aus Ungarn war Oma Babettes letzte gute Bekanntschaft. Zusammen hielten sie die Stellung an der neuen Peripherie, vor sich Kliniken, Institute, Studentenwohnheime, Parkplätze, Sportplätze; die Äcker rundum brach, die Haiseln verwaist, die alten Obstbäume nicht beschnitten. Mal sagte Oma Babette, die Bäume sähen aus wie Struwwelpeter, mal: »Denne stäihn die Hoor zu Berg.«

Luzie probierte es hintenherum. Ein Wort vom Vater, und Oma Babette hätte unterschrieben. Er, der sich darüber aufregen kann, dass sie damals den Landhelferinnen den Lohn nicht voll ausbezahlt hat – »S' ohnzische, was bei denne funktioniert hot, war's Mundwerk«, Oma Babettes Kommentar aus der nächsten Bohnenreihe dazu –, er machte schmale Lippen, als Luzie mit dem Brief von Mirna Spychalski anfing. Und schwieg. Es hat alles nichts geholfen – Argumente, Bitten, Appelle, Vorwürfe, die Lippen vom Vater wurden hart und dünn wie eine Peitschenschnur. »Loss 'n in Ruh, siehsch doch, dass er net will«, sprang die Mutter ihm bei. Auf einmal.

Eher würde Luzie sich den Schädel einrennen, als dass der die Schotten aufmacht. Von Mirna Spychalski hat er nichts wissen wollen und von mir genauso wenig. Luzie legt den Kopf neu zurecht, er fühlt sich taub an. Ein echter Lackmustest, du brauchst nur den Brief auf den Tisch legen, und sie zeigen im Handumdrehen Farbe: schwarzviolett die Blutverhetzten, grün die Selbstgerechten: Onkel Heinrich wartet darauf, dass sie sich für »unseroons« so einsetzt; gelb die Verräter, blau die Ahnungslosen. Bis sie schließlich aufgab.

Jetzt, erst jetzt, ausgerechnet jetzt fällt Luzie ein, was sie hätte tun sollen – kein Hahn hätte danach gekräht: die Bescheinigung selber unterschreiben und abschicken. Sie überlässt sich wieder den strömenden, springenden Farben im Fenster.

E pericoloso sporgersi. Was für ein anderer Ton: Es ist gefährlich, sich hinauszulehnen. – Der Seelenfrieden der Rechtschaffenen – in Beton gegossen ist der. Der Rechtvielschaffenden, müsste es heißen, der Vielschaffenden oder der Mehrschaffenden, die rechterdings nicht danach fragen, warum, wieso, wofür, nur: schaffen. Luzie haut der Kopf ans Polster, sie hat sich mit dem Abstand verschätzt.

Das Schreiben der Mirna Spychalski kam in dem Frühjahr, in dem sich das eine Amselpärchen nicht für einen Nistplatz entscheiden konnte. Erst war alles wie immer: Der Amslerich eilte mit gestrecktem Hals und leicht angehobenen Flügeln zwischen den Narzissen und Tulpen hinter seinen Rivalen her, die Amsel badete derweil in der Pfütze auf der Mulchfolie. Kurz danach war auch schon das Nest fertig – in einem Stoß mit tausend Kisten. Die Kisten würden bald gebraucht werden, also nahm der Vater das Nest weg. Das brachte die Amseln ganz aus der Reihe; überall waren sie mit einem Mal am Bauen, auf dem Holm einer aufgehängten Leiter in der Maschinenhalle, in der Clematis am Haus, sogar im Gewächshaus auf einem Pfeiler ... überall Nester, angefangene, halbfertige, sauber mit Hundehaaren ausgepolsterte, an gut geschützten Stellen, an idiotischen. Für keins konnten sie sich entscheiden; sie hatten die Zuversicht verloren. Als wäre ihnen durch das Abhandenkommen des einen Nests klar geworden, wie gefährdet alle Nester sind. Am Schluss brauchte man bloß noch nach der Katze Ausschau halten, wo die war, waren auch die Amseln ... Luzie rutscht auf dem Sitz herum, sie merkt alle Knochen. »So nimm denn meine Hände«, heißt es nachher bestimmt wieder, »und führe mich bis an mein selig Ende und ewiglich.«

»Gesundheit!«, ein anerzogener Reflex; kaum niest jemand, in einer Vorlesung, im Konzertsaal oder wie jetzt gerade im Abteil, sagt Luzie »Gesundheit«, auch wenn sie weiß, die Leute fühlen sich ertappt oder ermutigt wie die Frau ihr gegenüber, die dankbar lächelt: »Ei, steige Sie beim nächsten Halt auch aus?«

»Ja.«

Die goldenen Vögelchen an ihrem Halskettchen schnäbeln, Vögelchen auf der Brosche, eins auf den Ohrclips. Mit einem Anflug von Bedauern verbarrikadiert sich Luzie: »Eine Beerdigung.«

»Ouh.«

Kein Wort darüber verlieren, wer wann wo und dass sie gleich den Weg einschlagen wird, der sie ungemein beruhigt, seit sie ihn zum erstenmal richtig erfasst hat, vor zwei Jahren, als sie zum Staatsarchiv kam. Am Bahnhofsvorplatz entdeckte sie das Schild Richtung Innenstadt und merkte, dass sie bloß die Bahnhofstraße entlanggehen musste, um in die Stadt zu kommen. Zuerst vorbei an neuen Verwaltungsgebäuden und Firmensitzen, Kliniken, dann Eisdielen, Restaurants, Miets- und Geschäftshäusern und am Ende der mehr oder weniger alte Stadtkern. Egal, um welche Stadt es sich handelt, und Luzie kommt jetzt wegen der Ausbildung herum, sie hält Ausschau nach dieser in dichten Verkehr getauchten Strecke, die meistens Bahnhofstraße heißt; sie ist das Fadenende, an dem sich die ganze Stadt leicht aufwickeln lässt.

Luzie fragt sich, warum ihr das nicht schon zuhause aufgegangen ist; es hätte ihr allerhand Verwirrung erspart. Aber vom Feld aus hat die Stadt bloß Hintereingänge, durch Villengebiete und Sportgelände; die Landstraße, die früher vom Dorf in die Stadt führte, verbindet jetzt Stadtteile und gehört einfach zum allgemeinen Straßennetz.

Kaum hebt Luzie die Augen, lächelt die Frau freundlich, hält sich aber zurück. Luzie ist erstaunt, wie beruhigend die Vorstellung ist, gleich die Straßenbahn durchs Zentrum zu nehmen und nicht den kürzeren Weg, der das Feld streift. In den beiden letzten Jahrzehnten wurde dort wild gebaut, und es sieht aus, als ob ein genervter Riese immer wieder Bauklötze hinschmisse. Dort, am Rand vom Feld, brachte Oma Babette ihre letzten Erfahrungen hinter sich. Die Geschichte könnte sie sogar der Frau mit den Vögelchen erzählen, aber weil die es gewiss nicht dabei belassen würde, hält Luzie den Mund.

»Also glaabsch des, do kimmt ooner rausgekrawwelt aus 'm Haisel zwoa Äcker weiter un' rief: ›Gutn Morgen Omi‹, mittags um halwer zwölfe, un' hinnenooch glei' noch emol ooner.« Und keine Maria weit und breit. Schnell weggeguckt hat sie, sagte Oma Babette hinterher, aber die beiden beim Rotrübenverrupfen nicht aus dem Auge gelassen, bis sie sich getrollt haben. Nach der Mittagspause wollte sie zur Polizei, Meldung machen, aber die Dienststelle im Ort ist jetzt zu, und wegen denen in die Stadt am hellichten Werktag … vielleicht würden sie ja morgen wieder fort sein. Aber am nächsten Vormittag stehen sie wieder da, und sie sieht nicht hin und lässt sie nicht aus den Augen, die Feldtasche in Griffweite, aus der von jeher das Heft eines unglaublich langen Besteckmessers ragt, für den Fall der Fälle; und am vierten Tag grüßt der, der immer zuerst erscheint, und fängt an, gestern seien zwei in den Zwiebeln gewesen. »Das sind aber der Omi ihre«, habe er zu denen gesagt. Von da an bekamen die beiden genauso wie die Maria fürs Aufpassen Erdbeeren, Karotten, Salat – mit Macken, versteht sich. Bis ihnen das Haisel abgebrannt ist; danach waren sie verschwunden.

Im selben Frühjahr, als das mit den Amseln war, schloss Luzie die Schule ab. Wie hat Oma Babette es ihr zuerst verübelt, dass sie im Herbst auf und davon wollte. – Nichts gegen den Kurt, aber Luzie wollte nie eine von denen werden, die nur daheim aushelfen; erst, bis der Bruder mit der Gärtnerlehre soweit ist; als nächstes, bis er eine gefunden hat, die ihn heiratet und mit im Betrieb schafft. Für Luzie wäre dabei nur ein Butterbrot herausgesprungen, weil das Betriebsvermögen, so sind jetzt die Gesetze, beim Überschreiben nicht mehr angetastet werden darf. An und für sich ist es richtig, dass Schluss ist mit der ewigen Ackerteilerei. Luzie dreht die Abteilheizung herunter. Warten, bis einer kommt und dich nimmt, einer, den du weiter versorgen kannst, am besten neben dem Büro, weil du dann auch noch Geld heimbringst, das ist das Übliche.

»Des musch du net«, sagte die Mutter zu Luzie. Damit waren die Bedenken vom Vater weggewischt. Und Oma Babette schwenkte um, als Luzie deren dunkle Vorstellung von Archivaren – in irgendwelchen Gelassen vollgekritzeltes altes Papier sortieren – mit einem Hinweis auf die archivarische Laufbahn erleuchtete. Danach hieß es nur noch: »Unser Luzie werd Oberamtmännin«, sprich: »ganz was Houches«.

»Un', gfällt der's?«, wird nachher wieder gefragt werden. Sie wird nicken und abwechselnd »Ja, natürlich« und »hajo« sagen.

Die Mutter war eigentlich dafür, dass Luzie zur Bank geht oder zur Versicherung. Die sorgen am besten für sich, bei denen ist man nie verkehrt, sagte sie mit dem verächtlichen Unterton, den sie immer hat, wenn sie meint, sie müsse der reinen Vernunft ihre Stimme leihen. Wie's im Feld ist, weiß die Mutter: genau andersherum als im Paradies. Also muss dort, wo alles genau andersherum als im Feld ist, das Paradies sein. Und wo sonst wäre es mehr andersherum als bei Banken und Versicherungen?

Regelmäßiges und gutes Geld, sagt die Mutter, festgelegte Tätigkeiten und keine schikanösen wie das Zerschneiden von Schnecken, die am Abend zu Tausenden die jungen Bohnenpflanzen ansteuern; oder Schneckenkornauslegen und nächstens aus Versehen auf tote Kröten treten, krepiert an vergifteten Schnecken. Geregelte Arbeitszeiten, sagt sie. Außerdem ist es mit Sicherheit trocken, warm, hell. Nie mehr graben sich schwarze Sicheln unter die Fingernägel; niemand hat eiternde, pochende Schrunden; dafür Zeit, Zeit für einen kleinen Garten und Zeit, um sich vorm Schlafengehen in den weißen Bademantel zu kuscheln und zu lesen, ohne dass einem sofort die Augen zufallen.

Weiß muss der Bademantel sein, das ist ganz wichtig. Luzie legt das Gesicht auf dem Polster zurecht. An ihrem letzten Geburtstag kam das Paket: dicht gewebter, langfloriger Frottee in schimmerndem Weiß. Die Mutter denkt anscheinend, der Paradiesgarten des gehobenen öffentlichen Dienstes würde Luzie nächstens seine Pforte öffnen. Die hat vielleicht Vorstellungen.

»...ich auch gleich nichts fühle von deiner Macht, du führst mich doch zum Ziele, auch durch die Nacht. So nimm denn meine Hände«, das Finale der Trauerfeier, Luzie sitzt in der ersten Reihe bei der Familie, eine alte Handtasche auf dem Schoß. Die Zeit hatte gerade gereicht, sie aus Oma Babettes Schrank mit den ausgemusterten Sachen zu fischen und dafür zu sorgen, dass alles drin ist. Das Portemonnaie für Kleingeld, Taschenspiegel, Bleistift, ein paar Blatt Klopapier und das Wichtigste: einzeln eingeschweißte Erfrischungstücher, eine grauenhafte Erfindung, um im Bus eisverschmierte Hände und Münder abzuwischen. Die Parfümwolken, die ihnen entsteigen, verjagen die Geister gewiss besser als jeder Knüppel aus dem Sack. Die unverzichtbare durchsichtige Regenhaube und den zu einem Reißverschlusstäschchen zusammengefalteten Einkaufsbeutel hat Luzie aus anderen Handtaschen umgepackt. Zuletzt ein Zettel: »Für die Reise. Deine Luzie« und dann nichts wie auf den Friedhof.

Hände drücken, weinen und mit dem zierlichen Schäufelchen Erde auf den Sargdeckel prasseln lassen, dann die Tasche hinterher. Als sie sich vom Grab abwenden, flüstert Kurt: »Nirgends ä Schipp«, und Luzies Tränen sind auf einmal warm, baden die Backen. Sie fasst nach seiner Hand, ruckzuck hätten sie das Grab zugeschaufelt, aber es gibt wirklich keine Schippe. Sie halten sich bei der Hand wie früher, unterwegs in Gegenden vom Feld, die ihnen nicht vertraut waren.

Gegen Abend fährt Luzie zurück. Für übermorgen muss sie noch ein Münzkundereferat fertigmachen: »Lügentaler, Pelikantaler, Wespentaler«. Um irgendwas zu sagen, hat sie vorhin beim Kaffee von den Spezialmünzen des Heinrich Julius, Herzog von Braunschweig-Wolfenbüttel, erzählt, der seinen Streit mit Adelsfamilien auf eigens dafür geprägten Münzen austrug. Der Pelikantaler zeigt den Herzog als Pelikan, der sich Fleisch aus der Brust hackt, um seine Jungen zu nähren – *Für das Vaterland verzehre ich mich.* Auf dem Wespentaler umschwirren ihn, den Bären, die Adelsfamilien als Wespen; sie können ihm aber nichts anhaben, weil er unter dem Schutz des Adlers, also des Kaisers steht. Höflich zugehört haben die, die bei Luzie saßen, beinah wie sie jemand Fremdem zuhören.

In der Dämmerung draußen leuchtet jetzt das frisch aufgesprungene Grün, ein paar Tage noch wird das Geheimnis seiner Entstehung durchscheinen: gezaubert aus Licht und Wasser, ein bisschen Pigment. An das Referat vergibt Luzie kaum einen Gedanken, sie wird es einfach zu Ende schreiben. Die Ausbildung bereitet ihr keine Mühe; sie verfügt über den erforderlichen karierten Verstand, das exakte Gedächtnis und historisches Interesse.

Nüchternheit und Selbstständigkeit, unterfüttert mit Fleiß und Demut sind die Tugenden, die einen im Feld vorwärtsbringen. Aber außerhalb vom Feld herrschen andere Gesetze; dort musst du vor allem jederzeit in der Lage sein, an dich selber zu glauben, und die Stichworte kennen, die die anderen dazu bringen, dass sie auch an dich glauben. Dort, wo der Eindruck alles ist und schon mal Bäume in den Himmel wachsen, schrumpeln die Feldtugenden, eh man sich's versieht, zu einem Häufchen Kleingläubigkeit und Verzagtheit.

Als sie aus dem Feld fortging, wollte Luzie sich neue Leute suchen und die Welt verändern. Und Geld verdienen, sicheres, gutes Geld. »Wie schade«, bemerkte die Geschichtslehrerin zu ihren Archivplänen, »Sie wären prädestiniert für ein Studium«, »Warum so bescheiden?«, der Englischlehrer, aber Luzie machte diese Gleichung auf: Allein-auf-sich-gestellt-Sein *plus* Baldiges und zuverlässiges Einkommen *geteilt durch* Schulisch beglaubigte Gaben *minus* Eine-Frau-sein *mal* Interesse *ist gleich* Beruf X *durch* »Bild' dir bloß nix ein« *mal* die Einschätzung, dass man niemandem in die Quere kommt, wenn man verglühten Sternenstaub zusammenkehrt, Trümmer, Überbleibsel, nachgelassene Botschaften aufliest, sortiert und verstaut.

Die Gleichung ging glatt auf: X *gleich* Archiv. Aber Luzie ist inzwischen nicht mehr sicher, dass das alles so hinkommt; ob sie nicht doch etwas außer Acht gelassen hat. Sie merkt in sich Widerstand keimen gegen Akten, Katalogisierungsvorgänge, Siglen, Kommunalrecht, Dienstrecht; sollte der aufgehen und sich auswachsen, dann gute Nacht. Luzie hat nicht mit den außeraktlichen Vorgängen im Archiv gerechnet, dem permanenten Abzirkeln, Sich-behelligt-Fühlen, Arbeitabschieben, Beleidigtsein – die reinste Dehydrierung, sagt sie neuerdings.

Und Luzie hat nicht mit dem Haus gerechnet, in dem sie jetzt nachts träumelang herumgeistert. Erst ging es bloß um einen kleinen Anbau, von dem sie bisher nichts wusste. Aber je länger sie diesen Anbau erkundet, desto größer und prächtiger wird er. Bis vom ursprünglichen Haus gar nichts mehr zu sehen ist.

Manche Nacht ist die Eingangshalle mit dem geschwungenen, sich verzweigenden Treppenaufgang voller Wasser. Stilles Wasser in Becken unter vielarmigen Leuchtern; Kaskaden schießen neben den schmiedeeisernen Treppengeländern hinunter; Brunnen schicken Fontänen hoch bis zur zweiten Geschossdecke, Wasser sickert über Vorsprünge, sprudelt aus Gorgonenmündern. Aber die Nässe ist kein Problem; obwohl Luzie ab und zu im Traum denkt, das ist ja schlimmer als im Gewächshaus. Auch nicht, dass keine Tür abschließbar ist und ständig irgendwelche Leute durchs Haus rennen. Da beunruhigt es sie schon eher, dass sie nächtelang unten in den Katakomben eingesperrt ist und Liegestütze macht. In einem fort Liegestütze, ohne Aussicht, je etwas anderes zu tun.

Es kommt auch vor, dass das Haus vergiftet ist und sofort geräumt werden soll, oder es droht in der Mitte auseinanderzubrechen. Aber das eigentliche Problem ist und bleibt: Der Trakt lässt sich nicht beheizen. Zu alt, zu weitläufig, zu viele Türen und Tore, zu hohe Decken, zu große Fenster. Wer hier wohnen will, heißt es lapidar, muss von sich aus warm sein.

Obwohl, einmal waren selbst die Treppenstufen beheizt, aber nur ein einziges Mal. Luzie merkt, dass sie schon wieder kalte Füße hat; dabei ist das Abteil warm. Über das Heizproblem hilft auch der schwere ovale alte Tisch mit dem ausziehbaren Untertisch nicht hinweg, der wiederum ein leeres Wiegenbett birgt; die ganze Stellage massive Eiche, dunkel gebeizt und jede Nacht woanders untergebracht.

Nicht dass Luzie sich irgendwas davon zusammenreimen könnte. Aber wo sie schon wegen der Kälte nicht in das Haus ziehen kann, so zieht doch in den Nächten das Haus allmählich bei ihr ein, hebt alles aus den Angeln, nichts scheint zu bleiben, wie es war, so dass sie immer öfter bei sich sagt: Mit soviel Anfang, mit so viel Anfang für mich hab ich nicht gerechnet. Überhaupt nichts scheint ausgemacht, bloß, dass es aufregend ist und ungeheuer.

Es ist fast dunkel. Luzie hat sich in ihren Sitz verkrochen. »Das Glück ist ein Rindvieh und sucht seinesgleichen«, würde Oma Babette sagen, wenn sie noch etwas zu sagen hätte.

In Luzie wächst eine Unruhe, und jetzt, wo die Stadt mit der Archivschule näher kommt, drängt sie alles andere zur Seite. – Wenn er bloß den Mund hält ... bloß nicht: Na, war der Kuchen gut? oder: Hat deine Oma gegen den Sargdeckel gebummert? Wenn er sich doch bloß auf seine Hände verlässt. Draußen hat die Dämmerung der Landschaft die Farben entzogen. Luzie steht auf, setzt sich wieder hin, ein Ziehen galoppiert ihr durch die Brust. Er soll sich auf seine Hände verlassen. Die Unruhe hat sich losgerissen, ist ihr durchgegangen, prescht jetzt durch Adern und Höhlungen, okkupiert Nischen, von denen Luzie lange nicht wusste, dass es sie gibt, fliegt über Bedenken: Soll er doch sagen, was er will, Hauptsache – da fährt der Zug in den Bahnhof ein –, Hauptsache, er ist da. Luzie macht im gelben Licht die Mähne aus, Hände in Anoraktaschen gesteckt, die Silhouette von einem Musketier. Komisch, ist mir noch nie aufgefallen. Als Jochen jetzt an der Zugtür auftaucht, sieht sie, warum: Bis auf den Schnauzer ist der Bart ab. Luzie widersteht dem Impuls, loszurennen, ihm die Tasche vor die Füße zu werfen, um Vorsprung zu gewinnen, durch die Straßen zu laufen, über Plätze, bis sie beide nicht mehr könnten vor Rennen und Lachen, und legt schnell die Arme um ihn. Da registriert sie etwas Neues, den Geruch von Rasierwasser wahrscheinlich. Egal, Luzie merkt die Hände in ihrem Nacken und wie ein Zittern den direkten Weg nimmt, über die Lunge setzt, den Magen, und sich in den Bauch ergießt. Erst dann ist sie in der Lage, in das Gesicht zu sehen; es glüht vor stillgehaltener Freude.

Während Jochen die Kette aufschließt und ihre Tasche auf dem Gepäckträger festmacht, beobachtet Luzie einen Löwenzahnsamen. Die Fallschirmhärchen zu einer Halbkugel aufgebogen, schwebt er im Schein der Straßenlaterne Richtung Boden, bevor ihn ein plötzlicher Aufwind wieder hochsteigen lässt, bis in Traufhöhe des Bahnhofdachs, wo er schwerelos ins Dunkle abdreht.

Wortlos schlagen sie den Weg zum Fluss ein. Ein Dunststreifen steht über den grasbewachsenen Parkplätzen, die sich fast bis zur nächsten Brücke ziehen. Die rechte Hand am Lenker, schiebt Jochen das Rad. Alle paar Schritte sieht er zu Luzie. Alles Weiße blüht jetzt, Holunder, wilde Möhre; der Weißdorn verströmt herbe Süße, oben an der Uferstraße leuchten die silbernen Blütenstände der Robinien.

Das Wasser gurgelt leise. Alle paar Meter sagt Luzie einen Satz. »Oma Babette war eine von den letzten, die runde, heiße Oberarme hatten, als ich klein war, in vielen Frühjahren angesammelte Kraft«, sie spricht ruhig. Es ist gut, hier neben ihm zu gehen; zügig, sie achten nicht auf das Wasser, das jetzt ganz nah ist, im Widerschein des letzten Lichts flüssiger Schiefer. Luzie leise: »…jetzt nur noch lumpige Haut.« Einfach geradeaus laufen.

»Als nächstes sin' mer an der Reih«, habe ihr Vater heute zu den Onkel und Tanten gemeint, als sie vom Kaffeetisch aufstanden und er seinen Stuhl an den Tisch rückte. Luzie: »Da war er für einen Augenblick wirklich mein Vadder, und was mach ich? Hau schnell ab zur Straßenbahnhaltestelle.« Es tut ihr leid, dass sie den Moment hat verstreichen lassen, ja, richtig davongerannt ist, aber was hätte sie sagen sollen?

»Ja«, sagt Jochen. Luzie könnte ewig so gehen. Wie in letzter Zeit oft, mit ihm am Ufer, mittags von der Mensa zur Archivschule, durch den Botanischen Garten zum Geographischen Institut, abends zu den Sitzungen im Dritte-Welt-Laden, zu Veranstaltungen, die Gassen hinauf, nachts durch den Park, die Hangwege entlang zum Wald. Er sagt auch nichts Blödes, jetzt nicht.

Wieso er eigentlich den Bart abrasiert habe? Sie überqueren die Bundesstraße.

»Damit ich dich besser fressen kann«, knurrt Jochen, der linke Arm macht den Wolf, während sich sein rasiertes Gesicht kurz an ihres legt.

Jochen war ihr nicht besonders aufgefallen, bis zu dem Moment, als sie seine Hand auf einem Zettel etwas notieren sah, das er für den nächsten Stand in der Fußgängerzone besorgen sollte. Die Hand, und dann die Schrift. Es sei seine Schrift gewesen, verriet Luzie ihm später, die habe ihr die Schuhe ausgezogen, eine wunderbare Schrift, keine torkelnden Haken und missglückten Bögen, verhutzelten Zacken oder schmissigen Hieroglyphen, wie sie viele Männer machten. Und dann seine Hände – wie die besten Pferde: gut gebaut, sehnig, warm und vollkommen versammelt.

Luzie zögerte trotzdem. Eines Nachts, als sie zum zweiten Mal von seiner Straße zu ihrer und zurück gegangen waren und an der Kastanie vorm Haus lehnten, flüsterte sie, sie habe Angst, dass sie beide eingeholt würden. Dass sie nur noch Erfüllungsgehilfen sein würden, die das Werk aneinander vollenden. So hat sie gesagt. Das halte sie nicht aus: Liebe als Ausstechform. »Dann wirst du gebacken, Mann, Frau, Mann, Frau. Für 'n Mann ist das vielleicht ganz lustig.« Alle warteten darauf, dass die Sache ihren Gang nehme, selbst die Frauen in ihrer WG: »Wieso pennt der eigentlich nicht bei dir? Immer was Besonderes, gell?«

Sie habe solche Angst, dass alles bloß noch abläuft, flüsterte Luzie und starrte auf die nasse Straße. Das sei ihr schon passiert. Aber kaum hatte sie das, nah am Weinen, gesagt, nahm sie unversehens Jochen bei den Händen und zog ihn fort: »... einesteils und andrerseits und außerdem«, fing sie an, »in der Nacht ist der Mensch nicht gern alleine ...« Als wäre ein auf Grund gelaufenes Schiff plötzlich wieder frei, »das Schönste! Sie wissen, was ich meine ...« Jochen hatte eine andere Idee, umfasste sie von hinten, und so schritten sie durch die leeren Wohnstraßen, sangen erst leise, dann beherzt: »... denn die Liebe im hellen Mondenscheine ...«, noch einmal durch die halbe Stadt von ihrer Straße zu seiner.

Sechstes Kapitel

DIE ZIEGEL SIND EINFACH ZU HELL, zu gelblich, ein zu unentschlossenes Rot für Ziegel, denkt Luzie und langt nach dem nächsten Blatt auf dem Stoß. *UNICEF berichtet: Noch nie in der Geschichte gab es soviel Nahrungsmittel wie heute und noch nie soviel Hunger.* Das Dach ist zu hell geraten und die Fassade zu weiß. Jetzt, wo das Gerüst endlich abgebaut ist, wird Luzie wegziehen. Sie hat keine Ahnung, wohin, aber sie wird wegziehen, soviel ist sicher, fast sicher, denn die Ausbildung nähert sich dem Ende, und eine Archivstelle wird, wenn, dann irgendwo sein, aber nicht hier. Es ist der vierte Sommer, seit sie von Zuhause weg ist, es kommt ihr vor wie eine Ewigkeit. Der vierte heiße Sommer und die dritte Ladengruppe, weil sie wegen der Ausbildung mehrfach die Stadt wechseln musste.

Es ist so heiß, dass die Fruchtfleischreste am Pfirsichkern neben dem Stoß Papiere innerhalb von ein paar Minuten weggetrocknet sind. Luzie erinnert sich, wie ihre Eltern sie verabschiedeten, als wäre es für immer, dabei zog sie bloß nach S., um dort im Staatsarchiv anzufangen. Beide gaben sie ihr die Hand, beide sagten: »Musch halt zusehe, dass zurecht kimmsch. Alles Gute.«

Eine Hummel steuert vorüber Richtung Malven an der Hauswand. Luzie schnippt den Pfirsichkern gegen den Papierstapel. Auch wenn sie von hier wegzieht, wird es immer so weitergehen. In jeder größeren Stadt gibt es einen Dritte-Welt-Laden und die zugehörige Gruppe. Im Übrigen ist Bernd ein –. Das Nagelbett des Zeigefingers tut ihr schon weh vom Schnippen.

Die Hummel kommt wieder zurück; vielleicht ist es gar nicht dieselbe. Die Malven sind jetzt voll aufgeblüht, die ersten unten aber auch schon wieder verblüht. Es spricht nichts dagegen, dass es so weitergeht, aber mehreres dafür. Irgendwo war hier die Notiz von den Zuckerrohrplantagenarbeitern auf Negros. *Bereits Zweihunderttausend arbeitslos, Familien hungern, Coca-Cola und Pepsi-Co, die Hauptauftraggeber, von Rohrzucker auf Isoglucose umgestiegen.* Das sind jetzt ihre Leute. Die weltweite Landwirtschaft ist jetzt Luzies Feld. *Brasilien: Hundert Indios drohen mit Massenselbstmord. Nach einem Gerichtsentscheid müssen sie ihr Land für Viehzucht räumen. Costa Rica: Pestizid-geschädigte Bananenplantagenarbeiter reichen Klage gegen Herstellerfirma ein.* Luzies Zeigefinger spielen sich den Pfirsichkern zu. Gleich, als der Typ in den Laden kam, sie kannte ihn nicht, Bernd sagte hinterher, er habe ihn auch noch nie gesehen, hatte Luzie das Gefühl, dass es mit dem kritisch würde, und übernahm ihn. Bernd sollte sich heraushalten. Der junge Mann bestand darauf, einen eingelaufenen, völlig verfilzten, offensichtlich zu heiß gewaschenen Alpaka-Pullover umzutauschen, wegen minderer Qualität. Luzie wies ihm schließlich die Tür, da knallte Bernd ihm einen neuen hin. Er befürchtete Gerede und Aufruhr in der Szene, sagte er hinterher. Luzie war außer sich, nannte Bernd einen feigen Hund, jetzt ist Bernd beleidigt, schwer beleidigt.

Luzie zieht sich das verschwitzte Hemd vom Bauch weg, die ganze Szene kotzt sie an. Sie spürt ihre Oberschenkel am Stuhl kleben, die pitschnassen Achselhöhlen. Am Abend, wenn sie getrocknet sind, werden die Achselhaare wieder salzstarre

Hälse haben. Ein bisschen eklig sieht das aus, die ganze Hitze ist ekelhaft, sagt sich Luzie. Bisher hatte sie angenommen, es würde so weitergehen, die Welt wäre ihr Feld, mit dem Vorteil, dass sie nicht davon leben müsste. *Nahrungsmittelhilfe im großen Stil als Marktöffnungsstrategie* ... Und diese Verhältnisse sind ekelhaft. Aber sie braucht etwas Stichhaltiges, etwas, das selbst den unbedarftesten Neuen auf Anhieb die Lage klarmacht. *Nach den vereinbarten Hilfslieferungen tritt die nächste Vertragsklausel in Kraft: die Pflicht zu kommerziellen Importen.* Nicht auszuhalten wäre das ohne Gruppe. Auch wenn es in der Gruppe manchmal nicht auszuhalten ist. An der Nahrungsmittelhilfe sind immerhin sämtliche Prinzipien ablesbar: Geschäftsprinzipien, Funktionsprinzipien, ökonomische Prinzipien, Strukturentwicklungsprinzipien. Luzie legt den Artikel beiseite, lehnt sich zurück. Reglos lässt die Luft sich mit Hitze aufladen. Ich könnte ans Ufer gehen, überlegt sie. Eine Schwebfliege kreuzt im schwebenden Stop and Go, wie es Schwebfliegenart ist. Luzie wird später ans Ufer gehen. Gegen Abend wird es schwül werden, die Schnaken werden über sie herfallen, Bernd wird aus einer Plastiktüte die alten Stores ziehen, die er von seiner Vermieterin ergattert hat, die ganze Ladengruppe wird sich in Revolutionsbräute verwandeln, und alles wird prima. Heute ist es dafür schwül genug. Selbst Bine hört auf, sobald sie sich einen Store übergehängt hat, den zwei, drei Lateinamerikanern, die sie stets um sich hat, lauthals jedes Wort zu übersetzen, oder, falls sie sie mal nicht dabei hat, davon zu reden, was die Ladengruppe unbedingt für die machen soll, deren Verwandte, deren Freunde, hoch konspirativ selbstverständlich. Im Flieder über Luzie rührt sich kein Hauch. Seit die Ladensitzungen wegen der Hitze ans Ufer verlegt wurden, haben sie die Tendenz zu verlaufen. Luzie, den Kopf auf Sibylles Beinen, die Füße in Jochens Schoß, sieht zu, wie der tagsüber farblose Hitzehimmel sich über ihnen zugleich ins Blaue und Lichte verdunkelt; Jochen zieht an einem ihrer Zehen, bestimmt und gefühlvoll. Sie fährt mit dem Daumen über die seitliche Kante des Pfirsichkerns. Erstaunlich scharf, eine erstaunlich perfekte Kante.

Luzie erinnert sich, wie sie von ihrer allerersten Ladensitzung nach Hause fuhr, einen Tag, nachdem die Ausbildung begonnen hatte, zwei Tage, nachdem sie zuhause ausgezogen war. Sie weiß noch jede Kreuzung. »Jeih, jeijeih!«, rief sie, sobald sie sich außer Hörweite der Ladengruppe glaubte, denn sie gehörte nun praktisch dazu, obwohl das gar nicht ihre Absicht gewesen war; das heißt, Absicht schon, aber sie hätte nicht für möglich gehalten, dass es so schnell klappen würde. Sie hatte sich alles genau überlegt: Erst die Adresse herausfinden, den Laden aufsuchen, die Sitzungszeiten der Gruppen erfragen… Sie hatte ja jetzt Zeit. Morgens fischen, abends dichten wäre jetzt: morgens und nachmittags Archiv, abends politisches Leben. »Jeih!« Zufälligerweise hatte sie den Laden zur Sitzungszeit aufgesucht und gehörte nun praktisch dazu. Sie hatte sich noch über die Batterie Fahrräder vor dem Laden gewundert, an Hauswände und ans Schaufenster gelehnt, zwei am Pfosten eines Vorfahrtschilds angeschlossen, und ihres dazugestellt. Sich dann aber nicht hineingetraut. Die aus Buntpapier ausgeschnittenen Buchstaben von »Dritte-Welt-Laden«, kreuz und quer über die Schaufensterscheibe geklebt und noch dazu völlig verblasst, stießen sie ab. Sie betrachtete erst mal die Kuchen im Fenster der Bäckerei nebenan, den weißen Baiser. Als sie endlich drin war, wunderte sie sich, dass alle sich die Mühe machten, herzusehen und hallo zu sagen. Sie hatte nicht damit gerechnet, dass die ihr einfach einen Stuhl anbieten und sie fragen würden, warum sie mitmachen wolle, darauf war sie überhaupt nicht vorbereitet gewesen. Sie behalf sich mit dem Erstbesten, was ihr einfiel: »Meine Oma sagt: Wer hat, dem wird gegeben«, deshalb sei eine Gesellschaft, die dafür sorge, dass diese Art Transfer noch besser funktioniere als sowieso schon, bis in die Knochen ungerecht. Deshalb sei sie hier. Das fanden die gut, die waren direkt begeistert. Auf dem Heimweg war Luzie mit einem Mal vollkommen sicher: Alles und jedes wird an seinen Platz rutschen, dorthin, wo es hingehört. Sie begann zu skandieren: »Wer, wenn nicht wir? Was, wenn nicht alles? Wann, wenn nicht jetzt?«

Inzwischen geht Luzie in jeden Dritte-Welt-Laden, egal, wie er von außen aussieht. Sie sagt, wer sie ist, und wenn sie nicht selber jemanden von überregionalen Treffen kennt, gibt es zumindest gemeinsame Bekannte.

Die Furchen und Kerben auf dem Bauch des Pfirsichkerns sind unregelmäßig, münden aber seitlich in eine akkurate Naht. Als erstes hatte sie die Schaufensterscheibe geputzt. Und davon geträumt, dass die Kundinnen des Supermarkts schräg gegenüber eines Tages den Geschäftsführer zur Rede stellen: »Wir wollen wissen, ob an diesem Kaffee Blut klebt!« Und ihn schließlich stehen lassen mit seinem: »Aber meine Damen, alles kalter Kaffee…« – um die Straße zu überqueren und bei ihnen einzukaufen. Und, was ist? »Das ist der Zug der Zeit, den haltet ihr nicht auf!«, werfen einem die Leute im Vorbeieilen gern hin, wenn man in der Fußgängerzone einen Stand macht, den Laden meiden sie sowieso.

So ist das, das ist jetzt ihr Leben, denkt Luzie. That's it – …! Es raschelt in der Hecke zum Gehweg hin. Das sind bestimmt die Amseln mit dem Laub. Rin in den Zucker, raus aus dem Zucker; ohne Rücksicht auf Verluste – das wird so ein Strukturentwicklungsprinzip sein. Jetzt dreht sie sich doch um – Amseln, die im Laub stöbern. Keiner, der, eine Coladose in der Hand, sie kopfschüttelnd beobachtet: Die hat vielleicht Sorgen.

Die Naht des Pfirsichkerns mit Kuli bemalen, übers Papier rollen: Parallele, gegeneinander versetzte Striche drücken sich ab. Takt, Spur, Stickmuster? Luzie dachte immer, sie wüsste, was sie will. Es ist keine zwei Monate her, da hat sie es noch gewusst. Jetzt würde sie sich am liebsten ins Bett verkriechen, aber da oben unter dem zu hellroten Dach hat es mindestens 30 Grad. Es ist überhaupt nicht mehr klar, was sie will, außer den Pfirsichkern ans Garagentor schmeißen, den Stapel Artikel und Meldungen in die Mülltonne und sich ins Bett legen. Dabei ist es keine zwei Monate her, da hat sie es gesagt, alle fanden es gut, wenn auch die politische Relevanz zunächst schwer zu fassen sei, wie Sybille meinte. Bei der Sitzung waren Pit und Siggi das erste Mal da, zum Kennenlernen stellten sie reihum ihren Traum vor, Gisèle sagte statt Traum Üdopie, Raúl Utopía, Sibylle nannte es Vision, Angela Perspektive, Robert Ziel. Bis die Reihe an Luzie war, war schon alles gesagt vom Vorrang regionaler Strukturen, von umwelt- und menschenverträglicher Entwicklung, Wirtschaften statt Ausbeuten, das Land denen, die es bebauen. Als sie an die Reihe kam, sagte Luzie, neben dem allem komme es ihr darauf an, nicht zu erstarren, und das sei nur gemeinsam machbar. Lots Frau, zum Beispiel, sei beim Anblick des brennenden Sodom und Gomorrha bloß deshalb zur Salzsäule erstarrt, weil sie sich allein umsah. Ihr Traum sei, sagte Luzie, gemeinsam, also in Gruppen zu betrachten, was ist – unvoreingenommen, nicht selbstgerecht, aber auch nicht kleinmütig oder selbstzweiflerisch, nicht falschen Loyalitäten verhaftet. Und entsprechend zu handeln. Daraufhin waren alle ganz heiter, und Pit und Siggi trugen sich gleich in die Ladendienstliste ein. Luzie setzt die Brille ab, legt das Gesicht auf die Arme. Das Dach ist einfach zu hell und die Fassade zu weiß.

»Na, hat dir jemand –«

Luzie fährt herum. »Mensch, hast du mich erschreckt.«

Jochen: »– den Pfirsich weggefuttert?«

»Wieso?«

Das erhitzte Gesicht in ihrer Halsbeuge flüstert etwas von Pfirsichhaut.

»Übertreib nicht, Pfirsichfleisch, nass und klebrig«, in Lichtgeschwindigkeit breitet sich ein Flirren aus.

Na, wegen des Pfirsichkerns, sie halte ihn fest, als sei er das letzte, was ihr geblieben ist. Jochen lehnt sich vorsichtig an den Gartentisch, den Hintern auf der Platte, die Beine leicht übereinandergestellt. Ob Luzie die Geschichte von Karlsson und dem Pfirsich nicht kenne?

Das wird wieder so was sein, denkt sie; aber Hauptsache, er bleibt so stehen. »Also?«

Der Junge hat einen Pfirsich. Gerade, als er hineinbeißen will, kommt Karlsson, luchst ihm den Pfirsich ab und verschwindet damit. Später gibt er dem Jungen den abgenagten Kern zurück. »Jetzt hast du viel mehr Pfirsiche als ich«, sagt Karlsson, »weil du nämlich den Kern hast.« Den soll der Junge pflanzen. »Dann gehört dir ein ganzer Baum voll und nicht nur einer wie mir.«

Eine Praktik der Strukturentwicklung, lässt sich vielleicht verwenden, geht Luzie durch den Kopf. Fingerspitzen, Augen, die Sonnenpfütze auf der Unterlippe, das Kinn im lichten Schatten des Flieders. Jochen könnte gut so stehen bleiben, aber er ist mit Gabi und Fred von der Kompost-Initiative verabredet. Im Garten von Gabis Eltern Kompost aufsetzen. Das wird dauern. Das Schild, auf dem steht, dass nur Grünabfälle auf die Haufen sollen, auf keinen Fall Speisereste wegen der Ratten, hilft überhaupt nichts, die Kompost-Ini, meistens in Gestalt von Jochen, weil der sich nicht zu schade dafür ist, muss nachsortieren. Deshalb ist Luzie zwei Wochen nach der Gründung auch gleich wieder ausgetreten. Jochens Hand liegt immer noch auf ihrer Schulter; möglich, dass er sie vergessen hat. Am besten, er geht jetzt. Das tut er auch; an der Pforte ruft er noch, anscheinend ohne den geringsten Verdruss: »Bis später – hier oder am Ufer.«

Luzie bewirbt sich um zwei Stellen, bei einem Landesarchiv kommt sie in die engere Wahl. Zur selben Zeit kauft Charlie aus der Kompost-Initiative günstig einen Ford Transit mit Unfallschaden und macht sich an die Reparatur. Als Jochen Luzie erzählt, in der Kompost-Ini sei die Idee aufgekommen, mit dem Transit Richtung Nepal zu fahren, ist Luzie sofort dafür mitzufahren. Abhauen, sagt sie zu Jochen, weg, nichts wie weg, und zu Sibylle, einen aktuellen Filmtitel zitierend: »Weggehen, um anzukommen«. Im entscheidenden letzten Bewerbungsgespräch setzt Luzie alles auf einen Karte. Sie will die Stelle, will aber – was ja vielleicht in beiderseitigem Interesse sei, legt sie dar – ihre exzellent abgeschlossene Ausbildung erst noch durch einen Auslandsaufenthalt vervollständigen: eine Exkursion zu bedeutenden Kultur- und Ausgrabungsstätten einschließlich deren Museen und Archivierungseinrichtungen. Luzie hat Glück. Da hausinterne Gründe ebenfalls dafür sprechen, stimmt die Archivleitung zu, den Beginn des Anstellungsverhältnisses um sechs Monate zu verschieben.

Kurz bevor es losgehen soll, springen Gabi und Fred ab. Die verbleibenden Tage wartet Luzie darauf, dass auch Charlie abspringt. Aber Charlie springt nicht ab, so dass sie schließlich zu dritt Richtung Süden aufbrechen. »Weggehen, um anzukommen«, sagt Luzie heilfroh, als sie in den Transit einsteigt. Wenn sie wissen würde, was Ankommen in ihrem Fall bedeuten wird: Rückkehr ins Feld, dahin, wo sie herkommt, würde sie mit Sicherheit augenblicklich wieder aussteigen.

Meistens sitzt Charlie am Steuer. Jochen liest aus einer *FR* vor; zuerst aus der aktuellen, dann aus einer alten, irgendwo treibt er immer eine *FR* auf. Er liest aus Reise- und Botanikführern vor, Geschichts- und Geografiebüchern. Luzie sitzt in der Mitte und legt die Kassetten ein. Sie singen stundenlang die Nicaragua-Kassette mit: *Luchamos para vencer!* Singen: *No pasaràn!* Luzie fragt sich, ob Gabi und Fred nicht doch abgesprungen sind, weil sie mit ihr speziell nicht so gut können. Jochen weiß es nicht, Charlie auch nicht, gibt er jedenfalls vor. »Immer und überall dasselbe«, sagt Luzie und legt Mercedes Sosa ein, »erst Feuer und Flamme, dann die Zitterpartie, dass sie dabeibleiben, und am Schluss springen sie doch ab.« Sie ist müde. *Cuando tenga la tierra* – Mercedes Sosas Stimme hallt wie aus Bergen, aus Bäumen, aus Knochen – *te lo juro, semilla que la vida será un dulce racimo…* Müde und froh, dass sie wenigstens zu dritt sind. Immerhin zu dritt. Sie setzt die Füße aufs Armaturenbrett. Das rechnet sie Charlie hoch an. Auch wenn sie bisher nicht viel mit ihm anfangen konnte. Immerhin: Er hat den Bus repariert und ist nicht abgesprungen.

Cantaré, cantaré… Die vorbeiziehenden Gebüsche haben

hier schon erste grüne Spitzen. Es gefällt ihr, wie Jochen die riesigen Zeitungsbögen hält, wie er sie einfaltet. *Campesino, cuando tenga la tierra ...* Wie er sich mit dem Klipp einer Kugelschreiberkappe die Fingernägel sauber macht. Im Beisein Dritter ist es Luzie selbstverständlich, jedenfalls selbstverständlicher als sonst, dass sie und er zusammen sind; dass er sie lässt; dass er sie so schön finden kann. Wenn Dritte dabei sind, tut es ihr auch fast ein bisschen weh vor Liebe, und sie kommt sich nicht mehr, eigentlich gar nicht, wie eine Betrügerin vor. *Campesino, campesino, campesino!*, brüllt Mercedes Sosa im Takt der vorbeiziehenden Felder, Bäume, Häuser. Mit der Zungenspitze die Lippen feucht machen, sich gewissermaßen versichern, dass es ihre sind und sie ihre Lippen ist, auch jedenfalls. Nicht nur wenn Jochen darüber streicht, merken, dass ihre Lippen verheilte Wundränder sind, überirdisch schön verheilt seltsamerweise. Hinter Verona wissen Charlie und Jochen immer noch nicht, ob und inwiefern Gabis und Freds Abspringen etwas mit ihr zu tun haben könnte. Aber Luzie weiß jetzt, dass ihr diese ganze Unzuverlässigkeit definitiv zum Hals heraushängt.

Deshalb tut es ihr eigentlich auch nicht leid, dass sie in Brindisi niemanden von der Internationalistengruppe antreffen, als sie endlich die Adresse ausfindig gemacht haben. Dafür gehen sie an den Hafen, Tanker angucken, und dann ein Castello. »Jetzt hat's mich auch mal erwischt«, sagt Luzie, als sie auf einer Bank sitzen und Oliven essen. Bisher schien sie gegen die sogenannte Gruppenmüdigkeit immun zu sein, die ab und zu in jedem Dritte-Welt-Laden grassiert. Sie wundert sich nur, dass es ihr so ganz egal ist.

Hinter Brindisi blättert Jochen in der neuen *FR*, liest eine Meldung aus Indonesien vor: »Pflanzenschutzmittel vernichten die Fische auf den Reisfeldern. Früher wurden jährlich 600 000 Tonnen Fisch gefangen, heute so gut wie…« Luzie fixiert das am Innenspiegel baumelnde Stoffsäckchen mit den guatemaltekischen Maskottchen, die Reisegabe der Ladengruppe. »Eiweißmangel«, endet Jochen und faltet die Zeitung zusammen. Von weitem ist das Meer zu sehen, ein schlichtes, graues Meer. Am Straßenrand machen sich zwei Männer an einem Auto zu schaffen. Sie will nicht, merkt Luzie, im Moment wirklich nicht, obwohl unbestritten Grund genug ist und es aufs Wollen überhaupt nicht ankommt. Aber sie mag jetzt einfach kein halbverreckter Fisch im Ex-Fischacker sein, nicht vor Wut und Empörung nach Luft schnappen, sie mag nicht. »FischersFritzfängt-wennüberhaupt-frischvergifteteFische«, hört sie sich loshaspeln. Das Stoffsäckchen mit den Maskottchen schlenkert heftig hin und her, weil Charlie in eine Tankstelle einbiegt. »FrischvergifteteFischefängtFischersFritz.« Völlig synchron, der eine rechts, der andere links, springen Charlie und Jochen aus dem Bus, drehen sich um, als hätten sie es verabredet, Jochen schlägt sich die Rechte an die Brust und deklamiert in einem Affentempo: »FischersFritzvermisstfrischeFische…«, während Charlie »FrischvergifteteFischefrisstFischersFritz…« herunterrattert und noch dazu gestisch und mimisch zur vollen Anschauung bringt. Luzie steigt aus, bemüht sich zu tanken, kriegt den Hebel aber nicht festgestellt, festhalten kann sie ihn auch nicht vor lauter Lachen, also gibt sie auf, nimmt vor dem Transit Aufstellung und passt einen Einsatz ab: »FitztfitztfitztfitztfitztfitztfescheFrische, FescheFrischefitztFischersFritz…«, zischelt sie. Die sich kurzzeitig entwickelnde Wechselrede bricht zusammen, sie versprechen sich nur noch, außerdem hupt einer hinter ihnen.

Als Charlie den Motor anlässt, blickt er kurz zu Luzie, als hätte er sie gerade zum erstenmal gesehen und wolle sich nun irgendwie vergewissern. Das Stoffsäckchen mit den guatemaltekischen Maskottchen schlägt wild aus. »Wisst ihr, welcher Spruch in meinem Poesiealbum am häufigsten steht?«, fragt Luzie, sie sucht die Papiertaschentücher, und sagt es gleich, denn woher sollten sie es wissen: »Blüh wie das Veilchen im Moose, sittsam, bescheiden und rein, und nicht wie die stolze Rose, die stets bewundert will sein. – Viermal. Das hättet ihr nicht erwartet.« Nein, das hätten sie nicht erwartet. »Ich ehrlich gesagt auch nicht.« Die Papiertaschentücher müssen hinten sein.

In Tiryns fällt Luzie in den Brunnen der Zeit. Als sie wieder herauskrabbelt, ist sie nicht mehr dieselbe wie vorher. Im Schachtgang einer alten Burg besieht sie sich die mächtigen Kalksteine der Wände. Bis in knapp einen Meter Höhe sind sie glatt poliert und mit einer schwärzlich-glänzenden Schicht überzogen. »Schafe und Ziegen«, sagt Jochen. Drei Jahrhunderte Königsburg, dreißig Jahrhunderte Unterschlupf, fängt Luzie an zu überschlagen. Wie sie das fänden. Jochen und Charlie zucken die Schultern. Luzie läuft den Gang vorwärts und rückwärts ab, 300 : 3000, sie sieht aus Spalten in den blauen Himmel der Argolis, versucht festzustellen, wie dick die Schicht aus Fett und Dreck ist, überlegt, wieviel Fett jedes Schaf aufträgt und gleichzeitig abwetzt, wieviele Schafe, wieviele Generationen von Ziegen und wieviele Generationen von Hirten also in den dreitausend Jahren… Sie steht im zeitlosen Dämmerlicht des Schachtgangs. In den Schuppen im Feld war es genauso dämmrig. Sonnenlicht, das durch Felsspalten fällt, Sonnenlicht, das durch Schuppenwandritzen fällt, das Auf und Ab der

Staubkörnchen, Fussel, Winzfliegen sichtbar macht und die Bretter von den Rändern her auflöst. So dass es nach einer Weile nur noch die unterschiedlichen Bewegungen dessen gibt, was zufällig ins einfallende Sonnenlicht gerät, sonst nichts auf der Welt. Als sie endlich ins Freie tritt, kommt es ihr vor, als sehe sie plötzlich anders, die Dinge erreichen sie mehr und lassen sie mehr in Ruhe. Stunden später, nachdem sie auf einem Campingplatz ihr Abendessen unter Olivenbäumen beendet haben, orakelt Luzie schließlich: »Lieber Ziegen meckern, Schafe blöken und Vögel zwitschern hören, als Schreiber des Königs sein, durch Flure schleichen, immer in Panik vor Intrigen und davor, dass der Urlaub zu kurz ist.«

Hinter Tiryns fängt Luzie an, sich in alte Häuser zu vergucken, besonders mit Stein gedeckte haben es ihr angetan. An einem Vormittag kommen sie an einem kleinen, unverputzten, steingedeckten Haus vorbei, ohne Fenster; es liegt ein paar Schritte unterhalb des Pfades, den sie entlang gehen. Im Moment, wo Luzie die flachen, aufeinander geschichteten Mauersteine und die geschlossene Brettertür registriert, sieht sie auch etwas in ein Tuch gewickelt auf der Schwelle liegen. Ein Brot vielleicht. Schnell geht sie weiter. Dabei würde sie am liebsten stehen bleiben, ihr ist plötzlich danach, nie mehr weiterzugehen; am liebsten würde sie sich zu dem ins Tuch gewickelten Etwas setzen und dableiben. Sie wäre gern irgendwo, wo man was für jemanden in ein Tuch wickelt und es, wenn keins daheim ist, auf die Türschwelle legt.

Dann wendet Luzie sich doch um. Vielleicht hat das Haus ja auf der wegabgewandten Seite ein Fenster. Sie versucht sich vorzustellen, wie die Sonne in die Stube scheint, wartet, bis Jochen zu ihr aufschließt.

»Wenn das Haus ein Fenster hätte«, sagt sie, »dann sähe man von dort aus einen ganz anderen Himmel, eine andere Sonne, einen anderen Mond als vom Bus aus oder draußen.« Von da drin wäre es Gottes Sonne oder Allahs Mond, sein Himmel. Nicht dieses ewige Haumichblau, mit nichts davor und nichts dahinter.

In der Türkei beginnt Luzie, bei dieser und jener Gelegenheit ans Feld zu denken. Hinter Istanbul beginnt sie, auch davon zu sprechen. Wenn sie auf dem Land Leute sieht, meint sie immer öfter, sie sieht Leute vom Feld. So laufen und kutschieren sie durch die Landschaft, hören Musik, und Luzie fühlt sich dabei regelmäßig halb ins Feld versetzt.

Please take my ha-a-and … Sie dreht sofort leiser.

»Hey, warum denn?«

»Dort drüben sind Leute! Mach mal langsam.«

Zwei Mähdrescher, der Laster ist wohl für den Abtransport des Korns. Ein paar von den Männern gucken her, winken zurück. Es scheint sie nicht zu stören, dass sie hier fahren, im Takt mit dem Kopf rucken und Unmassen Staub aufwirbeln. Luzie dreht wieder lauter und lässt sich gegen Jochen fallen. *Oh won't you come with me and walk this la-a-a-and.* Im Feld gab es den einen oder anderen Alten, den es gefreut hat, dich zu sehen, und wenn's fünfmal am Tag war. Luzie legt das Gesicht an Jochens Hals. Er pocht auf ihrem Oberarm den Bass mit. *In a Gadda da Vida, Baby.* »Solang so ein Alter Acht auf dich hatte, warst du nicht verloren«, sagt sie und: »Die Zehennägel von den alten Männern sind meistens so verhornt, dass zum Schneiden der Sohn oder der Schwiegersohn mit der Rebschere ran muss.« *In a Gadda da Vida, Honey.* »Oder mit der Beißzange.«

Luzie spricht selten mit den Leuten; sie überlässt es Charlie und Jochen zu erklären, warum, wieso, weshalb, ob verheiratet – irgendwie schon, verheiratet, wenn Sie so wollen; wer von ihnen beiden mit ihr verheiratet sei; nein, ich habe keine Frau. Ach was, Sie waren acht Jahre in Neckarsulm? Nein, wir waren noch nie direkt in Neckarsulm. Luzie hält sich im Hintergrund und betrachtet die Gesichter, die Hemden, Röcke, Hosen, die Packtaschen der Esel, die Wimpern der Esel, wie die Halfterstricke geführt sind, die unterschiedlichen Hackenformen, Hackenstiele, die Pumpen, die Fahrzeuge, die Eimer, sie hebt Riemenstücke und Stofffetzen auf; sie bewundert Bretter, Trockenmauern, Viehunterstände, Brunnentröge; Steine, aufgeschichtet, um einen Pfosten zu befestigen. All das ist ihr mit einem Mal beinah heilig, sie kann davon kaum genug bekommen, nimmt aber nie etwas mit, sie guckt nur und ist ganz erfüllt von dem, was sie darin zu sehen meint: die Ordnung der Dinge. »Es gibt so was wie eine Ordnung der Dinge«, sagt sie zu Jochen, und das scheint sie enorm zu beruhigen und dabei gleichzeitig in Aufruhr zu versetzen.

Vom Ins-Feld-Gehen ist zu dem Zeitpunkt noch keine Rede. Aber noch bevor hinter Mersin zum erstenmal die Rede darauf kommt, ist die Entscheidung, ins Feld zurückzukehren, längst vorbereitet. Eine Vorentscheidung fällt in der Nacht, als ganz in der Nähe ihres Kampierplatzes Esel schreien. Mitten in der Nacht erwacht Luzie von einem durchdringenden mehrstimmigen Brüllen, heiser, ungebärdig, brachial. Unmittelbar über ihr der Nachthimmel, ein einziges pulsendes Geglitzer. Einen Augenblick glaubt Luzie, der Himmel sauge sie ein, sauge sie ein, um sie im nächsten Atemzug wieder auszuspucken. Sie vergewissert sich ihrer Hand auf Jochens Hüfte; er schläft. Ein besinnungsloses Lauteausstoßen, wehmütig, empört, sehnsuchtsvoll, das müssen Esel sein. Kein Entrinnen unter diesem atmenden, glitzernden nächtlichen Firmament, das einen blind macht, so dass nur eins bleibt: mitatmen, einatmen, ausatmen. Die Luft ist völlig klar, sie muss bereits durch die Nacht gegangen sein, so klar ist sie. Nach der Brille zu suchen ist sinnlos, man sieht sowieso nichts als Sternengeflimmer und dieses unermessliche Zusammenziehen und Ausweiten. Jäh und roh brüllen die Esel. Brunftgeschrei, Sklavengeschrei, Schreie des Aufbegehrens, der Euphorie, der Freude, keine Ahnung, Luzie versteht nichts von Eseln. Jochen dreht sich, legt einen Arm über sie; der pennt. Vielleicht wurde vergessen, die Esel zu tränken; vielleicht sind sie auch entsetzt über dieses Firmament, dem sie im Freien ausgeliefert sind. Der Boden ist hart, das einzige, was fest zu sein scheint. Es riecht nach Thymian. Richtig leben, muss Luzie denken und versucht, ruhig zu atmen, richtig leben, es sich gefallen lassen zu leben, gelebt zu werden. Diesen Sternenhimmel zu ertragen. Was immer sie ausdrücken wollen, die Esel können es nur unbeholfen, roh, jäh. Dostojewskis Rasumichin fällt ihr ein, Rasumichin und geregelte Dienstzeiten, weißer Bademantel, ein Autole vor der Tür, Rasumichin, der alle Vorteile auf einmal erlangt zu haben scheint: die des Lebendigseins und die des Totseins, was schlechterdings unmöglich ist. Sich diesen Himmel gefallen lassen, die Nacht, keine Brille hilft, eingeatmet und ausgeatmet werden oder geregelte Dienstzeiten, weißer Bademantel, Autole vor der Tür, wahrscheinlich läuft es auf ein Oder hinaus und wäre damit schon entschieden. Die Esel finden in dieser Nacht ebensowenig Ruhe wie Luzie. Kaum ist es still, brüllt wieder einer los, und wenn einer anfängt, brüllen gleich noch andere, roh, jäh, ungebärdig. Vielleicht saugen sie die Nachtluft ein, den Thymianduft, atmen mit den Sternen. So wach war sie selten, es muss schon gegen Morgen gehen, auch wenn es noch dunkel ist. Sie merkt, dass sie bisher selbstverständlich annahm, es sei Sache der Menschen, von sich und der Welt Mitteilung zu machen. Aber das stimmt nicht, es wird an den Eseln hängenbleiben, nicht weil sie sich so gut ausdrücken könnten, sondern im Gegenteil, weil sie nur zum Unschierigen imstande sind, weil sie keine Wahl haben.

Sie würde gern richtig leben, sagt Luzie am Morgen zu Jochen, als sie sich zum Waschen Wasser in eine Schüssel kippt, sie wisse aber leider nicht, was das konkret heißen könnte.

In Mersin gibt's funktionierende Telefone, eins davon benutzt Luzie, um bei ihren Eltern anzurufen.

»Jaja, un' ich hoff, bei eich isch aa alles in Ordnung?«, hört sie die Mutter von weit her schnell sagen. »Ich leg widder uf, wu des doch so deier isch.« Aber Luzie will nicht, dass sie gleich wieder auflegt. Da fängt die Mutter an, sie hätten vor, ihr drei Äcker am Allmendpfad zu kaufen; nur dass sie es wüsste. Luzie ruft: »Was?«, in der Annahme, sie habe sich verhört. Die drei Äcker ständen zum Verkauf, was praktisch nie vorkommt im Feld, sagt die Mutter. Als Ausgleich, weil Kurt doch später den Betrieb kriegen soll, und Geld wollten sie ihr nicht geben, Geld sei gleich fort.

Als Luzie aus dem Postamt kommt, lacht sie: »Stellt euch vor, drei Äcker!« Jochen und Charlie reagieren erwartungsgemäß albern: »Luzie wird Großgrundbesitzerin«, faseln etwas von Establishment und Seidenhemd. Weit und breit keine Spur eines Gedankens daran, ins Feld zurückzukehren. Aber gleich hinter Mersin, auf der Fahrt durch die Çukorova, fallen Jochen, dem bis dahin nirgendwo je gelbe Blätter aufgefallen sind, plötzlich gelbe Blätter an Feigenbäumen auf, und er fängt an zu spekulieren, ob das von Spinnmilben verursacht und daher mit Raubmilben zu bekämpfen sei. »Hat uns Luzies Vater letztes Jahr mal gezeigt«, sagt er zu Charlie, »das heißt, gezeigt hat er uns das Schächtelchen mit der Aufschrift *Phytoseiulus sowieso*, in dem sie mit der Post kamen, sie sind zu klein fürs bloße Auge.« Er erzählt Charlie von den Schwierigkeiten beim Raubmilben-einsatz, obwohl er sich anscheinend selber kaum erinnert, welche der beiden Parteien oben in den Blättern sitzt und welche unten. Luzie sieht über die Felder der Çukorova. Der Tabak blüht. Durch ihre Aussicht auf Äcker scheinen Jochen plötzlich Äcker nahe gerückt zu sein, mitsamt den Schädlingen. Sie legt die Hand auf sein Bein. Charlie, angehender Biologe alias verkrachter Biologiestudent, meint über Fadenwürmer gelesen zu haben, deren Larven sich von Nacktschnecken ernähren. Der Oleander blüht. In den Plantagen fahren Traktoren mit überlangen Spritzbalken, bestimmt zehn, zwölf Meter lang. Charlie fischt eine halbzermatschte Heuschrecke von der Rückseite des Außenspiegels. Feldheuschrecke, die Fügel kürzer als der Körper lang. Das ist der Himmel, denkt Luzie, einfach der Himmel. Sie legt die Kassette von Miriam Makeba ein, erzählt, dass die Mutter ihr später gesagt hat, wie sie es jetzt machen: Einmal am Tag das Wasser kurz aufdrehen, das spült die Spinnmilben nach unten zu den Raubmilben, und bis sie wieder hochgekrabbelt sind, ist die Hälfte von ihnen gefressen. Sie dreht die Lautstärke hoch. … *down in Johannesburg way and everybody starts to move as soon as Pata pata starts to play*… Ein Huhn stürzt knapp vor dem Bus über die Straße zu den anderen Hühnern, Charlie steht auf der Bremse.

Es ist nachher nicht zu rekonstruieren, wer von den beiden anfing, ein Wort gibt das andere, jedenfalls sind Jochen und

Charlie bald hinter Mersin am Herumspinnen: prototypischer Nützlingseinsatz, erosionshemmender Anbau, Kompostexperimente, wie interessant das wäre, was man alles machen könnte. Und Luzie – natürlich – hätte die Äcker dafür. »Sehr witzig«, sagt Luzie noch, dann ist sie nicht mehr zu sprechen. Tagelang. Der Himmel ist dicht. Sie starrt auf den, soweit vorhandenen, Asphalt, blühende Oleander, Lastwagen, Müllhaufen, was ihr in den Blick kommt, und sagt sich vor: »Was im Feld war, was im Feld nicht war, was im Feld sein könnte – alles Quatsch mit Soße.« Sie dreht die Lautstärke bis zum Anschlag und stellt auch nicht leiser, wenn sie durch Ortschaften fahren oder an Leuten vorbei. Sie besichtigen immer noch Reste alter Befestigungen, Minarette, uralte Kirchen, laufen durch die Gegend. Charlie widmet sich in den Pausen der Lichtmaschine, Jochen liest oder poliert mit einer alten *FR* die Windschutzscheibe, nachdem er den Insektenmatsch abgekratzt hat, aber Luzie kann nur noch eins: daran denken, dass, was im Feld war, was im Feld nicht war, was im Feld sein könnte, samt und sonders Quatsch mit Soße sei. Sagen kann sie erst recht nichts, sonst müsste sie losweinen.

Eines Abends im Schlafsack sagt sie dann doch etwas zu Jochen: Es mache sie verrückt. »Ihr habt doch gar keinen praktisch-gärtnerischen Verstand.« Dabei gefällt es ihr, wie sie reden, es gefällt ihr so heftig, so unbedingt, dass es ihr weh tut. Jochen gefällt ihr wie lange nicht. »Aber ihr meint es nicht ernst. Außerdem: Da muss man sich doch an den Kopf greifen«, sagt sie leise zu ihm. Geografie und Sport studiert, mit viel Glück ergattere er per Los eine Lehrerstelle irgendwo im Hinterland, und darüber könne er froh sein. Er und Charlie seien für die Selbstständigkeit nicht zu gebrauchen.

Am nächsten Morgen, als Luzie aufwacht, ist Jochen weg. Schon von weitem sieht sie, dass er ganz aufgeräumt ist, er hat eine Tasche voll Aprikosen mitgebracht. Beim Frühstück lehnt er sich irgendwann in dem wackligen Campingstuhl zurück und sagt, eine Aprikose abreibend: »Wir sollten zusammen eine Gärtnerei machen. Wir sollten das wirklich machen.«

Noch bevor Luzie richtig begriffen hat, was er da sagt, hat sie weiche Knie. Charlie braucht er nicht zu überzeugen, was hat der schon vor, Taxi fahren und davon träumen, dass er sein Biologiestudium irgendwann doch noch abschließt. Zusammen eine Gärtnerei machen, etwas Richtiges, Dauerhaftes. Wir. Luzie versucht sich zu bremsen, denkt ans Landesarchiv, daran, was die Archivstelle ihr möglich macht, an geregelte Dienstzeiten, Zeit zum Lesen, Zeit für Politik, den weißen Bademantel, das Autole vor der Tür und das Wegkönnen. Als das nicht hilft, denkt sie an den Marx-Engels-Satz vom »Idiotismus des Lebenslebens«, dem die Bevölkerung im Verlauf des geschichtlichen Fortschritts »entrissen« wurde. Aber das hilft schon gar nicht, denn ausgerechnet jetzt fällt ihr ein, was wirklich geschichtlicher Fortschritt wäre: der Kampf gegen das, was das Landleben zum Idiotismus macht. Schließlich denkt sie doch wieder an Was-zusammen-machen. Nicht ganz auf sich gestellt sein. Nicht so eine blöde Beziehungskiste. Aber sie weiß genau, wenn sie dagegen jetzt nicht ankommt, dann gibt es für sie kein Zurück mehr. Die beiden würden sich wieder umstellen, auf Lehramt, Taxifahren, Bodenuntersuchungen, Verbandsarbeit, irgendwas, aber sie nicht, und so geht sie Breitseite dagegen:

»Ihr habt doch keinen Begriff vom Arbeiten. Ihr könnt überhaupt nicht arbeiten. Mit euch zwei im Gespann, nee danke.

Ihr tickt doch nicht richtig. Ihr habt keine Ahnung, ich möchte mal wissen, warum alle meinen, Gartenbau, da geht man hin, und dann kann man das, und dann auch noch ökologisch, logo…« Schließlich: Sie wolle davon nichts mehr hören, sie sollten die Klappe halten, sagt sie und würde es so dringend gern auch meinen.

Jochen sagt nichts mehr und säubert mit dem Klipp seiner Kugelschreiberkappe ausgiebig die Fingernägel. Charlie trommelt auf dem Lenkrad die Schlagzeug- und Trommelsoli mit. Die beiden wissen, dass sie Luzie an der Angel haben, sie brauchen bloß warten. Sie haben viel Zeit. Außerdem sind sie guter Dinge, denn sie haben was vor.

Nachts liegt Luzie wach und denkt an Wir-sollten-was-zusammen-machen und ans Feld. Wenn sie nicht wachliegt, träumt sie von einer weißen Kuh mit ausladenden, nach innen gebogenen Hörnern. Nacht für Nacht hat sie diesen Traum. Die Kuh taucht aus dem blaugrünen Meer auf, geht im Kuhschritt durchs Flachwasser auf den Strand und einen Olivenhain zu. Und dann, die Hufe nur noch knapp im Wasser, bleibt sie stehen, blickt geradeaus – und macht kehrt. Mit gesenktem Schädel geht sie langsam zurück ins tiefe Wasser. Luzie sieht die Kuh, aber was die Kuh sieht, sieht sie nicht, egal, wie oft sie den Traum hat. Manchmal meint Luzie einen Schatten zu erhaschen davon, was an Land ist – die Eltern, die Dritte-Welt-Laden-Gruppe, das Staatsarchiv, wo ihre Ausbildung begann, aber nie bekommt sie es zu fassen. Sie weiß nur, dass die Kuh umkehrt, weil sie sieht, dass es doch keinen Sinn hat, an Land zu gehen.

Luzie erzählt Jochen davon. Jochen weiß auch nicht. Irgendwann später sagt er: »Du hast keine Chance, also nutze sie.« So ist Jochen. Luzie lehnt sich an ihn, zum erstenmal seit über einer Woche. Vielleicht muss man heutzutage so sein, wenn man eine Gärtnerei zusammen machen will.

Auf einem Hang in der Nähe des Euphrat, der hier Fırat heißt, wirft Luzie Steine nach Jochen und Charlie, das heißt, knapp an ihnen vorbei. Faustgroße Geröllsteine.

»Jetzt könnt ihr noch einen Rückzieher machen, überlegt's euch gut!«

Charlie sucht hinter einem gakeligen Strauch Deckung, Jochen verlässt sich auf Luzies Sicherheit im Vorbeizielen.

»Wenn ihr's euch anders überlegt und wieder abspringt, wenn ihr sagt, das sei euch zu schwer, zuviel, ihr wollt es lieber gemütlicher haben, dann könnt ihr was erleben!« Es hagelt Steine. Sie sollen sich gut überlegen, was sie wollen, was in ihnen steckt. Sie sollen in sich gehen. Die Steine fliegen immer höher und weiter. Und ansonsten habe sie große Lust zu schuften, zu schuften, dass ihr Hören und Sehen vergeht, ruft Luzie. Das ist die Entscheidung: Sie wird ins Feld zurückgehen, zusammen mit Jochen, Charlie und einer zweiten Frau, die sie noch finden müssen.

Luzie sagt wohlweislich nichts von ihren Plänen, als sie nach der Reise mit der Mutter telefoniert und die gleich einen Notartermin mit ihr ausmachen will. Es spart Geld, sagt die Mutter, wenn die drei Äcker gleich auf Luzie geschrieben werden und nicht erst sie sie kaufen und dann auf Luzie umschreiben lassen.

Die Mutter holt Luzie vom Bahnhof ab. Das Auto ist neu, es liegt schwer und ruhig auf der Straße. Sie fahren kompliziert durch das frisch erweiterte Universitätsgelände, der Zugang zum Feld ist verlegt. Hoffentlich erscheinen die auch wirklich beim

Notar, sagt die Mutter. Bei Leuten, die Äcker verkaufen wollen, könne man nie sicher sein. Als sie endlich im Feld sind, erzählt die Mutter, wer in der Zwischenzeit gestorben ist, wer einen neuen Hund hat, wer aufhören will. Luzie kommt alles hier so klein vor, zusammengeschrumpft. Überall Folienhaufen, die Wege nach dem Mulchen nicht sauber gemacht. »Siehsch's jo«, sagt die Mutter. Klein und etwas erbärmlich. Je praktischer das Feld wird, desto erbärmlicher wird es. Rechts und links des Gewannewegs sind wieder ganze Flächen freigemacht von alten Obstbäumen und Beerensträuchern, man kann schon fast nach überallhin durchgucken. Seit September werde es besser, sagt die Mutter, aber ihr Sellerie sei zu klein, warum, weiß kein Mensch. Das Feld, von dem sie in der Türkei geträumt hat, gibt es nicht mehr; wenn es das je gegeben haben sollte, denkt Luzie. Im langen Weg sehen sie schon von weitem zwei gut gekleidete Frauen sich am Mirabellenbaum von Wagners bedienen. Aber statt in Anbetracht des nahenden Autos zuzusehen, dass sie weiterkommen, stellen sich die zwei Mirabellen kauend auf den Weg und zwingen die Mutter zum Ausweichen. Ihren Hund haben sie weder an der Leine, noch halten sie ihn bei sich; er läuft vors Auto.

Luzie: »Fahr doch druff!«

Die Mutter bremst scharf. Um Gottes Willen, mit dieser Sorte darf man sich nicht anlegen, sonst wird man seines Lebens nicht mehr froh. Die Verhältnisse im Feld – wer sich was erlaubt und erlauben kann, wer wie darauf reagiert – haben sich anscheinend völlig gewandelt. Das ist nicht mehr mein Feld, denkt Luzie. Wer geheiratet hat, wer in die Schule und bei wem ein Kind gekommen ist. Die Mutter fährt langsam. Trotzdem, Luzie würde die Äcker am Allmendpfad gern sofort sehen, aber das geht nicht. Und nach dem Notar müssen sie auch gleich wieder in den Sellerie.

Zwischen Notar und Sellerie trinken sie Kaffee. Die Mutter hat am Vorabend extra einen Apfelkuchen gebacken. Dabei erzählt Luzie, was sie mit Jochen, Charlie und einer weiteren Frau, die sie noch finden müssen, vorhat. Die Mutter flippt völlig aus: Kauft Äcker, damit Luzie keinen Unfug macht mit dem Geld, das ihr zugestanden hätte, und jetzt will Luzie den allergrößten Unfug machen, den man überhaupt machen kann – ihre Ausbildung in den Wind schießen und wofür? Eine Gärtnerei! Sie sagt, was sie Luzie schon im Auto gesagt hat, die Preise diesen Sommer, der Ärger im Genossenschaftsmarkt, nicht zum Aushalten. Luzie hat alles zu tun, dass sie nicht losweint, dann wendet sie ein, dass sie ökologisch anbauen wollten, unabhängig vom Genossenschaftsmarkt. Da sagt die Mutter nur noch, Luzie sei im Begriff, sich ins Unglück zu stürzen, und wisse offenbar überhaupt nicht, was sie tue.

Luzie: »Und du weißt nicht, wovon du redest. Du weißt überhaupt nicht, wie das ist: Dienstzeiten, Dienstweg, immer drin.« Sie denkt an das letzte Kaffeetrinken vor ihrem Wegzug, da war das Theater mit dem Vater. »Intercity prallte auf eine Kuh«, der Vater den Kopf in der Zeitung, wahrscheinlich hinten Bunte Welt. Irgendein Unfall mit einer Kuh, die aus einer Viehverwertung ausgerissen war. Ständig geriet Luzie in der Zeit mit dem Vater aneinander. Sie sagte immer, es sei sein Ton; es höre sich an, als ob, was so einer Kuh widerfährt, nur ein Witz sei und mit ihm überhaupt nichts zu tun hätte. »Du bisch doch net ganz klor«, knallte der Vater die Zeitung in die Ecke. Die Mutter, am Kaffee-Einschenken: »Was les'sch'n aa immer sou 'in Scheißdreck vor?« Das lässt man am besten ruhen. Es gibt keinen Grund, daran wieder anzuknüpfen, denkt Luzie, als sie sich verabschiedet. Der Vater will sie nachher, wenn sie sich die drei Äcker angesehen hat, zum Bahnhof bringen.

Die drei Äcker sind ziemlich weit draußen, ab vom Schuss. Das ist schon mal gut. Und sie liegen nicht weit auseinander. Auf einem stehen alte Obstbäume, auf dem direkt am Allmendpfad gelegenen sind ein Gewächshaus und ein Schuppen, beides einfach zu erweitern. Der Boden ist hier nicht ganz so gut wie weiter drin, aber immer noch besser als in den meisten Anbaugebieten.

Luzie kündigt die Archivstelle. Ebenso wie Charlie und Jochen besucht sie zwei Winter lang gärtnerische Lehrgänge, von Frühjahr bis Herbst verteilen sie sich auf verschiedene Betriebe, um zu arbeiten und Praktika zu machen. Sie überlegen, ob sie nicht in eine andere Gegend gehen. Aber dann, nach fast eineinhalb Jahren, schaltet Luzie auf Durchmarsch: Wie das Feld inzwischen ist, was die Mutter sagt, das ist ihr jetzt grad egal, sie wollen den Betrieb machen, und das Feld bietet dafür gute Voraussetzungen, vor allem auch für die Vermarktung, und darauf komme es schließlich an. »Das Feld hat sich immer verändert, basta«, sagt Luzie und kündigt den jetzigen Pächtern zum nächsten Martini die Verträge.

Siebtes Kapitel

ERST ALS LUZIE zwischen den Häusern heraus ins freie Feld kommt, merkt sie, dass es diesig ist. Sie fährt den schrägen Weg entlang, oft sieben-, achtmal am Tag, jetzt um fünf vor sechs zum erstenmal. Über die Äcker rechter Hand zieht sich eine leichte Bodenwelle, die aussieht, als habe sich irgendein Wasserstand darin verewigt. Nah am Weg stehen die Margeriten der Pfitzners Luise schon voll in Blüte. Selbst der Klatschmohn blüht, aber so früh morgens noch nicht.

Wer ihr jetzt entgegenkäme, müsste denken, es sitze niemand hinterm Steuer, Luzie sucht im Handschuhfach nach der Liste mit den Bestellungen. Es ist ausgemacht, dass Irmgard um sechs mit den Steigen und Schalen am Erdbeerfeld ist.

Auf dem schrägen Weg kann es Luzie hin und wieder noch passieren, dass sie von dem Glücksgefühl befallen wird, mit dem sie in den ersten Wochen nach ihrer Rückkehr herumlief. Es muss daran liegen, dass der Weg schräg zu den übrigen Feldwegen verläuft, die strikt ackerparallel oder quer dazu angelegt sind. Obwohl kaum mehr als fünfhundert Meter lang, erweckt der schräge Weg den Eindruck, er führe nicht einfach zu den Äckern, sondern aus der Zeit heraus, Wochentag und Jahr werden unerheblich, so, als ob der schräge Weg ins Feld an sich führe. Das wird der Grund sein, warum das Glücksgefühl Luzie wenn, dann hier befällt, denn es ist verbunden mit ihrer

Vorstellung von der gesellschaftlichen Arbeitsteilung und die wiederum mit einem frühen Erinnerungsbild: Der Vater und ein Arbeiter des Genossenschaftsmarkts laden Kopfsalatsteigen in einen Eisenbahnwaggon, Luzie ist dabei. Der Mann sagt, der Waggon sei fürs Ruhrgebiet. Der Vater freut sich und erklärt Luzie, dass sie dort mit Presslufthämmern die Kohle aus der Erde brächen, von dort komme unser Koks, dafür bekämen die unseren Salat. Wir sind reich, wir haben den Salat, die anderen sind reich, die haben Kohlen und Koks, zusammen haben wir alles: Kohlen und Salat. Als Luzie das begriff, überkam sie dieses Glücksgefühl, das sich jetzt manchmal noch auf dem schrägen Weg einstellt. Aber zur Zeit nicht. Um Pfingsten herum sind die meisten verreist, man kann im Ort ohne weiteres einen Parkplatz finden, der Verkauf, der gerade richtig angezogen hat, bricht ein, und Luzie ist überhaupt nicht gut auf die gesellschaftliche Arbeitsteilung zu sprechen. Hinter ihr fährt jetzt ein alter Rekord, vollbesetzt mit Frauen, nur am Steuer ein Mann. Die fangen auch um sechs an, in der Erdbeerplantage vom Gagenauer.

Charlie ist noch nicht da. Das sieht Luzie, als sie in den Gewanneweg einbiegt, obwohl sie sich vorgenommen hat, es zu ignorieren. Irmgard verteilt bereits die Schalen. Die Nachbarn sind mit ihrem Polen am Blumenkohlschneiden. Die Frau grüßt freundlich.

Bis vor kurzem war das Verhältnis zu den Nachbarn alles andere als gut. Sie beschwerten sich über das Unkraut, die Schädlinge, »die Sauerei«, wie sie sagten, so dass Charlie schließlich dazu überging, einen meterbreiten Streifen an ihrer gemeinsamen Grenze mit dem Einachser freizuhalten, damit Ruhe ist. Luzie fluchte selber über das Unkraut, aber noch mehr über die

Spritzerei der Nachbarn und deren Schädlinge, die sich nach dem Abernten in den Überbleibseln explosionsartig vermehren. »Die Konventionellen glauben immer, sie hätten keine Raupen, aber nur solange sie dauernd spritzen«, sagte sie. Zu allem Überfluss geriet sie mit den Nachbarn irgendwann in eine Diskussion über »kontrollierten Anbau«, das Siegel, das jetzt alle Konventionellen im Feld haben. »Werdet ihr vielleicht kontrolliert?« – »Ah noo, die Bodeprobe halt.« – Luzie: Das sei doch Betrug an den Verbrauchern. – »Alles, was recht isch«, sagte der Nachbar da verärgert, sie solle ihm bloß mit den Verbrauchern aufhören. »Die Leit wolle doch betroge wern.« Auf seine Heftigkeit war Luzie nicht gefasst gewesen.

Das Verhältnis besserte sich erst, als die Nachbarin und Luzie über ihre jeweilige Schnellentspannungsmethode ins Gespräch kamen und dabei eine überraschende Ähnlichkeit entdeckten: Die Nachbarin guckt für ihr Leben gern Formel 1 im Fernsehen; wenn es sein muss, die halbe Nacht. »Do erhol ich mich wie annere net in drei Woche Urlaub«, sagte sie. Luzie geht es so, wenn sie Fußball guckt. Das sei ihr eine Wohltat. »Wenn ich das Gekicke sehe, merke ich, dass es genug gibt, die sind noch blöder als ich; die rennen auch den ganzen Tag, aber nur hinter dem Ball her.« Sie sprachen noch darüber, dass ihre Männer diese Vorlieben nicht teilen – sonst sei es ja sein Fernseher, sagte die Nachbarin, und Jochen ist passionierter Volleyballer –, seitdem ist das nachbarschaftliche Verhältnis gut.

Luzie regt sich nicht mehr auf, selbst an dem Abend nicht, als sie schnell etwas vom Acker holte und dabei die Nachbarin rufen hörte: »Ah Herrschaft – Klaus, guck emol, do driwwe!« Luzie blickte ebenfalls in die angewiesene Richtung und sah die hell schimmernde Netzabdeckung ihres eigenen Kohlbeets auf und nieder gehen, wie Wellen. »Des wern denne ihr Hase sei'«, hörte sie den Nachbarn lachend sagen. Schon wieder Hasen unterm Netz! Luzie beeilte sich wegzukommen, allein hätte sie die Hasen sowieso nicht vertreiben können. »Unsere« Hasen, »unsere« Tauben, »unsere« Krähen, alles »unsere«.

Voriges Jahr rief Jochen in der Verzweiflung den Jagdpächter an. Aber der beschied ihm, es gebe nicht zu viele Hasen im Feld, nur eine örtliche Konzentration wegen der Verstecke dort draußen. Und die Tiere wüssten halt, was gut ist, habe er noch gelacht. Er gab Jochen den Tipp, sie sollten die Hasen erschrecken, dann würden sie verschwinden. Aber wer da wen erschreckt und regelmäßig einen Herzkasper kriegt, kann man sich ausrechnen, zumal die Hasen erst aufspringen, wenn man schon fast drauftritt.

Irmgard pflückt schneller als Luzie. Fünfunddreißig Pfundschalen in der Stunde, wo Luzie nur auf dreißig kommt. Zuerst dachte sie, Irmgard pflückt nicht so genau, aber das stimmt nicht. Die Erdbeeren sind hier ganz gut. Aber viele Schnecken.

»Wo bleibt denn eigentlich Charlie?« Dabei kann Luzie sich denken, wo Charlie bleibt, Charlie hat eine neue Freundin. Irmgard findet Charlies Erdbeerpflückerei eh nicht so prall, wie sie sagt, deshalb vermisst sie Charlie nicht. Aber Luzie will auf keinen Fall, dass er nicht mehr zum Pflücken kommt. Es ärgere sie, immer verlasse er sich darauf und könne sich darauf verlassen, dass die anderen die Arbeit machen. Es ist immer kritisch, wenn Charlie eine neue Freundin hat, dann fällt ihm ein, was er meint, dass er eigentlich will: mehr experimentieren, mit Kompost, Saatbädern, Präparatspritzungen und mehr Auszeiten, weniger Stress. Wenn Charlie eine neue Freundin hat, eskaliert der Konflikt zwischen ihm und Luzie zuverlässig.

Luzie hat sich geschworen: diesmal nicht. Sie zerschneidet Schnecken, ein paar von den dicken, langen; wenn es ihr mit den Schnecken zuviel wird, nimmt sie das Messer. Vor zwei Wochen sprach Jochen Charlie wegen der Pflückerei an. Charlie habe nur gelacht und ihn gefragt, wie oft er denn dieses Jahr schon in den Erdbeeren war. Jochen holt in der Erdbeerzeit Paula aus dem Bett und bringt sie in die Krippe, unter anderem weil Luzie schneller pflückt als er.

Jetzt kommt die Sonne doch heraus. Die Sorte ist gut, große Früchte. Manche sehen makellos aus, bestehen aber nur noch aus der dünnen äußeren Haut, das Innere ist vollständig ausgefressen. Die Sonne entwickelt jetzt schnell Kraft. Trotz des Messers Schneckenschleim an den Fingern. »Soll gut sein gegen Warzen«, sagt Irmgard. – »So viele Warzen hat kein Mensch.«

Irmgard hatte gleich gemeint, sie sollten im Frühjahr vor allem auf Erdbeeren setzen, das biete sich wegen des Klimas und des Bodens an, und komplett mit Vliesabdeckung verfrühen. Luzie war skeptisch gewesen. »Einmal stark *Botrytis* oder zum ungünstigen Zeitpunkt Hagel, und du hast nichts zu verkaufen.« Im ökologischen Anbau müsse das Risiko unbedingt auf möglichst viele Kulturen verteilt werden. Luzies Hauptsorge war aber: Wer soll die Erdbeeren pflücken? Da wusste sie noch nicht, wie gut Irmgard pflückt. Irmgard ist die dritte in vier Jahren, Luzie glaubte schon nicht mehr daran, dass sie eine finden würden, mit der es ginge. Und dann noch eine frühere Bankangestellte. Aber bereits nach der ersten Probewoche sagte Luzie zu Jochen, Irmgard wird sicher nicht bleiben, sie ist zu gut; dass sie bleibt, wäre zu schön, um wahr zu sein. Aber Irmgard blieb und übertrug ihre frühere Rasanz im Geldscheinezählen zunächst einmal auf alles, was zu bündeln ist, und es ist viel zu bündeln. Nach einem Vierteljahr sagte Luzie zu Jochen: »Falls die Welt dereinst untergeht, sollten Frauen wie Irmgard in die Abräumkolonne. Die sortieren im Affenzahn die Bestände, zählen automatisch mit und rechnen dabei noch aus, was es im Einzelnen und im Gesamten letztlich gebracht haben wird.«

Dieses Jahr scheint es jedenfalls gut zu gehen, die *Botrytis* hält sich in Grenzen. »Irgendwann wird Irmgard einen Typen kennenlernen, dann ist sie weg«, sagte Luzie, als Irmgard den Winter über in Argentinien war. Jochen: »Die steht nicht auf Männer.« – »Woher willst du denn das wissen?« – Das habe sie ihm gegenüber durchblicken lassen, in Argentinien sei sie bei ihrer Freundin. – »Oh nee, dann bleibt sie bestimmt dort, die sehen wir nicht wieder«, Luzie war davon völlig überzeugt. Aber Irmgard kam zurück. Irmgard war auch dafür, noch jemand für die Erdbeeren zu engagieren. Charlie und Jochen fragen schon die ganze Zeit bei russlanddeutschen und türkischen Händlern herum, ob sie nicht jemand wissen, bisher hat es noch nicht geklappt. Illegal hat keinen Sinn, das Geld für die Strafe gibt der Betrieb nicht her. Ein Mann mit einem alten Klapprad habe ihn in gutem Deutsch angesprochen, ob er und sein Kollege nicht bei ihnen arbeiten dürften, erzählte Jochen vor kurzem. Ein Literaturprofessor aus der Ukraine, ohne Arbeitserlaubnis, drei Mark hätte er für die Stunde gewollt.

»Ich sammle die Schalen ein,« ruft Charlie, als er kommt. Luzie sieht verstohlen auf die Uhr: zehn nach acht. – »Nein«, sagt Irmgard, »wir wollen uns bewegen.« Sie haben Charlie die zwei Randreihen gelassen.

»Das muss einfach mal drin sein«, sagt Charlie strahlend, als Luzie beim Einsammeln auf seine Höhe kommt.

»Du weißt, ich bin krank, ich verstehe so was nicht«, hört

sie sich im Weiterlaufen sagen. Sechzehn Platten. Maximal noch drei Stunden; der Döhring will zehn Platten mit 250 g-Schalen. Dabei hat sie sich geschworen, diesmal nicht darauf einzusteigen. Ganz am Anfang, im völligen Stress, hatte Charlie zu Luzie gesagt, ihr Tempo, ihre ganze Arbeitsweise seien krank. Sie hatte erwidert, bei seinem Tempo und seiner Arbeitsweise könnten sie den Laden sofort dichtmachen.

»Hast du an die kleinen Schalen gedacht?«, fragt Luzie Irmgard. Sie hat. Irmgard ist eine wirkliche Entlastung, im Bündeln, Pflücken und Rechnen unschlagbar. Und sie hält es wundersamerweise aus, dass Luzie auch unschlagbar ist, denn nur Luzie hat im Kopf und im Blick, wann welche der über vierzig Kulturen jeweils angesät, gewässert, belüftet, pikiert, abgehärtet, ausgepflanzt, abgedeckt, gehackt, nachgesät, beheizt, gedüngt, geerntet oder abgeräumt werden muss.

»Was gibt denn das?«, fragt Luzie. Charlie sammelt die Schnecken, die sich noch nicht vor der Sonne verzogen haben, in einen Eimer, hat extra einen mit Deckel dabei. Er wolle Schneckenjauche ausprobieren. Seit Charlie letztes Jahr die frühen Schlangengurken erfolgreich mit verdünnter Brennesseljauche aufpäppelte, sagt Luzie nichts mehr.

Demnächst ist Fußballeuropameisterschaft, die Gelegenheit, ab und zu einen Nachmittag zu verschwinden; mit Paula einen ganz gewöhnlichen Werktagnachmittag zu Hause zu verbringen. Muss einfach mal drin sein, werde ich sagen, nimmt Luzie sich vor. Einen Nachmittag auf jeden Fall.

Luzie stellt die Steigen in den Schatten des Walnussbaums und trinkt Mineralwasser. Sie wendet sich von dem verstümmelten Kirschbaum auf der gegenüberliegenden Wegseite ab. Der Eigentümer hat im letzten Herbst drei der vier Leitäste abgesägt. »Die Kersche fresse doch blouß die Veggel un' die Spaziergänger«, sagte er. Dann verreckte ihm die Motorsäge, seitdem steht da diese Ruine; die Schnittflächen erinnern an abgeschnittene Brüste.

Sonntagvormittag. Paula schaukelt im Kindersitz und singt: »Lalalalala.« Luzie tritt stärker in die Pedale, mit Schwung fährt sie die Außenböschung des Kanals hinauf. Nach dem Lüften und Wässern wolle sie noch eine kleine Runde drehen, hatte sie zu Jochen gesagt, der dabei war, die Waschmaschine zu füttern, Wäsche ab- und aufzuhängen, Sonntagvormittag eben.

»Jetzt musst du aufhören mit dem Schaukeln.« Der Leinpfad ist schmal, stellenweise holprig und nicht mehr gesichert, seit bei der letzten Kanalvertiefung und -verbreiterung die Böschung in halber Höhe gekappt und eine Stahlwand eingesetzt wurde. Die Heckenrosen und Schlehen sind weg, vorher wäre man zur Not im Gebüsch gelandet. »La-lal-la-lal« singt Paula. In den Pappeln raschelt es leise. Das Wasser schwappt an die Stahlwand. Luzie hört ein gleichmäßiges Tuckern und hält an. Sie lassen ein Frachtschiff namens Heide-Kathrin vorbeiziehen; als der Schiffer sie sieht, tutet er. Paula winkt eifrig. An Bord läuft ein kleiner Hund herum, jetzt beugt er sich über den Rand und schaut ins Wasser.

Luzie umkurvt sorgsam die gusseisernen Poller. Das Schiff, bereits außer Sichtweite, tutet wieder. Das Dröhnen wird lauter, sie nähern sich der Autobahnbrücke. Luzie spürt, wie Paulas Kopf an ihren Rücken fällt, sie wird eingeschlafen sein. Spitzwegerich, Disteln, Gräser blühen und streifen beim Vorbeifahren die Knöchel.

Luzie sieht eine vorgebeugte Gestalt auf der Bank kurz vor

der Autobahnbrücke sitzen, im selben Moment weiß sie: ihr Vater. Der am Sonntagvormittag allein am Kanal? Sie hält die schwarzen Lenkergriffe fest umfasst. Der Beyers Gustav fällt ihr ein, und der Lüders Hans, alte Männer, ertrunken im Kanal; bei beiden hielten sich Gerüchte, dass Absicht mit im Spiel war. Das war, bevor die Stahlwand eingesetzt wurde. Der Vater ist noch nicht alt.

»Und?« Luzie fädelt Paula aus den Sitzgurten. Der Vater hält das Fahrrad fest, lächelt verlegen. Sie setzen sich auf den maroden halben Stamm, der die Bank darstellt, Luzie legt sich das Kind zurecht.

»Hajo«, sagt er, immer noch vor Verlegenheit lächelnd, und betrachtet die schlafende Paula. So einen Schlaf würde man sich manchmal auch wünschen.

»Hat sie dich fortgeschickt?« Luzie versucht es sich und ihm leicht zu machen. – »Noo«, sagt er und legt seine verpflasterten Hände auf die Knie, die Handflächen zur Sonne, was normal ist, nach der Frühjahrsschlacht mag man sie nur noch von sich weghalten. Der Kirchturm drüben ragt wie eh und je in den Sonntagshimmel. Die Autobahn dröhnt.

Luzie hält Paula fest im Arm; das eine rotweißgestreifte Hosenbein ist hochgerutscht, gibt den Blick frei auf einen Kulistrich und das Knie, Luzie legt die Hand darauf. »Was ist denn los?«, fragt sie, obwohl sie es eigentlich gar nicht hören will. Egal, was es ist, es wird wieder zum Überschnappen sein. Vor Wut oder vor Verzweiflung, gewöhnlich endet es in verzweifelter Wut. Luzie merkt, sie kann sich jetzt weder Wut noch Verzweiflung leisten, verzweifelte Wut schon gar nicht; will sie sich jetzt nicht leisten. Sie streicht über Paulas Bein, die Haut ist eine Idee zu trocken, schuppt ein bisschen. Aber dass er am Kanal sitzt, hat es noch nie gegeben, das wüsste sie. Grund zum Überschnappen ist genug.

Der Vater bewegt seine Finger, Krümmen, Spreizen, Krümmen, Spreizen. »Geht doch noch«, sagt Luzie, und es klingt spöttischer, als sie will. Opa Schorsch soll sich Pech in die Schrunden gegossen haben, viehische Zustände erzeugen viehische Maßnahmen. Das verlegene Lächeln ist aus dem Gesicht des Vaters verschwunden. Ein Grasbüschel treibt vorbei, dreht sich in einem fort um sich selber.

Aus den Augenwinkeln beobachtet Luzie den Vater, wie seine Schultern arbeiten: einkapseln, abschirmen, verbergen, wegducken – plötzlich straffen sie sich. »Dei zwoo Helde häwwe's jo mol widder ganz schlau mache wolle«, fängt er an ihr zu erzählen, was Charlie und Jochen sich wieder gedacht und damit eingehandelt haben, aber Luzie wehrt ab: »Sag mir lieber, warum du hier bist.« Sie will weder mit so einem Blödsinn abgespeist noch daran erinnert werden, dass Jochen und Charlie in der Vorwoche mit vereinten Kräften zu der Überzeugung gelangten, vorm Fräsen zu mulchen sei überflüssig und –, Luzie zupft Grassamen aus Paulas Sandalenschnallen. Der Vater hat sich wieder in seine Schultern verkrochen.

Aber Luzie weiß jetzt, woran sein Gesicht sie erinnert: Als er und die Mutter im letzten Winter schweigend am großen Zinkzuber standen, Feldsalat waschen. »Mer häwwe 'n widder mitnemme misse, wär zu drecket«, brachten sie schließlich heraus. Drei Tage nach dem Abliefern war denen im Genossenschaftsmarkt eingefallen, dass der Feldsalat zu dreckig sei. Jetzt wuschen sie die mit Sicherheit sauberen neunzig Kilo Feldsalat noch einmal, packten ihn in andere Kisten, in denen er leichter verkäuflich sein sollte; jeder Großhändler will jetzt andere

Kisten. Am liebsten hätte Luzie die zersprungenen Gesichter der beiden zusammengekehrt und in der Katzenkiste auf den Heizkessel gestellt, dort wäre es wenigstens warm. Stattdessen stürzte sie aus dem Arbeitsraum, helfen lassen würden die Eltern sich ohnehin nicht. Draußen sah sie den Hund im Zwinger, der darauf wartete, dass jemand ihn herausließ. Luzie ging ein paar Schritte mit ihm, dann wieder in den Arbeitsraum: »Ich war mit dem Hund.« Keine Reaktion.

Die Hände sind offensichtlich nicht für solche Strapazen ausgelegt und die Menschen noch weniger, geht Luzie durch den Kopf. Man hört das Wasser an der Stahlwand schlecken, trotz der Autobahn. Er soll jetzt endlich den Mund aufmachen. Sein fein kariertes, graues Sonntagshemd ist frisch, auf der Schulter und den kurzen Ärmeln eine Bügelfalte, in so einem Hemd ist man doch behütet. Der Mutter platzt wenigstens der Kragen: »Unverkäuflich – wann i' des schun här! Verbrecher sin' des, Verbrecher!« Seit sie denken können, gab es für den ersten Kopfsalat gutes Geld, und dieses Frühjahr: unverkäuflich. Die Mutter war soweit, dass sie die Kühlhäuser stürmen wollte, den Kopfsalat auf die angrenzende Autobahn kippen. »Des misse mer uns wert sei'!«, soll sie auf der Versammlung in der Gaststätte des Genossenschaftsmarkts gerufen haben, während draußen die Lastwagen mit französischem und belgischem Salat ankamen und abfuhren; der Salat im Feld wurde untergepflügt; die Handvoll Großhändler, die es noch gibt –.

»Es langt«, sagt da der Vater mit einer Stimme, als hätte er sie seit Jahren nicht in Gebrauch gehabt, »es langt iwwerisch.« Er stiert aufs Wasser. Das strömt vorbei, undurchsichtig, fast unbewegt. Luzie beschleicht Panik, sie vergewissert sich, dass der Vater stabil sitzt, dass sie Paula fest im Arm hat, Paulas abgerutschtes Bein legt sie wieder hoch. Sie hätte gute Lust, den Vater an der Bank festzubinden, wie sie, als sie klein war, auf dem Fuhrwerk festgebunden wurde, aber das ist natürlich Quatsch. Sein Hemd ist ein bisschen schief in die Hose gesteckt. Man denkt immer, der Vater, ach der! Und dann stellt sich plötzlich die ganze Einsamkeit heraus.

»Am End bin immer ich schuld, dass mer nix mehr lousbringe, dass der Preis nix isch.« Wenigstens macht er jetzt den Mund auf. »Wenn ich was zu ihr sag, heeßt's: Musch di' halt uf die Hinnerfieß stelle.« Die Stimme klingt, als wisse er noch nicht, ob er sie wieder in Gebrauch nehmen soll. Mehr als sagen: Dann und dann ernten wir, und fragen: Kann ich bringen?, könne er nicht. – »Nein, kannst du nicht«, sagt Luzie, »aber wenn du und die Mutter wenigstens nicht alles gegeneinander wenden würdet, wäre schon viel geholfen.«

Das hört er gar nicht, er erzählt jetzt, wann genau und wie oft er den Blumenkohl im Genossenschaftsmarkt ankündigte. »Gut«, hieß es darauf, »Bring nur«, hieß es, aber dann, zwei Tage vorher, hieß es plötzlich: »Eine Palette, auf keinen Fall mehr.« Am nächsten Tag: »Eine Palette, mehr nicht.« Andere brachten Blumenkohl, sagt er, acht, zehn Paletten an einem Tag. Die Mutter habe so getan, als wäre es seine Schuld. Hingehalten werden und dann noch selber schuld. Luzie verkneift sich zu sagen, er müsse vom Marktleiter eine Erklärung verlangen, so ginge es ja nicht. Der Vater tut ihr leid; noch nie tat er ihr leid. Schön sei der Blumenkohl, selten schön, sagt er, früher hätte sich den gleich ein Händler reserviert, in keine Versteigerung wäre der gekommen, reserviert und Höchstpreis; heute gehe alles nur noch per Telefon, kein Mensch besehe sich mehr die Ware, die Versteigerungsuhr stehe seit Jahren still, nichts werde versteigert, nichts mehr interveniert… Er redet und redet. Hauptsache, er sagt etwas. Aber dann Strafzettel verteilen wegen Überschreiten der Kopfdurchmesserdifferenz im Gebinde… Und jetzt, wo der Preis im Keller sei, jetzt könnten sie bringen, soviel sie wollten.

Der Vater tut ihr schon weniger leid, das ganze Leidtun ist nichts; bringt einen nur auf die Idee, dass man sich selber leid tun könnte. Oberhalb der Böschung liegt ein zerknülltes Papiertaschentuch neben Hundekacke. Das ist jetzt ihr Sonntag, denkt Luzie und hofft, dass der Biosektor wenigstens noch eine Zeit von dieser Entwicklung ausgespart bleibt, vergeblich, das weiß sie nur zu gut. »Denk an unsere Radies«, sagt sie, dabei will sie alles andere als an die Radies denken, die Jochen dieses Jahr unterpflügte, weil der Radiespreis weit unter der Rentabilitätsgrenze lag, ein Landwirt, gerade auf ökologischen Anbau umgestiegen, hatte einen Hektar Radies angesät, eine Polenkolonne zum Ernten und Bündeln… Geklingel. Sie ziehen die Beine ein, drei Mountainbiker brettern an ihnen vorbei.

»Mer wern's net ännern«, sagt der Vater. Er ist wieder unter den Lebendigen. Luzie sagt etwas von Überproduktion und Marktstruktur. Ihr tut alles weh, die Beine, der Kopf; der Arm ist eingeschlafen, Paula ist schwer; Scheißradies, Scheißautobahn, der Vater hat gut reden, die Eltern haben nur noch zwei Jahre vor sich, sie setzt Paula um; der hat gut reden, dem kocht jemand Mittagessen, der führt doch ein geordnetes Leben.

»Setz dich doch selwer mit denne ausenanner«, habe er zur Mutter gesagt. Ob Luzie wisse, was der Marktleiter daraufhin zur Mutter gesagt habe? – Luzie, aufhorchend: Nein, das wisse sie nicht. – Sie wüssten ja, wie die Lage ist, habe der Marktleiter gesagt. Jetzt seien die Jungen dran. »Ihr habt doch euer Geschäft gemacht.«

»Das hat der gesagt?«

»Des hot der gsaat.« Der Vater steht auf, anscheinend will er los.

»Ja, und jetzt?«, sie ist alarmiert, so geht das doch nicht. Wegen dem Blumenkohl sage die Mutter jetzt nichts mehr, Ruhe sei deshalb noch lange nicht, jetzt drehe sie ihm den Strick aus der neuen Verpackungsverordnung. Luzie glaubt ihm aufs Wort, dass sie nichts unternehmen, nicht einmal daran denken, etwas zu unternehmen, und dafür mit dem nächsten Zirkus befasst sind.

»Was für eine Verpackungsverordnung?«, fragt sie, sonst würde er im nächsten Augenblick weg sein. Da bückt er sich nach einem flachen Kiesel, nimmt ihn zwischen verpflasterten Daumen und Zeigefinger, setzt ein paarmal an: tatsächlich – springt. Es kommt heraus, dass die neue Verordnung untersagt, die vormals zum Hochbinden der Tomaten benutzte Schnur zum Verpacken wiederzuverwenden, aus Hygienegründen; in dem Fall zum Zusammenbinden der Kistenstöße auf den Paletten. Die Schnur zu kaufen bringt einen nicht um, aber der Ärger, sagt er, Kiesel suchend. Es muss etwas passieren, Luzie blickt den springenden Steinchen nach; das Wasser strömt darunter weg, tausende Liter jede Sekunde. Dass sie selber den Marktleiter anruft, hat nicht nur keinen Sinn, es wäre falsch. – Früher hätten sie die Rettiche mit der alten Tomatenschnur zusammengebunden. Dann hieß es, im Sisal sei PCB, hochgiftig. »Awwer wer frisst schun die Rettichstängel?«, der Vater blickt Luzie fragend an. Sie wird mit Jochen sprechen, Kurt anrufen, so kann es nicht weitergehen. Die Steinchen springen drei-, viermal. Jetzt sei die Schnur PCB-frei, stehe dick auf der Banderole, sie dürften sie trotzdem nicht verwerten. Das geht einem doch über den Verstand, sagt er und wischt sich zum Abschluss die Hände an der Hose ab.

Luzie packt Paula in den Kindersitz. Sie muss noch die Tröpfchenbewässerung abschalten, sie wird es mit Jochen und Kurt besprechen. Als sie aufsteigen will, sieht sie den Vater, will doch noch etwas Tröstendes sagen, irgend etwas. »So ist das halt«, setzt sie an, man versteht kaum sein eigenes Wort. Er wartet. »Ja«, sagt sie, schüttelt den Kopf, das Wasser schießt vorbei, die Autobahn dröhnt, Gott nee. »Also«, beginnt sie, »die meisten Gärtner kaufen wahrscheinlich einen Klingel Plastikschnur, den legen sie den Polen hin und sagen: ›Merkt eich des, mer sin' in Deitschland, un' do häwwe mer's higienisch. Dass ehr mer net noch emol was mit alter Tumateschnur zammebindt!‹ Und der Fall ist erledigt. Du hast eben eine Frau, der es nicht aus dem Kopf will, dass das Unfug ist, und das ist ja auch nicht verkehrt.« – Er lächelt etwas verlegen, dann nimmt er sein Fahrrad. Im Losfahren – er fährt in die andere Richtung – dreht er sich noch einmal um: »Un', gibt's bei eich heit widder nix zu Mittag?«

Paula wacht auf, sie will etwas trinken, dann hat sie Hunger, sofort. Luzie packt die Kekse aus und hält das Fahrrad fest.

»Ich kann doch nicht die zwei Jahre am Kanal patrouillieren und wer weiß noch wo«, sagt Luzie zuhause zu Jochen, entschlossen, etwas zu unternehmen. Und zu ihrer Schwester Frauke, die sie noch am selben Tag anruft: »Man kann die Eltern in der Situation jetzt nicht sich selber überlassen.« Sie erzählt ihr vom Blumenkohl, vom Kanal, von der Marktlage und bittet Frauke, wenn es irgend geht, Wochenenden bei den Eltern zu verbringen, alles, was sie voneinander ablenke, sei hilfreich. Frauke sträubt sich, sie ist am Lernen fürs Vordiplom, an den Wochenenden hat sie anderes vor, aber dann verspricht sie doch, es einzurichten.

»Nichts überstürzen«, sagt Luzie zu Jochen. Kurt will sie erst anrufen, wenn sie Genaueres weiß. Die kommenden Tage zieht sie nebenbei Erkundigungen ein. Am Ende der Woche sieht sie ihre schlimmsten Befürchtungen bestätigt: Die Preise sind durchweg miserabel, der Absatz im Genossenschaftsmarkt liegt darnieder, wer wann wieviel abliefern darf, ist undurchsichtig. Als ob das nicht arg genug wäre, drohen wegen des Umsatzrückgangs der Genossenschaft jetzt auch noch die EG-Zuschüsse gestrichen zu werden, unter dreißig Millionen Mark Umsatz gibt es keine Zuschüsse, das würde bedeuten: finito.

»Habt ihr Kurt eigentlich mal wissen lassen, wie die Lage ist?«, fragt sie die Eltern bei der nächsten Gelegenheit. – Nein, haben sie nicht. Es sei doch alles abgemacht: In zwei Jahren komme Kurt aus Spanien zurück und übernehme den Betrieb. Sie haben Luzie gleich im Verdacht, sie wolle ein Durcheinander anrichten, und das könnten sie jetzt schon überhaupt nicht brauchen.

Luzie ruft Kurt an, schildert ihm die Lage. Das ist vorauszusehen gewesen, sagt er gelassen. Er sei nicht auf den Genossenschaftsmarkt angewiesen, werde gegebenenfalls mit den Märkten arbeiten, mit denen er gearbeitet habe, als er beim Bohlmann war. Nicht die leiseste Spur von Zweifel, natürlich werde er kommen, in zwei Jahren. – Ob es vielleicht schon etwas früher gehe? – Dazu sieht Kurt erst mal keinen Anlass. Auch recht, mehr als diese Möglichkeit aufwerfen will Luzie im Augenblick gar nicht; erleichtert und ihm für seinen Optimismus dankbar, fragt sie noch nach der Plantage und den Tomaten. –

»Ganz gut.« Isabelle habe eine neue, prima Stelle bei einer Immobilienfirma. – »Sie ist nicht mehr bei der Fluggesellschaft?« – »Nee.« Dann sprechen sie über den Kleinen, Philipp heißt er.

Hinterher sagt Luzie zu Jochen: »Von Kurt wird nie etwas anderes zu hören sein als: alles prima.« Aber was die Eltern angehe, sei diese Blauäugigkeit jetzt einfach sträflich.

Ein paar Tage danach besucht sie abends die Eltern, fragt, ob sie schon einmal erwogen haben, den Betrieb früher abzugeben. – Früher abgeben? Undenkbar. Aus dem Stand bombardieren sie Luzie mit ihren Überlegungen zu Pflicht- und freiwilligen Rentenleistungen, LVA und Alterskasse, Beitragsjahren, Beiträgshöhen, falscher Beratung; aber hundertfünfzig Mark Erziehungsrente werde sie bekommen, die Mutter stolz, dass sie die Antragsfrist nicht verpasst hat, die habe in der Zeitung gestanden, wenn sie die Antragsfrist verpasst hätte, würde sie keinen Pfennig sehen; achthundert Mark Rente er, dreihundertfünfzig sie; jeden Monat vorher aufhören gebe Abzüge, bei der Alterskasse nicht, aber bei der LVA … die Betriebsrente, die Beratung – als es schon nach zehn Uhr ist, sucht Luzie das Weite, die Eltern finden sowieso, dass sie abends nach Hause gehört zu ihrer Familie. Luzie ist trotzdem zufrieden; einmal ausgesprochen, wird der Gedanke, vielleicht lieber früher aufzuhören, als sich totzuärgern, schon seine Wirkung entfalten.

An einem Sonntagabend taucht Frauke bei Luzie auf, sie hat den Eltern beim Bohnenernten geholfen und war mit ihnen im Wald spazieren. Frauke ist entsetzt über die Lage, entsetzt über den Ton auf den Äckern. »Dauernd schreit einer, entweder ins Handy oder mit seinen Polen.« Aber mit den Eltern sei es nett gewesen und in den Bohnen eigentlich auch.

Die Zeit verfliegt, zwischendurch beruhigt sich die Lage, um sich anschließend wieder zuzuspitzen. Luzie bleibt am Ball. Kurt kann sich nicht vorstellen, mit dem Vater in einem Betrieb zu arbeiten. »Bloß des net«, sagt er bei seinem nächsten Besuch, da ist es noch ein Jahr hin bis zur Betriebsübergabe. Luzie setzt Kurt zu, früher zurückzukommen, schließlich würden die Eltern ihm den Betrieb überlassen. Er verwahrt sich dagegen: von wegen überlassen, Betriebsrente habe er ihnen zu bezahlen, er arbeite nicht mit dem Vater, der lasse ihn nicht gelten. Kurt beruhigt sich erst, als Luzie und Jochen ihm ihre Äcker zeigen und sie anschließend zusammen durchs Feld laufen, es kommt ihnen einfach richtig vor, zusammen im Feld zu sein.

Am Ende kehren Kurt und Isabelle doch ein halbes Jahr früher als beabsichtigt zurück. Vor Monaten ist ihr zweites Kind geboren, Tim, und Isabelles Eltern wollen jetzt unbedingt die Enkel um sich haben; Isabelle ihrerseits rechnet sich aus, dass sie mit Hilfe ihrer Eltern bald wieder arbeiten gehen kann, in Spanien war das doch schwierig zu organisieren. Es ist ausgemacht, dass Kurt das halbe Jahr bei den Eltern arbeitet. Um eine Rentenminderung zu vermeiden, wird die Betriebsübergabe nicht vorgezogen.

Luzie ist hoch zufrieden, wie die Dinge sich unter ihrer Mithilfe entwickelt haben. Aber dann gestaltet sich das halbe Jahr derart, dass sie mehr als einmal zu Jochen sagt: »Ich hätte die Finger davon lassen sollen. Man darf die Leute nicht daran hindern, nach ihrer Fasson unglücklich zu sein, das überfordert sie endgültig.«

Das Elend fängt gleich nach Kurts Ankunft im September an. Luzie nimmt jetzt öfter den Hauptweg ins Feld, in der Hoffnung, Kurt und die Eltern auf ihrem Acker dort anzutreffen. Sie registriert, dass am Hauptweg Feldsalat eingesät ist, und wundert sich, denn der Vater war immer strikt gegen Feldsalat am Hauptweg. Ein paar Tage später sieht sie im Vorbeifahren, dass Kurt und die Mutter den provisorischen Zaun ziehen; beide heben gerade mal so die Hand zum Gruß, beiden steht eine Sauwut im Gesicht. Luzie ist alarmiert. Der Vater war immer gegen Feldsalat am Hauptweg, weil die Spaziergänger ihre Hunde in die Beete kacken lassen. »Ich hock mi' net in Scheißhaufe zum Feldsalatausmache«, wird er geraunzt haben. Also muss ein Zaun her. Aber anscheinend stellt ihn auch das nicht zufrieden, sonst würde Kurt den Zaun mit dem Vater ziehen, nicht mit der Mutter.

Luzie kreuzt bei den Eltern auf, um zu erfahren, wie es geht. Sie kommt ihnen gerade recht. Kurt habe zum Vater gesagt, dass der Betrieb eine Klitsche sei, weil sie keine Feldsalatwaschanlage hätten; wo sich das für sie doch gar nicht gelohnt habe. Dafür würden sie Kurt nicht den Betrieb überschreiben, dass sie so etwas zu hören bekommen. Luzie versucht zu vermitteln: »Da hat doch bestimmt wieder ein Wort das andere gegeben«, aber das bringt sie nur zum nächsten Thema: Feldsalat über Feldsalat ansäen. »Wer soll 'n des ernte? Wer soll 'n des kaafe? Wer soll 'n des fresse?« So mache man sich selber den Preis kaputt.

Im Oktober tritt Isabelle eine Arbeitsstelle an. Kurt berichtet Luzie, jetzt tickten die Eltern völlig aus, jetzt hätten nämlich auch sie begriffen, dass Isabelle nicht im Feld arbeiten werde. Könnt ihr euch gleich scheiden lassen, hätten sie gesagt, und seither redeten sie nicht mehr mit ihm.

Im November kommt Luzie dazu, als Kurt und die Eltern einen Wohnwagen im Hof rangieren, ein riesenlanges Ding. Philipp ist auch dabei. Luzie hilft schieben. Der Vater sagt überhaupt nichts, die Mutter bemerkt lediglich, dort hinten komme keine Sonne und kein Mond hin. – Kurt: »Soll ich eich des Ding vielleicht vors Fenster stelle?« Ob ihnen das lieber sei. Auf der Nordseite werde es wenigstens nicht so heiß im Wohnwagen. Luzie erzählt, dass sie an Paulas Fahrrad die Stützräder abmontieren will, so gut fährt Paula inzwischen, aber das interessiert niemand. Den Eltern graust es bei der Vorstellung, den Hof voller Polen zu haben. Endlich steht der Wohnwagen so, dass noch einer hinpasst.

Die Mutter sagt, wahrscheinlich zum x-ten Mal, dass sie nicht kochen wird. Das sehe sie nicht ein. Das verlangt auch niemand, sagt Kurt. Gemüse anbauen und dann die Leute Fertigware fressen lassen – die Eltern trollen sich. Ein ausgemachtes Unglück. »Ich hab mei' Frau net danach ausgsucht, ob sie zum Betrieb passt«, Kurt zuckt die Schultern.

Im Dezember eröffnet Kurt den Eltern, dass er mit Isabelle, den Kindern und seinen Schwiegereltern für zwei Wochen nach Spanien fährt. Da schnappt der Vater beinah über: Um Weihnachten und Neujahr herum fort sein, beim besten Feldsalatpreis; ausgerechnet dann, wenn die Polen nach Hause gefahren sind, die Vollernter der Franzosen stillstehen und endlich das herrscht, worauf man die ganze Zeit wartet, Nachfrage. Luzie ulkt zwar mit Kurt, als er ihr das erzählt, vielleicht streiken im Januar die französischen LKW-Fahrer, dann gibt's gut Geld für den Feldsalat am Hauptweg, aber eigentlich will sie damit nichts mehr zu tun haben, sie schwört sich hoch und heilig, in Zukunft die Finger von jedwedem Rettungsversuch zu lassen.

Nachher aber kommt doch alles in die Reihe. Insbesondere der Vater vertritt die Ansicht, die letzte Zeit sei genau so, wie sie war, notwendig gewesen. Zum Abgewöhnen, sagt er, zum endgültigen und rundum Abgewöhnen. Nach allem, was Luzie über ihn hört, hat er sich gefangen, er macht schon wieder Scherze. »Wisst ihr, was der Opa zum Kurt gesagt hat?«, Paula kriegt sich nicht ein vor Kichern; schließlich bringt sie etwas zusammen, aus dem Luzie und Jochen schließen, dass der Vater Kurt wegen seiner zwei Handys aufgezogen hat: Er solle sich eins davon zwischen die Arschbacken klemmen, dann könne er mit zwei Arschlöchern auf einmal babbeln.

Die Mutter gewöhnt sich sofort an die Polen, und die Polen gewöhnen sich an die Mutter. Während des Kriegs hätten sie schließlich auch mit Polen gearbeitet, das sei ihr so selbstverständlich wie nur irgendwas. Für die Mutter ist es jetzt wie früher, und damit ist auch ihr in gewisser Weise gedient. Luzie soll es recht sein, sie ist jedenfalls kuriert.

Die Halle steht weit offen, die Tische, Bänke und das Essen sind davor aufgebaut. Luzie hält nach dem Platz für den Kuchen Ausschau, der Tisch mit Kaffeegeschirr steht doch drinnen in der Halle. Sie stellt das Blech mit Rahmkuchen neben die beiden Obsttorten der Mutter, fragt Isabelle, ob sie schon aufschneiden oder damit lieber warten soll. Isabelle meint, warten. Der Vater läuft mit Isabelles Eltern herum, zeigt ihnen dieses und jenes, ist aufgeräumt und höchst gesprächig. Es treffen immer noch Gärtnerkollegen mit ihren Polen ein. Alle stecken sie kurz den Kopf in die Halle: schöner Festsaal. Aber das Fest findet, solange es trocken ist, draußen statt. Nur Kurts Janusz sitzt mit seinem Bier auf einem Hocker in der Halle und denkt sich seinen Teil. Luzie würde es gern genauso machen, aber sie traut sich nicht. Kurt kommt mit einem Eimerchen Senf aus dem Kühlraum, er lacht.

Dann ist aber Schluss, und immer Brot dazu, hört Luzie die Mutter zu Paula sagen, als sie ihr, sicher nicht zum erstenmal, ein Stück Spanferkel auflegt. »Sunscht wersch selwer ä Saile.«

Luzie setzt sich zu ihnen. Die Mutter, das Fleisch für Paula klein schneidend, lenkt Luzies Blick mit einem kurzen Recken des Kinns Richtung Büffet: vom Partyservice Kartoffelsalat, Krautsalat, die Wanne mit den vorgegrillten Ferkeln, Pappteller, Plastikmesser, Plastikgabeln, daneben ein Ständer mit Müllsack – will sagen: Ab heute ist mir das alles egal; von mir aus können sie aus 'm Trog fressen, wäre mir auch egal.

Paulas Backen triefen von Fett. Sie streckt der Mutter den leeren Teller hin: »Noch, bitte!« – »Noch mehr?« – Paula solle etwas trinken. Luzie will gerade ansetzen, die Mutter zu fragen, wie das jetzt für sie sei, der Betrieb abgegeben, da schnappt sich die Mutter Paula; Philipp, der zwischen den Bänken herumrennt, soll auch mitmachen. »Ringel, ringel, Rosen...« Zuerst will er nicht. »...Hosen«, aber als es ans Umfallen geht, will er doch – »Mädeln häwwe Räck, do falle mer all in de Dreck!« Andere Kinder wollen auch mitmachen.

Gerade, als Hermann Imhoff von der Gartenbaukammer anfängt, seine letzten drei Haare zurechtzustreichen, und sich in Positur stellt, hopst die Mutter mit den Kindern davon: »Lissele, Lissele, hopsasa«. Das sieht ihr ähnlich, Hermann Imhoffs Sprüche waren noch nie ihre Sache. Alles wird niedergewalzt, und so ein Hermann stellt sich daneben und tut so, als wär's in unserem Sinn, würde sie sagen, da macht sie lieber »Lissele, Lissele, hopsasa.« Oder: »Ein Hut, ein Stock, ein Regenschirm, vorwärts« ...hab ich auch mal alles geglaubt, wird sie zu den Kindern sagen... »rückwärts, seitwärts, halt!«, und die Kinder werden sie groß ansehen. Schon gut. Dann werden sie im Bogen zurücktrippeln und zwischendurch mit Tim »Engele, Engele, flieg!« machen. Luzie überlegt, wo Jochen bleibt.

Hermann Imhoff beglückwünscht Kurt und spricht seine üblichen Worte: Innovation, Absatzstrategie, Zukunft. Das sei ihr eine schöne Innovation, würde die Mutter sagen, aber sie ist abgehauen, der Vater unterhält sich angeregt, Jochen ist immer noch nicht da. An den beiden Tischen der Polen ist ein großes Hallo, aus den Boxen dröhnt jetzt Salsa, Bogdan schießt mit Isabelle im Galopp durch die Halle, Salsa hin, Salsa her. »Ihr verkaaft jo net schlecht?«, sagt jemand zu Luzie. Sie gibt Antwort. Es ist ein schöner Abend, sie überlegt, ob sie mit dem Hund spazieren geht. Ich kann doch jetzt nicht mit dem Hund spazierengehen. Sie unterhält sich über die Vor- und Nachteile der Selbstvermarktung. Ein schöner Abend, die Sonne ist schon weg, die Ackerflächen haben noch ihren Abglanz; das bunte Glühbirnenlicht ist machtlos dagegen, hundert Meter Glühbirnengirlande sollen das in und vor der Halle sein.

Die Mutter biegt mit den Kindern in den Hof ein, immer noch mit Hilfe ihrer Leck-mich-am-Arsch-Fröhlichkeit abgeschirmt. Luzie mag es nicht mit ansehen, holt sich eine Weinschorle und ein ordentliches Stück von Isabelles Mandelkuchen.

»Kann ich Cola trinken, Philipp darf auch?« – »Nein.« – Paula ist unzufrieden. Der Hund kommt angeschwänzelt, begrüßt Luzie, dann fährt er herum und schleckt der nörgelnden Paula übers Gesicht. »Aus!« Das ist wegen der Spanferkelschmiere, Luzie reibt ihr das Gesicht ab. Die Mutter will mit dem Hund los. Pech gehabt, Luzie bedauert, nicht längst mit ihm losgegangen zu sein. Undenkbar, mitzugehen. Sie isst Kuchen, trinkt Schorle, beobachtet, wie Tim der Mutter hinterhereilt, nach ihrer Hand greift, »Mit, mit!« Minuten später zieht die Mutter mit Tim in der Sportkarre und dem Hund ab. Geht vom Hof, der nun nicht mehr ihrer ist. In Luzie zieht sich alles zusammen. »Eins, zwei, drei im Sauseschritt läuft die Zeit, wir laufen mit«, wird die Mutter aufsagen, und Tim wird lachen.

Vorbei, vorbei. Die Eltern haben abgedankt, jetzt gehört das Feld uns, jedenfalls für einen Augenblick, denkt Luzie. Kurt unterhält sich, die meisten Gärtner unterhalten sich. Die Gärtnersfrauen tanzen in der Halle mit den Polen. Nur Janusz sitzt immer noch auf seinem Hocker. Luzie muss daran denken, wie sie früher die Eltern anging: »Mit eurer Mentalität wird die Welt zugrunde gerichtet: Fleiß, Ordnung, schuften und schuften und sich nirgends einmischen.« Aber das werde bald vorbei sein, die Zeit von Leuten wie ihnen sei bald vorüber, und damit werde zwar nicht alles, aber doch schon viel gewonnen sein, hatte sie zu ihnen bei einem Besuch gesagt, noch in der Ausbildung. Dieses eine Mal waren die Mutter und der Vater sich absolut einig gewesen und wären um ein Haar auf sie losgegangen.

Vorbei. Als sie die vier Treppen zur Notarin hinaufstiegen, zum Betriebüberschreiben, sagte die Mutter, vierzig Jahre, wie fortgeblasen die Zeit, als wäre sie nichts, nur ein Traum alles, der jetzt vorbei ist. Um den Notartermin herum war die Mutter ganz vertrauensvoll und zuversichtlich. Sie hoffe und wünsche, dass der Betrieb ihm, Kurt, ebenso zum Segen werde, wie er ihnen ein Segen gewesen sei, sagte sie beim Kaffetrinken danach und stand dafür extra auf.

»Wir sind auf der Walz, vom Rhein bis zur Pfalz«, wird sie jetzt vielleicht singen und die Karre mit Tim kreuz und quer über den Gewanneweg schieben. An den Erdbeeren werden sie kurz Halt machen. Tim wird mit Hingabe Erdbeeren essen. Sie werden weiterziehen, »Wir singen, wie der Vogel singt«.

Paula hüpft mit anderen Kindern zwischen den Tanzenden herum, wirft die Beine in die Luft, verdreht die Arme. Luzie ist über Paulas Unbefangenheit heilfroh. Ihr fällt ein, wie die Mutter eines Sonntags beim Feldspaziergang sie bei der Hand nahm und mit ihr über den Gewanneweg tanzen wollte, lang, kurz, kurz, über die ganze Wegbreite – »…wie das lockt, wie das lacht«, sang die Mutter, Luzie sträubte sich erfolgreich. Da nahm die Mutter Kurt bei der Hand, der machte mit, lang, kurz, kurz, »Erklingen im Frühling die Geigen«, sang sie, »…zum Tanze … zum Reigen«. Lange her.

Luzie steht auf, holt sich noch eine Weinschorle und ein Stück Kuchen, diesmal von ihrem eigenen. Die Halle ist wirklich ein schöner Festsaal. Wo nur Jochen bleibt? Es riecht nach angekokeltem Fleisch. »'s brennt! Die Feierwehr!«, rufen ein paar, als Ulf an ihnen vorbei zum Grill läuft, den er offenbar einen Augenblick unbeobachtet ließ. Kurt hat schon die gewisse gravitätische Gelassenheit des Betriebsinhabers an sich, das ging ja ruckzuck. Sein Anfang ist ein anderer als der von Luzie oder gar der Anfang der Eltern. Nach dem Notartermin erzählte die Mutter von ihrem allerersten eigenen Arbeitsgerät, einem Rechen, den sie und der Vater am mittleren Hauptweg gefunden hatten.

Jochen fährt vor. Luzie und er laden den Kübel mit dem Oleander aus, ihr Geschenk für Kurt. Die Mutter ist zurück, Tim schläft im Sportwagen. Luzie betrachtet sein Gesichtchen. Kaum aus der Kugelform herausgewachsen, wie ein Keimblatt, das sich gerade entrollt; zarter als alles, was sich denken lässt; ausgeliefert, der Wimpernfächer mehr eine Bitte, als dass er ein Schutz wäre. Der Hund schleckt Luzies Hand ab, sie erschrickt im ersten Moment. Sie hätte gern einen Hund, vor allem, weil sie sonst keine Tiere halten können. »Keine Kuh? So arm, dass sie keine Kuh hat?«, sollen die Frauen eines indischen Dorfs gesagt und die Gattin des amerikanischen Präsidenten mitleidig angeblickt haben. Das sei das erste gewesen, was sie von der Präsidentengattin wissen wollten, ob sie auch eine Kuh habe; da habe die Präsidentengattin wahrscheinlich geguckt. »Stand in der Zeitung«, sagt Luzie. Niemand von den Umstehenden wundert sich, was sie da redet. Der Oleander sieht gut aus.

Achtes Kapitel

NOCH FÜNFUNDFÜNFZIG MINUTEN BIS ACHT. Leicht drehen, ziehen, die Mangoldstiele brechen am Ansatz ab, kurze, fransige Fasern, der Stielansatz eine narbige Sollbruchstelle. Um acht bin ich unter der Dusche, und Viertel nach acht setze ich mich aufs Rad, sagt sich Luzie zum x-tenmal an diesem frühen Abend. Hier stehen die Mangoldpflanzen zu eng. Sie schneidet jede zweite ab. Mitten im satten dunklen Grün sind die ersten braunen Flecken auszumachen, noch winzig klein.

»Besser als letztes Jahr«, sagt Irmgard. Im letzten Jahr hatten sie den Mangold zu spät ausgedünnt und dann statt Mangold nichts als Schosser. Ärgerlich ist es trotzdem, vor allem wird es noch ärgerlich werden. »Bis vor drei Jahren hatten wir keinen Rübenvirus, nirgends.« – »Ja«, sagt Irmgard. Sie erntet Melisse und setzt dabei Wolken von Melissenduft frei. Noch bei Luzie, sicher zwanzig Meter entfernt, riecht es nach Melisse. Sie überlegt, ob sie nicht doch Paula mitnehmen soll. Oder Jonas.

»Wo willst du denn eigentlich hin?«

»Wochenlang habe ich mich darauf gefreut, alles ist geregelt, und jetzt – keine Lust«, sagt Luzie. Es sei eine Geburtstagseinladung bei Karin Ammann. Das müssten eigentlich fünfzehn Kilo sein. Wenn sie um halb neun ankommen wird, wird Karin sie vorstellen und nicht vergessen zu sagen, Luzie sei schon um fünf aufgestanden, weshalb es sie besonders freue, dass sie jetzt hier sei. Luzie würde dastehen, die Zähigkeit und Kraft in ihren Knochen spüren, die Energie, die hinter den Augen lauert und beschäftigt werden muss, damit sie nicht zum Unguten ausschlägt, würde den Anwesenden ihre nach dem Duschen frisch einbalsamierte Reibeisenhand geben. Die wiederum würden Luzie halb bedauernd, halb bewundernd anlächeln. Von sechs Uhr morgens bis acht Uhr abends, immer und immer und immer, die Mühe, die Arbeit und dann noch zwei kleine Kinder. Unweigerlich würde Luzie von Stolz, Verachtung und schlechter Laune befallen, am Ende würde sie der Teufel reiten, und hinterher ginge es ihr saudreckig. So jedenfalls war's letztes Jahr bei Karin Ammanns Geburtstagsfeier.

»Am besten ist, man geht überhaupt nicht aus dem Haus«, sagt Luzie, während sie den Mangold auflädt. Jetzt sind Lavendelwolken unterwegs. Kein Mitleid, sparen Sie sich das, müsste sie sagen, von vornherein. Ich wusste genau, was auf mich zukommt, ich beschwere mich nicht, und ich will nicht bedauert werden – nur ordentlich bezahlt. Aber Luzie weiß, es würde nichts ändern: weil sie, selbst wenn sie das sagen würde, der Versuchung nicht widerstehen könnte, denen etwas um die Ohren zu schlagen. So richtig um die Ohren zu schlagen. Verdient hätten sie es allemal. Aber dann bräuchte sie erst gar nicht hinzugehen. Sie fährt den Mangold zum Anhänger.

»Karin Ammann, ist das nicht die, die du mal beim Kirschenklauen erwischt hast?«

»Die und ihre Freundin Renate. Renate war diejenige, die zu mir gesagt hat, ich sei kleinlich, weil ich für die Kirschen Geld wollte.« Luzie und Jochen waren keine fünfzig Meter von dem Kirschbaum entfernt am Brokkoli- und Blumenkohlernten, da hörten sie Gelächter, sahen, wie die beiden sich an den Zweigen zu schaffen machten und danach offenbar versuchten, Kirschkerne an den Stamm zu spucken. Renate würde natürlich auch wieder da sein. Luzie läuft mit dem kistenbeladenen Karren Richtung Salat.

Beim Geburtstag letztes Jahr war diese Renate aus dem Zimmer gestürzt, auf den Balkon, eine rauchen, und hatte dadurch Luzies Auftritt beendet. Dabei war es am Anfang ganz harmlos gewesen. Luzie wunderte sich nur, dass ihr plötzlich die kompliziertesten Namen von Pflanzenschädlingen, Pilzen und Viren nur so von den Lippen kamen: *Phytophthora, Botrytis, Fusarium, Verticillium, Alternaria, Helicobasidium, Heterosporium, Thielaviopsis, Pythium, Ramularia*. Wenn sie nicht sicher war, behalf sie sich mit Lautähnlichkeiten, obwohl unter den Gästen durchaus Biologinnen hätten sein können; aber es sagte keine etwas, im Gegenteil, sie waren fasziniert. Also legte Luzie nach, zunächst Pflanzenkrankheiten wie Adernschwärze, Schwarzbeinigkeit, Schrotschusskrankheit, Umfallkrankheit, Fußkrankheiten, Klemmherz, um anschließend aus dem Leben der Drehherzmücken, Erdflöhe, Rüssler, Älchen, Maden, Blatt- und Wurzelläuse, der Thripse, Drahtwürmer und Milben zu erzählen. Die, die ihr zuhörten, waren direkt ergriffen. Niemand merkte, dass Luzie drauf und dran war, sich vom Teufel reiten zu lassen, nicht einmal sie selber. So fuhr sie fort: »Und was nicht an dem allem verreckt und außerdem nicht erfriert, verregnet, verhagelt, vertrocknet oder verunkrautet, steht in der Gefahr – na? Niemand eine Idee? Nein? – geklaut zu werden.« Wobei das Schlimmste nicht einmal das Klauen sei, sondern die Unverschämtheit, die man sich gefallen lassen müsse, wenn man jemanden erwische, der einem an den Kopf werfe, man sei kleinkariert. Renate stürzte auf den Balkon, Karin verschwand in der

Küche, die Übrigen machten betretene Gesichter. Luzie war nah am Weinen, so wütend und verzweifelt war sie. Sie verabschiedete sich bald.

Jetzt ziehen Minzewolken herüber. In einer Stunde könnte es wieder so sein. Fünfunddreißig Minuten bis acht. Dabei hätte sie die Sache an dem Abend ohne weiteres einrenken können, dachte sie später, aber es war ihr nicht möglich gewesen. Zum Beispiel mit der Geschichte von der Frau, die im Herbst zu ihr über den Acker gestolpert kam und ihr eine Plastiktüte mit Walnüssen auf die Lauchkiste legte: Sie bringe die Nüsse zurück, ihr sei der Appetit vergangen. Wo sie die Nüsse doch mit ihren eigenen Händen aufgesammelt habe. Anscheinend hatte Jochen oder Charlie die Frau am Vortag darauf hingewiesen, was sie mache, sei Diebstahl, und sie dann stehen gelassen. Nun brachte sie die Nüsse zurück. Da hätten alle gelacht; vielleicht auch nicht; es hätte zumindest abgelenkt. Um acht bin ich unter der Dusche und Viertel nach acht auf dem Rad. Letztes Jahr fing es schon schlecht an, sie hatte Karin Ammann einen Korb Kirschen geschenkt, eins a Herzkirschen. Ohne sich etwas dabei zu denken. Das war schon der erste Fehler. Karin Ammann lachte, sogar diese Renate lachte, Luzie lachte mit, obwohl es ihr in dem Moment wie Schuppen von den Augen fiel, peinlich, peinlich. Diesmal hat sie Karin etwas gekauft.

»Solltest du nicht schon lange weg sein?«, ruft Irmgard.

Erst der Salat. »Die zehn Kisten schaffe ich noch. Du musst das Wasser nachher voll aufdrehen, der rote ist verlaust, der grüne geht. Ich packe den roten deshalb nur einlagig. – Es sieht so aus, als bringe die Resistenz gegen die Johannisbeerblattlaus tatsächlich mal was.« Kurz geht Luzie durch den Kopf, dass sie den Geburtstagsgästen erzählen könnte, wie die Grüne Johannisbeerblattlaus ausgetrickst wird: indem man genau die Grünwerte aus dem Salat herauszüchtet, auf die diese Läusesorte geeicht ist.

Das Messer ist nicht mehr gut, aber Irmgard hat auch kein zweites dabei. Wann werde ich schon mal eingeladen. Zwanzig Minuten bis acht. Luzie war zu dem Kirschbaum marschiert, das Blumenkohlmesser versehentlich noch in der Hand. »Nur ein paar«, sagten die beiden und starrten auf das Messer. Luzie steckte es neben sich in den Boden. Dann trat sie ihnen entgegen: beherrscht, gelassen, souverän; es war schließlich ihr Terrain. Ob sie das in Schuhgeschäften und Buchläden auch so machten – nur ein paar, »hier sind doch so viele?« Karin und Renate trugen schicke Sandaletten, aber Luzie kam sich vor wie eine Königin. Viertel nach acht würde sie auf dem Rad sitzen. Karin hat sie schließlich wieder eingeladen, Karin ist nicht so.

»Also vor zehn bist du damit heute abend nicht fertig«, sagt Luzie zu Irmgard. Sie würde jetzt lieber mit Irmgard die Lieferung richten als weggehen, aber es ist so ausgemacht, und dabei bleibt es.

»In zehn Minuten stehe ich unter der Dusche!« – »Einen schönen Abend!«

Im Laufschritt erreicht Luzie ihr Fahrrad. Oberhalb des Gewannewegs ist Hoffmanns Gerd am Mulchen, im Schlepptau eine Schar Krähen so dichtauf, als seien sie der wild-chaotische Fortsatz der Scheibenegge – selbst beim flüchtigen Hinsehen noch eine Freude.

Luzie fährt zügig nach Hause und überlegt, wie sie ihre Anwesenheit auf der Geburtstagsgesellschaft regeln könnte – so vom Gefühl her. »So vom Gefühl her«, sagte Karin Ammann, »so vom Gefühl her kommt einem das Klauen von Feldfrüchten nicht wie Diebstahl vor, seltsamerweise«, sagte sie, als sie ein paar Tage danach am Acker erschien, um sich in aller Form zu entschuldigen und den Kindern ein Bilderbuch zu schenken; die Sache sei ihr nachgegangen. In einem Anfall von Klarheit setzte Luzie ihr auseinander: Die Leute unterschätzten die Rolle des Anbaus, im Feld fühlten sie sich wieder als Naturgeschöpfe, mit jedem Recht, sich zu nehmen, was in der Natur wächst und gedeiht.

Jetzt sehnt Luzie sich nach einem neuerlichen Anfall von Klarheit, aber alles, was in der nächsten halben Stunde unter der Dusche, auf dem Fahrrad, im Treppenhaus zu Karin Ammanns Wohnung wieder und wieder hochsteigt, ist das drängende und tiefe Bedürfnis, den Gästen, wer immer sie seien, etwas zu verpuhlen, um die Ohren zu schlagen, es ihnen heimzuzahlen, ihnen eins auszuwischen, und zwar aus dem einzigen Grund: weil es eine Gelegenheit dazu ist. Andererseits würde sie sich gerne gut unterhalten, einmal nicht darüber, warum die Fruchtansätze der Zucchini vorzeitig abfallen oder wie man es hinkriegt, dass das Verpuppungsstadium der Marienkäferlarven nicht gerade in die Explosionsphase der Gurkenlauspopulation fällt. Zum Verpuhlen wie zur guten Unterhaltung hat Luzie selten die Möglichkeit, nur darüber ist sie sich im Klaren.

Sie erwischt sich seit geraumer Zeit dabei, dass sie denkt: bei nächster Gelegenheit. Bei nächster Gelegenheit, vielleicht schon heute abend, wird sie erzählen, wie die von fünfzig aufwärts auf den frischgeteerten Feldwegen für ihre ersten Inlineskates-Auftritte in der Stadt üben – zum Totlachen; aber dass einem das Lachen vergehe, weil einen das Gefühl beschleiche, für die als Mensch gar nicht zu zählen: Vor uns schämen sie sich nicht, stellt Luzie sich vor zu sagen, du stehst auf dem Acker und siehst sie, aber sie sehen dich nicht; nie würde es ihnen einfallen zu grüßen. Selbst Jochen, wird Luzie bei dieser Gelegenheit erzählen, selbst Jochen sieht sich schon zu Bemerkungen veranlasst wie: »Die denken wahrscheinlich, wir wären alle Polen«, weil man sich auf einem Acker vorkommt wie früher das Hauspersonal: praktisch nicht existent für die Herrschaften. Legionen ziehen vorbei, spazieren gehend, joggend, inlineskatend, Rad fahrend, powerwalkend, Schlittenhundegespanne trainierend, reitend – niemand grüßt, würde keinem in den Sinn kommen. Das sage ich besser nicht, überlegt Luzie jetzt, jemand Schlaues – womit auf der Geburtstagsgesellschaft zu rechnen ist – würde mir erklären, dass die Leute grundsätzlich nicht grüßen, dass das mit der Feldarbeit und uns überhaupt nichts zu tun hat; dass Grüßen wie Nichtgrüßen vielmehr aus der unterschiedlichen Existenzweise resultieren, die Feldarbeit mit ihrer Bindung, Dauer, Wiederkehr… Luzie beschließt, obwohl es ihr schwer fällt, die Frage des Grüßens auf Karin Ammanns Geburtstagsfest nicht aufs Tapet zu bringen. Zumal die Inlineskater sie eigentlich nicht interessieren, nicht ihr Alter, nicht, ob sie grüßen, es interessiert sie nicht wirklich, denkt sie jetzt auf dem Weg, das ist es nicht. Das ist es nicht, sie weiß nicht, was es ist. Es ist so viel. Das Verbraucherverlangen nach kernlosem Gemüse und Obst, Kerne vereiteln das Zergehen auf der Zunge, stören die ungeschlechtliche Harmonie, Ausdruck fortschreitender Infantilisierung, wollte sie sagen, hatte sie sich vorgenommen. Seit sie Karin Ammanns Einladung erhielt, ist etwas in Luzie damit beschäftigt, sich vorzubereiten; abzuwägen, aufzulisten, was Außerfeldlichen bei dieser Gelegenheit unter die Nase gerieben werden müsste. Ganz oben auf ihrer Liste natürlich das Verbraucher-Erzeuger-Verhältnis, die Weigerung, gute

Lebensmittel angemessen zu bezahlen, die Entscheidung, lieber auf gute Lebensmittel zu verzichten als auf…, jetzt will Luzie es nicht mehr hören, nicht mehr denken, will, dass es wenigstens für kurze Zeit aus ihrem Kopf verschwindet. Schließlich wusste ich genau, worauf ich mich einlasse, sagt sie sich wieder. Selbst das Risiko, dass es sich beim Gegenüber um Kundschaft handelt, um potenzielle sowieso, reizt sie nicht mehr, sie hat das alles so satt. Ihr kommt die komische weiße Kuh in den Sinn, die mehr wie eine Ziege aussieht und ihr manchmal im Traum erscheint: unförmig und mit derart verquer gebogenen, riesenlangen Hörnern, dass sie ständig in Gefahr ist, sich selber am Rücken zu verletzen, während sie, gewöhnlich durch Traumstangenbohnenreihen laufend, mit ihrem Gehörn rechts und links Ranken abreißt, das Blattwerk zerfetzt, niedermäht, was ihr in den Weg kommt. Der Traum ist Luzie unheimlich, es ist ihr unheimlich, dass sie ihn immer wieder träumt; dass er ihr ausgerechnet jetzt einfällt, hat ihr gerade noch gefehlt.

Leid tut es ihr am Ende nur um das, was sie über die Reiterei im Feld hatte sagen wollen, hundertmal im Geiste vorformuliert, aber sie wird sich hüten, das zu sagen, auch wenn mit Sicherheit Reiter unter den Gästen sein werden, auch wenn es ganz oben auf ihrer Liste stand: »Wenn sie echt nicht mehr weiter wissen und an sich selber zu ersticken drohen, scheinen die Leute sich einzubilden, es täte ihnen gut, sich auf einen Gaul zu setzen und sich durchs Feld schaukeln zu lassen.« Aus dem Grund wird das Feld, hatte Luzie vorgehabt zu sagen, als Reit- und Pferdepensionengelände eine Zukunft haben, wenn überhaupt, aber bedauerlicherweise nicht als Anbaugebiet. Hufspuren auf den Äckern, kürzlich ist ihnen jemand über die Netz-

abdeckung geritten, Risse im Netz, Flurschaden … Als sie endlich Karin Ammanns Wohnung betritt, steht Luzie immerhin
– so vom Gefühl her – glasklar vor Augen, dass sie mit sich und
den Anwesenden, wer immer sie seien, im Unreinen ist.

Luzie schiebt die Bustür auf, Paula soll einsteigen. Das Mittagessen ist vorbei. Diese Woche kocht Charlie; selbst und
reihum gekochtes Mittagessen ist die große Errungenschaft des
Betriebs, das empfindet Luzie aufs Neue, seit sie auf Karin
Ammanns Geburtstagsfest mit jemandem darüber sprach.
Charlie sagt, dass am Nachmittag einer von der Firma Schreiber kommt, um den Kessel zu warten. – Luzie: »Passt aber
schlecht.« – »Wieso?« – Jochen lässt bereits den Motor an. »Weil
wir keine Zeit haben, wenn was sein sollte«, sagt sie, aber Zeit
ist nie, sie will nur keine Störung. Charlie meint, was soll schon
sein, und geht wieder ins Haus, er fährt extra. Die Praktikantin
wird bei Irmgard bleiben, die Bestellungen richten. Statt einzusteigen, macht Paula auf dem Absatz kehrt. »Wartet mal!«, sie
rennt hinter Charlie her. Luzie: »Das gibt es doch nicht.«

Einen Moment später kommt Paula zurück, hält trium-
phierend eine kleine Weltkugel hoch, in die ein Anspitzer montiert ist, hat sie Charlie offenbar noch schnell abgeluchst. – »Auf
jetzt!«

»Hat es dir auch geschmeckt?« – »Geht so«, sagt Paula. Man
sollte sie nicht fragen; und dann fragt man doch wieder. Luzie
lehnt sich zurück. Ihr jedenfalls hat das Essen prima geschmeckt.

»Morgen besucht mich Anna.« – »Ja, gut, aber ich will sie
nicht wieder zu einer Zeit, die mir nicht passt, nach Hause bringen.« Eigentlich müsste Luzie jetzt nach den Schularbeiten fra-

gen, wo sich der Ranzen befindet sowie Jochen und sich selbst
einschärfen, dass sie um vier Jonas von der Kinderbetreuung
abholen, zweimal haben sie ihn dort vergessen. Aber Luzie hat
keine Lust. Fünf bis zehn Minuten Anfahrt zu ihrem Gelände,
fünf bis zehn Minuten das Gefühl hüten können, das Karin Ammanns Geburtstagsfest bei ihr hinterlassen hat. Vier Tage ver-
hindert Luzie bereits erfolgreich, dass es in dem Mahlstrom hier
verschwindet.

Sie sucht doch nach der Bestellliste. »Die hat Irmgard«, sagt
Jochen, »brauchen wir nicht.« – Stimmt, brauchen sie eigentlich
nicht, es fehlen nur noch die fünfzig Kisten Tomaten. Paula erzählt, was sie mit Anna morgen im Schuppen bauen will. Das
Essen hat gut geschmeckt. Am allerbesten ist es, an den Abschied nachts um eins im Treppenhaus zu denken, als sie Karin fragte, ob sie ihnen was ins Essen geschüttet habe. – »Um
Himmels Willen, ist dir nicht gut?« – »Doch mir ist gut, zu gut.
Komme mir richtig wie ein Mensch vor, ein Mensch unter Menschen. Herzlichen Dank.« – Was sie immer rede, sagte Karin,
sichtlich erfreut, beinah gerührt. Dabei war gar nichts Besonderes auf dem Geburtstag. Aber für Luzie war etwas besonders,
das will sie jetzt hegen und weiß nicht, was, und weiß nicht, wie.

Sie stützt sich mit den Beinen auf dem Armaturenbrett ab.
Dabei war sie in der Tür von Karins Wohnung augenblicklich
erstarrt: diese Renate, klar, andere Gäste vom letzten Jahr,
natürlich. Luzie kam sich vor wie ein Holzprügel, dem man pro-
visorisch Klamotten übergehängt hat, und rettete sich irgendwie zum Büffet. Eine Frau, die neben ihr zu stehen kam, sprach
sie an, als ob nichts wäre. Im Verlauf der Unterhaltung geschah
das Unwahrscheinliche: Die Empfindung, ein Holzprügel zu
sein, fiel einfach ab, löste sich auf; es muss noch mehr von ihr

abgefallen sein, Luzie kam sich vor, wie sie sich selten vorkommt: geschmeidig, interessant, normal. Die Frau und sie sprachen darüber, wer was wann kocht, für wen. Luzie erzählte, dass sie während der ersten Jahre des Betriebs kaum zum Essen kamen, geschweige denn zum Kochen, und sich mit Döner, Quarktaschen, Mandelhörnchen über Wasser hielten, bis sie keine Döner, Quarktaschen, Mandelhörnchen, auch keine Pizzen, Frühlingsrollen, Nussherzen und Mohnschnecken mehr sehen konnten; seither wird gekocht. Ihr war der Reichtum des frisch zubereiteten Essens gegenwärtig, aber sie musste überhaupt nichts damit machen: nichts demonstrieren, nichts auftischen, nichts loswerden, nichts unterjubeln, nichts aufdrängen, sie konnte einfach sagen: »Die Kocherei steht, glaube ich, für die innere Konsolidierung des Betriebs.« Da hatte ihr die Frau bereits vom Maisbrei erzählt, den sie beinah täglich isst, mit einem Schuss Kamelienöl; hatte auf Luzies Frage: »Eine Art Diät?« freimütig erklärt, um was für eine Art von Diät es sich handelt: ursprünglich, in einer chinesischen Region, wo die Leute ungewöhnlich alt werden, eine Diät der Armut, in ihrem Fall, wenn man so wolle, eine des Zeitmangels und des Alleinseins. Manchmal esse sie auch anderes Getreide, esse sie sogar Döner. Die Frau schien ihr gegenüber reinweg gar nichts zu müssen, nichts bekennen, nichts vormachen, nichts abwehren, nichts. Sie und Luzie standen am Büffet und vergnügten sich damit, etwas von sich aufschimmern zu lassen und von der anderen aufschimmern zu sehen.

Jochen umkurvt einen Jogger. Luzie dreht sich nach ihm um, es ist nicht der Jogger der Joggergeschichte, das wäre auch verwunderlich. »Kennen wir den?«, fragt Paula von hinten. – »Nein.« An dem Tischende, wo sie später saß, ging es um Verkehrsberuhigungsmaßnahmen, Luzie hatte nicht vor, dazu etwas zu sagen, heilfroh darüber, wie der Abend bisher verlaufen war. Da hörte sie sich plötzlich von dem Jogger sprechen, der ihr eines Tages vorm Auto her rannte, einfach nicht zur Seite ging, selbst als sie schließlich auf der Hupe stand. Ich kann doch nicht –, dachte sie, während sie das erzählte, was mache ich bloß? Die Joggergeschichte schien ihr bis jetzt ausschließlich und schlagend zu beweisen, was für idiotische Vorstellungen von Landwirtschaft selbst diejenigen haben, die täglich zwischen den Feldern herumrennen. Denn erst kurz vorm Ort scherte der Jogger aus, hielt sie an und sagte, nach Luft ringend: »Hier ist nur für landwirtschaftlichen Verkehr frei.« – Was er sich darunter vorstelle, Pferdefuhrwerke?, fragte Luzie. Aber am Tischende sprach sie jetzt von ihm als einem Verbündeten; wie sie sich im Nu darüber verständigten, dass man etwas gegen den horrenden Verkehr im Feld unternehmen muss – es wird widerrechtlich als Orts-, Stau- und Autobahnumgehung benutzt. Das Paar neben ihr nickte zustimmend, die Frau im Hängekleidchen ebenfalls. Der Mann nahm die Joggergeschichte ganz wichtig: Das sei die Strategie heute schlechthin, punktuelle gemeinsame Interessen bei sonstigem Interessengegensatz offen machen, auf spontane, kurzfristige Bündnisse setzen. Unversehens verband die Joggergeschichte, ausgerechnet, die am Tischende Sitzenden miteinander, und mittendrin Luzie.

Nachher flog sie durch die Nacht nach Hause, die ganze Stadt verkehrsberuhigt, am liebsten wäre sie gleich weitergefahren ins Feld, aufs erste Licht und den Vogelgesang warten, ganz hin und wieder macht sie das. Meistens fängt – im Rauschen der Autobahn – eine Amsel an, ganz allein, zögernd; nach ein, zwei Minuten lässt sie es wieder sein. Luzie merkt dann jeden Widerstand in sich zusammenfallen, so wie kurz zuvor mit den Leuten am Tisch, sie wäre gern ins Feld weitergefahren, aber die Dämmerung war noch zu lang hin. Und der Gesang setzt erst ein, wenn es längst dämmert. Das Feld wird zum riesigen Hallraum, noch bevor seine Farben allmählich hervortreten, der Nussbaum, unter den Luzie sich stellt, zum tönenden Gewölbe. Kräftig und getragen singen die Vögel ihre Melodiebögen, legen effektvolle Pausen ein, scheinen sich selbst nachzuhören, andere Stimmen schieben sich in den Vordergrund, klingen ab, heben erneut an, jedes singt für sich, ein unerhörter Zusammenklang. Um direkt hinzufahren, war es aber zu früh, Luzie legte sich ins Bett, hörte die Vögel noch in Gedanken singen, sich von der Erde in den Himmel und wieder zurück singen, während der Tag anbricht.

»Weißt du, wer den Acker hier bebaut?« – »Keine Ahnung«, sagt Jochen. Hier steht am Rand derselbe Mohn, die Blütenblätter gefranst, den Luzie von der Nachbarin hat; der hier blüht allerdings dunkelviolett, während ihrer alle Rosatöne aufweist, die man sich denken kann. Auf Karins Geburtstag ergab sich eine kleine Fachsimpelei, weil auf der Kommode im Flur ein Strauß von eben diesem Mohn stand. Faschingsmohn sage sie dazu, sprach Luzie das Ehepaar an, das den Strauß mitgebracht hatte, ob sie vielleicht den genauen Namen wüssten. Sie kultivieren Mohn in ihrem Gärtchen, wie sie sagten, Federmohn, Klatschmohn, Isländischen Mohn, mehrjährigen, einjährigen. Über den Ausdruck Faschingsmohn lachten sie. »Prachtmohn«, sagte der Mann, »Wohl eine *Papaver-somniferum*-Art«, vermutete die Frau, aber sie war nicht ganz sicher.

»Papaver somnifer…im«, Luzie dreht sich zu Paula um, »Abrakadabra«, das Losungswort eines ihrer Spiele. »Abrapapaver somniferim.« – Paula: »Abrakadaver«, Kadaver benutzen sie schon länger, »Simsalabim« – »Abrapapaver, Simpel, fall hin … Somniferim.«

Im Gewächshaus ist es stickig, trotz der weit offenstehenden Lüftung. Und heiß. Die drei verteilen sich in die Reihen. Paula ist mit Flex am Weg, dem Hund, den sie inzwischen auf dem Gelände halten.

Kaum hat sie die ersten Tomaten gepflückt, erreicht Luzie der volle Anprall der Tatsache: Abholer Schmidt, 16 Uhr, fünfzig Kisten… und katapultiert sie in den Zustand der totalen Beeilung. Sie zieht das Tempo an, bringt sich auf Hochtouren. Abholer Schmidt, 16 Uhr, fünfzig Kisten… Nach ein paar Minuten ist sie Jochen bereits voraus, Charlie zählt nicht richtig, er erntet die Spezialkulturen, Strauch-, Cocktail-, Fleischtomaten. In diesem Zustand hält Luzie prinzipiell jedes Tempo für steigerbar. Als Grenze akzeptiert sie nur die Gefahr einer Schädigung: Ab einem gewissen Tempo drohen die Kelchblätter abzureißen, die für Klasse eins an den Früchten bleiben müssen. Die Sollbruchstelle ist entsprechend gezüchtet, das klappt eigentlich ganz gut. Über Mittag war es auch nicht heißer als jetzt, statt zu Mittag zu essen, hätten sie die Tomaten ernten sollen, denkt Luzie, gleichzeitig froh, dass sie das nur noch denkt, nicht mehr danach handelt.

Sie schiebt den Karren vor, sagt sich, jeder macht so schnell er kann. Aber es hilft ihr nicht darüber hinweg, dass sie genau merkt, das Spiel hat wieder angefangen, sie merkt es an der aufsteigenden Verzweifelung. Beschleunigt sie – im Bereich der letzten paar Prozente, die sie herausholen kann, was sie in Euphorie versetzt, weil es das Ziel Abholer Schmidt, 16 Uhr, fünfzig

Kisten … in erreichbare Nähe bringt, verlangsamen Jochen und Charlie automatisch um dieselben paar Prozent. So kommt es ihr jedenfalls vor; sie könnte schwören, dass es so ist. Sie sagen, wenn sie überhaupt bereit sind, etwas dazu zu sagen, sie machen, so schnell sie können. Luzie sieht die Zeit davonlaufen, beeilt sich, versucht die Beeilung so zu regulieren, dass Jochen und Charlie nicht abbremsen. Immer dasselbe.

Das Gewächshausklima steigert jede Intensität: die der Hitze, der Schwüle, der Empfindung, der Anstrengung. Selbst der Abrieb vom Tomatengrün kommt Luzie fetter, grüner, beißender vor als im Freien. Nichts hier drin klappt ohne Nachhelfen. »Habt ihr Hummeln gesehen?« – »Nein«, kommt nacheinander die Antwort von Jochen und Charlie. Luzie überlegt, ob sie anrufen soll, der nächste Hummelkasten ist erst für die darauffolgende Woche bestellt. Hundertachtundfünfzig Euro plus Mehrwertsteuer, statt die Tomaten zu befruchten, verschwinden die Hummeln vor den regulären vier bis sechs Wochen auf Nimmerwiedersehen, wahrscheinlich in Irmgards Schnittblumen oder in den Mohn, dort sind auffallend viele Hummeln. Luzie schiebt den Tropfschlauch näher an die Tomatenstöcke. Hier drin läuft sich alles tot. Die genörpelten Glasscheiben spalten das einfallende Licht auf, jagen und zerstreuen es, bis das schwarze Vlies auf dem Boden es verschluckt, wie es alles verschluckt, Licht, Wasser, Kälte, Schritte, jedes Bemühen.

»Erzählst du mir was? Bitte!« Paula flitzt in den Zwischenreihen der Tomaten von einer zum anderen, hält ihnen die Anspitzer-Weltkugel unter die Nase, sie sollen ihr vom Paradies und vom Esel erzählen, von der großen Reise, von irgendwas, das war, bevor sie auf die Welt kam, das interessiert sie mächtig. Sie dreht die Globushälften gegeneinander, dabei neue Kontinente bildend; zieht die nördliche Halbkugel von der südlichen ab, betrachtet den Anspitzer. »Komm, sag schon.«

Luzie freut sich darüber, und es ist ihr äußerst unbehaglich. Sie muss den beiden unbedingt noch mal sagen, dass die Abholer von Schmidt grundsätzlich pünktlich sind. »16 Uhr.«

»Machst du's mir«, Paula taucht in der Reihe neben ihr auf, streckt ihr die beiden Globushälften hin, sie lassen sich nicht mehr zusammenstecken. – »Du siehst doch, dass wir uns absolut beeilen müssen«, Luzie steckt sie ihr trotzdem zusammen. Paula zieht wieder ab. Sie können froh sein, dass Schmidt die fünfzig Kisten will, noch dazu die Gurken, Auberginen, Paprika, sie werden es irgendwie schaffen, sie haben es immer geschafft… Luzie beeilt sich, es kommt ihr aussichtslos vor, sie wird es nie schaffen, sie wird es immer schaffen… Sie knallt sich neue leere Kisten hin, hört Charlie mit dem Kundendienstmonteur sprechen. Ob sie damit einverstanden sind, dass er die Elektroden auswechselt, der Brenner geht auf Störung. – »Haben wir noch nicht gemerkt«, sagt Charlie, das Auswechseln der Elektroden gehe klar. Sie hört Paula Jochen fragen: »Wie seid ihr noch mal gefahren, von Grün nach Rosa?« – »Nein, nicht rosa, hier unten lang, violett. Aber wir sind nicht weit gekommen.« – »Warum?«

Es ist heiß, Luzie ist müde, die Tomaten nerven, die von der Krautfäule befallenen Blätter müssen unbedingt ab, möglichst heute noch; ihr bleibt im Moment nichts anderes übrig, als Stress zu machen und zu hoffen, dass die beiden sich auch beeilen.

Jochen: »Deine Mama musste plötzlich dringend nach Hause eine Gärtnerei anfangen.« – Luzie hört eigentlich nicht zu, aber das hört sie, soll sie wohl auch hören. Sie merkt, wie ihr der Schweiß in die Stirn schießt, durch die Augen rinnt. Sie reißt die Tomaten ab, bremst sich wieder wegen der Kelchblätter, sie rudert mit Kisten und Karren herum, sagt schließlich: »Ach nee, und ihr armen Schweine musstet mitmachen?« Und wartet darauf, dass Jochen wieder sagt, es sei ein Scherz. So geht das Spiel, das sie nicht versteht, von dem man nicht einmal weiß, ob es ein Spiel ist, nur, dass es an den Ablauf eines Spiels erinnert: Irgendwann geht es los, die Beteiligten haben ihre jeweiligen Strategien, es gibt Regeln, sogar ein Ziel – auszumachen, wer schuld ist und wer der Idiot, was meistens in eins fällt: Wer schuld ist, ist auch der Idiot.

Von drüben ist ein leises Prusten von Charlie zu hören. Luzie beruhigt sich etwas. Wenn Charlie ihm recht gibt, merkt Jochen meistens, was er losgelassen hat, und macht einen Rückzieher. Luzie kann alles Mögliche, aber bei dem Spiel ist sie im Hintertreffen, noch dazu wird sie das Gefühl nicht los, dass sie daran selber schuld ist.

»Nein, wie kommst du denn darauf?« Jochen holt – die Versöhnung einleitend, heute beeilt er sich – mit dem Karren beinah zu ihr auf, während er zu Paula sagt: »Wir waren noch in Grün und wollten weiter ins Violette. Das ist Asien, ein riesiger Kontinent, bis mitten hinein, in ein hohes Gebirge wollten wir.«

Luzie ist ihm dankbar, dass er sich besinnt, dankbar, dass es ihm nichts ausmacht, sich an die Reise zu erinnern. Sie will jetzt nicht daran erinnert werden. Den Kampf mit den Elementen hatte sie gewollt, mit den Kräften der Natur und des eigenen Körpers arbeiten – und was ist? Kämpfe miteinander, mit sich selber, mit der Krautfäule, mit dem Mehltau, der gerade dabei ist, ihre Gurken zu ruinieren, sie hätte heulen können beim Ernten heute früh; der Mehltau wird von Jahr zu Jahr aggressiver, vor zwölf Jahren, als sie ins Feld kamen, gab es sieben Mehltaustämme, jetzt gibt es siebenundzwanzig; die Konventionellen halten sie für nicht ganz dicht, ohne Gegenwehr die ganze Gurkenkultur abgehen zu lassen, die Leute glauben, Bioanbau sei Betrug, die Kundschaft meint, das Gemüse sei zu teuer... Luzie pfeffert eine verwulstete Ausschusstomate in den Zwischengang und sagt: »Wir wussten doch überhaupt nicht, was wir wollten!«

Charlie ruft von hinten: »Hey Paula, ich erzähl dir vom Esel.« Paula läuft los.

»Doch, das wussten wir wohl«, sagt Jochen, »wir wollten was zusammen machen.« Der ist so ein Kitter – erst draufhauen, dann kitten. Luzie ist trotzdem froh, sie hat weiche Knie, ob vor Anstrengung oder weil er jetzt zu ihr aufgeholt hat, dabei wahrscheinlich nicht alle Tomaten gepflückt, das ist jetzt auch egal. Halb verdeckt von den zwei Tomatenreihen in seinen selber abgeschnittenen und gesäumten Hosen, sonntagvormittags bei Fetzrock. Er muss nur ab und zu draufhauen, bremsen, er läuft nicht weg.

Luzie ist unentschieden. Nerven haben kurze Beine, besonders Sehnsuchtsnerven, die haben ganz kurze Beine. Was zusammen machen. Das Tomatenlaub hat noch, bis die Krautfäule zuschlägt, genau dasselbe dunkle, angegraute Grün wie der Thymian unterwegs auf der Reise. Abholer Schmidt, 16 Uhr...

Luzie nimmt die nächstbeste Winztomate und wirft sie nach Jochen. Er fängt sie auf, grinst, steckt sie in den Mund. Wie heiß es ist, sommerheiße Nachtschattenluft.

Rechts die Dahlien der Pfitzners Luise, mittendrin ein fantastisches, orangegelb durchglühtes Hellrot; wenn sie noch eine Weile zuwartet, sind die kuchentellergroßen dunkelroten Blüten mit den raffinierten weißen Spitzen auch wieder in Mode. Luzie sortiert den Krempel auf dem Armaturenbrett, sie sucht die Tüte mit den Gummis.

»Hoch soll er leben«, singen Paula und Jonas auf der Hinterbank, jemand in Jonas' Kindergartengruppe muss Geburtstag gehabt haben, »an der Decke kleben, runterfallen, Arsch verknallen – so ist das Leben!«

Bei den Bernauers im Sellerie steht das Unkraut noch höher als in ihrem, was Luzie jetzt eine heitere Genugtuung ist; und blüht, ihres blüht noch nicht wieder. Dafür ist der Bernauersche Winterlauch picobello sauber und sogar schon angehäufelt. Luzie beugt sich hinüber zum Handschuhfach, tastet nach der Gummitüte.

Wenn auch die Luft heute nicht ganz so klar und frisch ist wie gestern, die Sommerwochen sind endgültig vorbei. Am Vortag war das erstemal richtiges Spätsommerwetter, seit gestern sagt sich Luzie: Ein Glück, dass die Sommerwochen vorbei sind, wieder einmal. Die Sommerwochen muss man sich ungefähr wie die Vorhölle denken: Die Kundschaft in Urlaub, in den Flugzeugen am Himmel zieht sie davon; der Absatz eingebrochen; die Wuchskräfte und die Fruchtbarkeit erweisen sich als Geister, die man rief und nun nicht mehr los wird; ununterbrochen zwingen sie zum Hacken, Durchfahren, Ernten, Wegschmeißen, Einkochen; dazu Hitze, Gewitter, Ozonkopfweh, Ozonhalsweh – verlorener kann ein Posten nicht sein als das Feld in den Sommerwochen. Ob sie will oder nicht, fragt Luzie sich dauernd: Warum tun wir uns das an, lassen uns das gefallen? Wie lange noch? Was dann? Lauter sinnlose Fragen, die sie sich anscheinend stellen muss, weil sie sich freiwillig und sehenden Auges ins Feld und damit in diese Situation begeben hat. Aber jetzt sind die Sommerwochen vorbei, eine neue Zeit ist angebrochen, die Kundschaft, aus dem Urlaub zurück, berichtet teilweise, dass sie dort das Allmendpfadgemüse vermisste; dass die Kinder nur die Sachen von ihnen essen mögen; was für ein Glück es sei, dass es ihre Gärtnerei gebe. Immerhin.

Gleich kommt der stabilste Zaun weit und breit, einbetonierte Rohre, Maschendraht, als Abschluss Stacheldraht. »Soll ich euch mal was erzählen?« – »Ja! Erzählen!«, tönt es von hinten, als würde Luzie den beiden nie etwas erzählen. – »Seht ihr den Zaun?« Sie erzählt: In der Höhe dieses Zauns fuhr eines Tages der Merzinger Friedel mit seinem Pferdefuhrwerk mitten auf dem Weg, als sie ihn, aus der Schule kommend, mit dem Rad einholte, kurz darauf stieß von hinten ein Auto dazu. Der Merzinger Friedel döste, es war kurz nach Mittag, ungefähr die Zeit wie jetzt, der Gaul wusste den Weg allein. Luzie balancierte langsam am Fuhrwerk vorbei, da hupte das Auto, der Merzinger Friedel fuhr hoch, drehte sich um und brüllte, ohne die Zigarette zur Seite zu schieben, geschweige denn aus dem Mund zu nehmen, sie klebte ihm einfach an der Unterlippe fest: »Fahr doch owwedriwwer, du Arschloch!«

Jonas und Paula johlen vor Begeisterung, dann fangen sie natürlich selber an: »Fahr doch owwedriwwer, fahr doch owwedriwwer…« Spätsommer ist wie Samstagnachmittag, und wenn erst mal Samstagnachmittag ist, kann nicht plötzlich wieder zum Beispiel Mittwochmorgen sein. In anderen Branchen ist es gewiss anders oder zumindest zeitlich verschoben, aber im Feld kommt einem am Samstagnachmittag alles absehbar vor. Es liegt eine Absehbarkeit überm Feld, sagenhaft; das Gehetze hat sechs Tage gedauert, irgendwo läuft die Bundesliga, später läuten die Glocken, so stellt Luzie sich den Vorhimmel vor, im Vorhimmel ist vermutlich immer Samstagnachmittag und Spätsommer.

Sogar der Brenner funktioniert rechtzeitig vorm Winter wieder, Elektroden und sonst was ausgewechselt für über fünfhundert Euro, der ging trotzdem auf Störung, dann wieder nicht; bis Jochen dieser Tage schließlich draufkam, das Röhrchen des Überdruckventils zu untersuchen, und wirklich: zugebaut von Schlupfwespen, er musste nur ein Stück vom Röhrchen absägen.

»Ich erlaub's dir nicht.« – »Doch.« – »Du machst ihn dreckig.« – »Nein.« – »Doch. Mama!«

»Es ist Paulas Bär, wenn sie's nicht erlaubt, geht es nicht. Aber wenn du wieder was von Jonas ausleihen willst, musst du damit rechnen …« Luzie sucht noch einmal im Handschuhfach, fischt ein Kuvert aus den Zetteln, an sie adressiert; klemmt es zum Aufreißen zwischen die Knie. Es wurde wahrscheinlich beim Marktstand für sie abgegeben und dann vergessen. Ihre Finger zittern, wie meistens, wenn sie ein Kuvert aufreißt. »Bis demnächst, herzlich, Deine Karin«, steht handschriftlich rechts oben in der Ecke; ein Aufsatz über mittelalterliche Dorfgenossenschaften; mitten im Text der ersten Seite ist ein Wort leuchtend rosa markiert: Allmende. Luzie wirft den Aufsatz samt Kuvert auf die Beifahrerbank. Paula will wissen, was das ist. Luzie konzentriert sich aufs Lenkrad.

»Tuff, tuff, tuff, die Eisenbahn«, fängt sie an, »wer will mit nach Frankfurt fahren? Alleine fahren will ich nicht, drum nehm ich mir – die Paula mit.«

Bei den Renzes stehen oben am Weg schon das Auto und

ein Karren mit Bohnenkörben. Die Mittagspausen werden jetzt wieder kürzer gehalten. Für Augenblicke ist tatsächlich schon die Herbstluft zu spüren. Der Herbst ist Luzies Zeit. Im Herbst nimmt das Jahr seine falschen Versprechungen zurück. Was bis dahin nicht eingetroffen ist, wird nicht mehr eintreffen. Und was war, destilliert sich in der Herbstluft. Es gibt für Luzie nichts Besseres als diese Luft.

»Tuff, tuff, tuff, die Eisenbahn«, singen sie im Chor.

Ozonalarm fällt im Herbst flach, noch ein Ärger weniger. Als es in den Sommerferienwochen wieder und wieder im Radio hieß, Kinder sollten im Haus bleiben, war Luzie nah dran, Paula und Jonas aufs Rathaus zu bringen, zum Gesundheitsamt, Jugendamt: Wie das gehen soll mit einer Gärtnerei am Hals, Kinder im Haus halten?, hatte aber nicht die Kraft für diese Aktion.

»Alleine fahren will ich nicht, drum –« Luzie biegt in den Gewanneweg ein. »– nehm ich mir die Oma mit.« – »Nein.«

So ist das von jeher: ins Feld fahren, die sieben Sachen zusammensammeln, die Kinder bei Laune halten, und von irgendwoher kommt was – weit vorne blinkt ein Kühlergrill in der Sonne. Ein Mordskühlergrill, der ihnen auf der ganzen Wegbreite entgegenkommt.

Paula reckt den Hals: »Das ist der bestimmt.« Der ihnen vorgestern in den Sellerie gefahren ist.

Kann durchaus sein. Luzie lässt den gekiesten Vorplatz rechts liegen, die letzte Gelegenheit zum Ausweichen.

»An dem kommen wir nicht vorbei, Mama!«

Deswegen macht Luzie sich keine Sorgen. Der ist darauf angewiesen, dass man ihm den Weg freimacht, folglich wird er sich zusammenreißen.

Sie stellt den Motor aus; die zwei müssen drin bleiben, der

Hund auch. Luzies Blick streift die übriggelassenen Kohlrabi auf dem Acker links, die darauf warten, gemulcht zu werden; ihre rundum laufenden Risse sehen aus wie Münder, mehrere übereinander und jeder in eine andere Richtung verzogen.

Ob er nicht sieht, dass der Weg für so ein Gerät nicht ausgelegt ist, er beim Ausweichen die Kulturen am Rand zusammenfährt, den Boden? – Tumb wie eine Made hockt der Typ in dem Gehäuse, mit dem Unterschied, dass das bei dem kein Entwicklungsstadium, sondern das Endstadium sein wird. Er sagt, er muss eine Ladung abholen, sucht den Zettel heraus: »Bei Kurt Meinhard.«

Kurt. Luzie zuckt nicht einmal mit der Wimper: »Das ist mein Bruder. Sagen Sie ihm, dass ich ihm künftig den Schaden, den seine Abholer anrichten, in Rechnung stelle. Wenn ich euch nicht direkt erwische. Und Ihrem Chef können Sie ausrichten, nächstens gibt es Anzeigen. Schönen Gruß, an alle beide.«

»Was hat der Mann gesagt?« – Sie setzt zurück. *One, two, three, what we're fighting for … and it's five, six, seven …* Kurt wird es ihr nicht verübeln, Kurt ist zur Zeit im Glück. In einem speziellen Spätsommerglück: Erst erstattete die Hagelversicherung ihm hundert Prozent Ausfall für die Stangenbohnen, und jetzt hat er Bohnen, wie man nur Bohnen haben kann, weil sich der Hagelschaden ausgewachsen hat. Die Eltern hatten ihm geraten, mit dem Abräumen zu warten, obwohl nach dem Hagel von den Bohnen überhaupt nichts mehr zu sehen war.

Im Vorbeifahren winkt der Fahrer erleichtert. Paula und Jonas winken auch. – Der Vater taucht jetzt oft am Allmendpfad auf, um ihnen zu helfen. Er könne es nicht mit ansehen: Kurt fahre den Boden zusammen, und was er nicht zusammenfahre, baue er mit Folientunneln zu. Die Tomaten kultiviert er in Foliensäcken, weil die Gewächshauserde nicht mehr brauchbar ist, die Lauchpflanzen bezieht er aus Marokko, dicke Stängel, sagt der Vater, man langt sich trotzdem an den Kopf. Die Mutter regt sich nicht so auf wie er, sie sagt: »Unser Zeit isch vorbei.« Wenn der Kurt nicht so wäre, wie er ist und wie man heute sein muss, könnte er gleich zumachen.

Die Schachtabdeckung rechts ist mehr als dürftig. Gefahren lauern auf dem kleinsten Acker, Frau Wacker. Luzie steuert mit Bedacht. Der Himmel ist heute seltsam wächsern, ein ganz blasses Wachs.

»Guck, dort, Mama!«, sagt Paula, kaum, dass sie aus dem Bus heraus ist.

Luzie ignoriert es, holt im Laufschritt den Karren aus dem Acker, lädt Kisten auf. Jonas schiebt die Kisten dicht zusammen, keiner seiner Minifinger darf mehr dazwischen passen, dann findet er es richtig.

Luzie: »Auf die Seite!«

Ein Radfahrer fährt dicht am Karren vorbei. Die Scheißmelde blüht doch schon.

»Guck – dort oben steht einer!« – An den späten Hauszwetschgen, es ist nicht zu übersehen. Luzie wirft die Grabegabel auf die Kisten und kann froh sein, dass nur die wieder herunter rutscht und die Kisten oben bleiben.

Die Schlachtordnung formiert sich. Paula soll wenigstens tragen helfen, die Grabegabel. Jonas nimmt die Tüte mit den Gummis. Flex läuft voraus. Jonas: »Tuff, tuff, tuff, die Eisenbahn«, da Luzie und Paula nicht mitmachen, lässt er es. Bei den Möhren stellt Luzie den Karren ab.

Die aufgescheibte Erde ist hart wie Geröll. Im Weiterlaufen greift Paula nach ihrer einen, Jonas nach ihrer anderen Hand.

Ein Teil des Schnittlauchs ist aus dem Boden gepflügt, aber noch nicht weggeräumt. Linker Hand fängt jetzt der Streifen mit den Obstbäumen an; die späte Hauszwetschge kommt gleich als zweites. Der Mann steht mit dem Rücken zu ihnen, etwas vom Stamm verdeckt.

Dass Flex den nicht angeht: »Platz! Und bleib Platz.«

Der Mann fährt herum, lässt den Arm sinken – ein Zeichenblock. Das gibt es nicht. Luzie hält den Schritt an. In der anderen Hand hat er einen Stift, vor ihm auf dem Boden liegt ein aufgeklappter Kasten. Der Mann mustert sie. Die fein verästelten Zweige hinter ihm sind dicht mit Zwetschgen behangen; dazwischen unzählige dürre Ästchen. Jonas versteckt sein Gesicht in Luzies Schürze. Paula zieht an der Hand: »Der malt, Mama.«

»1:0 für Sie«, sagt Luzie. »Eigentor.«

Er sieht sie verständnislos an. – Nie hätte sie damit gerechnet, dass einer ihre Stelle ausfindig macht, haargenau die Stelle. Links vorne die Blumenbeete für Irmgards Sträuße, das heißt, Irmgard bindet die Sträuße: Rudbeckien in warmem Gelb, rostrot, ins bronzene Braun verlaufend; oberhalb davon die weißen und blauen Schnitt-Ageratum, Margeriten, Malven, Kosmeen, Zinnien, das schlichte Leuchten der Ringelblumen. Rechts vorne die Salate. Oben in der Gründüngung die Sonnenblumen. Näher zum Ort hin einzelne Kirsch- und Birnbäume, verwilderte Mirabellen, die von hier aus die Bebauung im Feld beinah ganz verdecken, den Großteil der Ortschaft, sogar die paar Hochhäuser; dahinter die Häuser am Hang, die Bergkette; der Himmel, so früh am Nachmittag heute ein wächsernes Nichts.

Luzie muss oft daran denken, dass die Erde mit dreißig Kilometern in der Sekunde durchs Weltall stürzt, in vierundzwanzig Stunden sich einmal um sich selber dreht. Und doch haben sich die Ebene, die Ausläufer der Berge, die Bergkegel in Tausenden von Jahren kaum verändert, so dass von hier aus nur die Jahreszeit zählt und ob es Tag ist oder Nacht. Es kommt ihr immer vor, als befinde sie sich hier im Schoß der Zeit.

»Wegen dieser Aussicht laufe ich manchmal hierher«, sagt Luzie jetzt zu dem Mann. – Es sei doch nichts dagegen einzuwenden, dass er –? – »Nein, nein«, wiegelt sie schnell ab. Er lässt Paula den Block betrachten.

Der Salat steht gut, hebt sich gestochen scharf von der Umgebung ab. Sattes Hellgrün, gedecktes Gelb, bräunliches Rot, grünmeliertes; Rot mit Purpureinschlag, Weinrot… Der Salat sieht aus wie frisch lackiert, frisch lackiert steht er im Spätsommerlicht, im Himmel darüber ein paar Schwalben, sie sammeln sich seit gestern auf dem Schuppendach. Die Lücken vom Ernten machen die Sache für einen Maler vielleicht interessanter.

Oben fährt Charlie mit dem Hackgerät vor, Jonas macht sich auf den Weg zu ihm.

Wenn er wolle, könne er sich Zwetschgen nehmen, sagt Luzie. Die Zwetschgen interessieren den Mann nur mäßig. Paula lässt sich den Kasten genau erklären. Luzie steckt schnell ein paar Zwetschgen in die Schürzentasche. Richtig süß sind sie noch nicht.

Sie setzt über die ersten vier Reihen Salat und im selben Schwung gleich noch über die nächsten vier. Was soll schon sein, früher Nachmittag ist und mit einem Mal alles heller, dunkler, röter, grüner, gelber als sonst. Jetzt kommt es richtig zur Geltung, dass die Lollos, Rossa und Bionda, wegen des Kontrasts auf eine Höhe gepflanzt sind, ebenso Radicchio und Endivien;

rot zu grün und gelb, kraus zu glatt, zart zu kräftig. Ein schöner Acker, definitiv schön.

Luzie steht inmitten der Salatbeete und sieht sich um. Kommt so einer daher… Eine Welle Spülwasserkonzert schwappt über den Acker, quer durch den Nachmittag auf Luzie zu. »Ja, das alles, auf Ehr«, fängt sie an zu singen, »das kann ich und noch mehr«, zu ihren Füßen Hunderte Salatköpfe, die Arme malen die Melodie mit: »…wenn du's kannst ungefähr, ungefähr.« Paula guckt, Luzie winkt ihr zu.

»Ja, das alles auf Ehr…« Zigeunerbaron schätzungsweise. Luzie läuft weiter. Die Sellerieblätter strotzen von Wüchsigkeit, der Boden ist wirklich ideal für Sellerie, und das Glück ist das, was es ist: ein Rindvieh, ein leichtfüßiges Rindvieh, Lebenserwartung: kurz, aber das ist jetzt egal.

Wo kann es glücklicher ausgehen, dass der Mensch eine Kreuzung ist aus besessenem Schöpfer und hungrigem Rindvieh? Wenn sie die Gelegenheit finden würde, das als Preisfrage zu stellen, sie würde nichts zum Ankreuzen vorgeben, überlegt Luzie und läuft Richtung Jonas und Charlie. Gut, dass er den späten Sellerie noch mal hackt.

Stunden später, die bestellte Partie Lauch ist fast beisammen. Paula zerlegt Selleriestängel und langweilt sich zu Tode, weil sie nirgends mehr hinfahren darf, und herumfahren darf sie auch nicht, sie soll warten.

»Guck, der Himmel. Als ich ein Kind war, hat meine Mutter, wenn der Himmel so geglüht hat, gesagt -« - »Weiß ich doch.« - »- dass die Engel den Backofen vorheizen für die Weihnachtsgutsel.«

Paula zieht an einem seitlichen Blatt, bis die Blattachse ausreißt. »Und das hast du geglaubt?« - »Ja.«

Die Wolken lodern.

»Zuerst, weil ich's wirklich gedacht hab, später, weil's mir gefallen hat.«

Paula blickt in den Himmel, wirft die Stängelreste weg, dreht eine Kiste um und setzt sich.

»Mir gefällt's auch.«

Das Lodern am Horizont ist still, durchsichtig, geruchlos – himmlisch halt.

Es ist kalt. Luzie rennt durch den Arbeitsraum, die beiden Küchenmesser hat sie sofort, aber die Pulswärmer. Sie wühlt im Karton mit den Arbeitshandschuhen. Das Radio läuft. Charlie säubert die Motorhacke, kratzt, schraubt, ölt, fettet. Jochen sortiert die Sämereien und schreibt auf, wovon noch wieviel da ist. Luzie sucht in der Kiste mit dem Einwickelpapier, da hat sich schon manches wieder gefunden.

»Immerhin fragen sie und denken nicht gleich, man wolle sie übers Ohr hauen. Jetzt sage ich immer –« Sich im bequemen Winter über die Kundschaft unterhalten ist Wundpflege und Entwurmung in einem. Vielleicht sind die Pulswärmer beim letzten Feldsalaternten in einer Kiste liegengeblieben.

»– das sei die Stelle, auf der die Kürbisse aufgetroffen sind, als sie vom Himmel fielen«, hört sie im Hinausgehen Jochen sagen.

Als sie zurückkommt, in den Kisten sind die Pulswärmer auch nicht, streicht Charlie die Hackmesser mit Öl ein. Sie wirft einen Blick in den Sandförmcheneimer, nichts. Als letztes will sie im Bus hinter den Sitzen nachsehen.

»Ich bin im Feldsalat. Wenn die Irmgard kommt: Ich habe alles dabei.«

»Und Jonas kann bis zum Abend bei deiner Mutter bleiben?« – «Ja, aber denk dran, um fünf Paula vom Schwimmen abzuholen.«

Luzie macht die untere Front des Folientunnels weit auf; wenn sie zwischendurch den Kopf hebt, will sie wenigstens etwas sehen: die Hinterseite vom Gewächshaus, gepflügte Ackerfläche, daneben die abgefrorene Gründüngung; links ein paar Bäume, auf denen sich gelangweilte Krähen ducken; unterhalb ein Acker mit Rosenkohl; schließlich, draußen am Kanal, eine Reihe Pappeln. Sie braucht bloß die Lider zusammenziehen, dann könnte es auch am Yangtse sein oder am Don, am Nil oder am Mississippi. Flex läßt sich neben dem Karren nieder.

»In der Kiste da vorne ist alles«, ruft Luzie.

Irmgard holt sich den Sack, das Messer und ihre Pulswärmer heraus. Am anderen Ende der Feldsalatbahn stellt sie ihr kleines Radio auf eine Kiste und legt den Sack für unters Knie zurecht. Ihr Atem beschlägt sofort wegen der hohen Luftfeuchtigkeit hier drin. Es wird kaum vier, fünf Grad haben.

Dreißig Kisten. Der Feldsalat geht, der Preis geht. Besser, als wenn der Feldsalat gut wäre und der Preis schlecht oder der Preis gut und der Feldsalat schlecht, zumal es praktisch nie vorkommt, dass beides gut ist, der Feldsalat und der Preis. Luzie rasiert die zusammengefassten Büschel so überm Boden ab, dass die gelben Blättchen gleich liegenbleiben. Die Finger tun widerlich weh. Das geht eine ganze Zeit, so lange, bis man denkt, jetzt, jetzt ist es nicht mehr zum Aushalten, jetzt frieren sie ab – in dem Moment entscheidet es sich: Fangen sie an zu brennen und zu stechen, dann werden sie demnächst warm sein, von innen her warm, dass man denkt, keine Kälte könnte ihnen mehr was anhaben.

Der Verkehr dröhnt. Im November, Dezember ist es am ärgsten, dann liegt das Feld still und wehrlos da, ab und zu eine Krähe, die krächzt, ein Schlepper, der Feldsalat zum Genossenschaftsmarkt bringt. Irmgards leises Radio. Im Winter dröhnt der Verkehr das Feld in Grund und Boden. Luzie schneidet so schnell sie kann, damit die Finger nicht wieder kalt werden. Im diesigen Licht sind die Äste der paar Bäume verwischt. Die Krähen machen sich auf dem gepflügten Streifen zu schaffen. Krah, krah. »Spar, spar, dreimol verreckt«, hat die alte Widmer den Krähen zugerufen. Und gesagt: »Man kann nie wissen, wie die Hühner pissen«, wenn sie sich in einer Sache unschlüssig war.

Die Kälte kriecht in die Füße. Noch bis zur nächsten Stelle, wo das Kondenswasser eine Lücke in die Feldsalatbahn getropft hat. An der Tropfstelle steht Luzie auf, streckt sich, verschiebt den Sack. Die Krähen scheint das Dröhnen des Verkehrs nicht zu kümmern. Heute ist es besonders schlimm. Sie holt sich leere Kisten. Das Feld wird verschwinden, brüllt der Verkehr. Luzie geht wieder in die Hocke. Flex legt sich um, näher zu ihr hin.

Der Feldsalat ist ordentlich. Luzie wechselt das Knie. Leise ist das Radio zu hören.

»Wir kommen doch gut vorwärts«, ruft Irmgard, als sie das Radio mit der Kiste nachholt.

»Ja, find ich auch«, Luzie ist plötzlich froh.

Die gelben Blättchen riechen kalt, nass, angegangen, vertraut wie nichts sonst. Ein Hund lässt sich so durchs Leben ziehen.

Luzie: »Joan Armatrading?«

»Soll ich lauter stellen?«

»Ja, aber nur das Lied.«

Das Messer ist schön scharf. Das Radio wird wieder leiser, das Verkehrsrauschen lauter. Luzie hebt den Kopf. Über den

Pappeln hat sich ein lichter Streifen gebildet; in der nächsten halben Stunde wird er, das Grau mitziehend, tiefer rutschen.

Nichts und niemand sollte einen dazu bringen, etwas aufzugeben, bloß weil abzusehen ist, dass es verschwinden wird.

An der übernächsten Tropfstelle faltet sie sich wieder auseinander, streckt sich.

»Die solle na erscht emol kumme!«, höhnen die Krähen auf der Ackerfläche.

Was nach dem Feld kommt, wird genauso verschwinden.

Aber jetzt sind wir da. Luzie kickt die leere Plastikkiste beiseite, legt den Sack dorthin. Mit dem Herz ist es eben dasselbe wie mit den Eisfingern. Die Salatbüschel fliegen in die Kiste. Wenn man den Dreh heraus hat, dann ist alles hoch und tief und weit und eine Wärme, dass selbst die Füße antauen. Luzie zieht die Feldsalatluft ein. Im Leben nicht wollte sie mit jemand tauschen. Jetzt schon gar nicht.

Die Krähen haben etwas Rundes in der Mache.

Stille, was wäre einfacher als Stille? Die Autobahnbrücke sprengen, alle Straßen in den Fluß umleiten … einmal, einen Nachmittag lang, nur die Winterstille hören. Und noch einen Nachmittag lang, nach der Weihnacht, die Stille, die das allererste Vibrieren in sich hat, es zeigt an, dass es bald wieder losgeht.

»Was meinst du?«

»Hast du die Kisten schon gezählt?«

Als sie die vollen Kisten schließlich einsammeln, versinkt der Tunnel bereits in der Dämmerung. Im Gewächshaus ist das Licht angegangen. Durch das genörpelte Glas sieht es immer aus, als wäre ein Stern hineingefallen. Er verlischt erst am späteren Abend.

»Heute machen wir aber früher Schluss.«

Nachsatz

DIE PERSONEN DIESES BUCHS, ihre Namen und Handlungen sind erfunden. Dennoch geht in sie wie in alles Erfundene auch Vorgefundenes ein. Beim Erfinden der Figuren bin ich mit Menschen verfahren, wie man sonst mit Äckern verfährt: Nach Gusto habe ich sie mit anderen zusammengelegt oder aufgeteilt, ich habe sie umgebrochen, bestellt oder brachliegen lassen, aufgegeben oder eben behalten. Die Figuren stimmen also nicht mit lebenden oder bereits verstorbenen Personen überein.

Die Szenerie dieses Romans – von der Örtlichkeit über die Verhältnisse bis hin zum Dialekt – ist an ein altes Obst- und Gemüseanbaugebiet in Heidelberg angelehnt: das Handschuhsheimer Feld.

Der Allmendpfad existiert tatsächlich, als landwirtschaftlicher Weg. Hier lagen früher Allmendeflächen, gemeinschaftlicher Besitz, den alle nutzen durften.

Großen Dank sage ich Birgit Lindberg, die nie müde wurde, die Vorstufen des Romans mit ihrem geschulten Sinn für Menschen auf innere Stimmigkeit zu prüfen, und dadurch entscheidend zur Substanz dieses Buchs beitrug.

Stapel, im Oktober 2002 und Februar 2019

Weitere literarische Titel der Autorin

Im Vogelgarten
Erzählungen

Ein Buch über erstaunliche Entdeckungsreisen vor der Haustür: zu fünfzig Nistkästen und ihren Nutzern, den Wildvögeln eines norddeutschen Bauerngartens. Zum Geflügel im Dorf und den Zugvögeln am Himmel.
Eine Welt tut sich auf, die man ungern wieder verlässt.
Präzise beobachtet und spannend erzählt – *Nature Writing* vom Feinsten.

Farbig illustriert von Viola Konrad und Tilman Koppert
Verlag Atelier im Bauernhaus, Fischerhude 2019
Festeinband, 164 Seiten, ISBN 978-3-96045-025-2

Sisterhood – eine Sehnsucht
Roman

Um 1980. Privat und öffentlich gehen Frauen auf die Barrikaden, alles Mögliche treibt sie, eine Zuversicht trägt sie: »Sisterhood is powerful!«
»Vor uns lag neues, offenes Terrain. Die alte Ordnung: wer wo hingehört, wer wie zu sein hat, hatte ausgedient. Leben als *experimental journey*. Uns in dieser freiheitsbedingten, freiheitsrauschbedingten Unübersichtlichkeit orientieren und halten, das stand jetzt an. ... Wir hielten das ganz selbstverständlich für eine Gemeinschaftsaufgabe.«

2014 in Eigenedition bei BoD
220 Seiten, Paperback, ISBN 978-3-7357-2537-0
E-Book-Ausgabe, ISBN 978-3-7357-4804-1